怪物のゲーム
下

・パルマ

訳

EL ABRAZO DEL MONSTRUO
BY FÉLIX J. PALMA
TRANSLATION BY MAKI MIYAZAKI

EL ABRAZO DEL MONSTRUO

BY FÉLIX J. PALMA

COPYRIGHT © FÉLIX J. PALMA 2019

Japanese translation rights arranged with Félix J. Palma represented
by Antonia Kerrigan Literary Agency (Donegal Magnalia, S.L.), Barcelona,
through Tuttle-Mori Agency, Inc., Tokyo

All characters in this book are fictitious.
Any resemblance to actual persons, living or dead,
is purely coincidental.

Published by K.K. HarperCollins Japan, 2022

怪物のゲーム 下

おもな登場人物

ディエゴ・アルサ――作家
アリアドナ（アリ）・アルサ――ディエゴの娘
ラウラ・フォルチ――ディエゴの妻。小児科医
エクトル・アルサ――ディエゴの兄
アルマン・タジャーダ――編集者
ジェラール・ルカモラ――カタルーニャ自治州警察モスズ・ダスクアドラの警部
マルク・オラーヤ――警部補
パウ・リエラ――刑事
ミレイア・ルジャス――情報捜査官
シモーナ・バルガヨ――署長
リカール・パラルタ――判事
ルベール・ラバントス――ディエゴの元生徒
ジュディ・ルケ――ディエゴの元生徒
ガブリエル（ビエル）・マルトレイ――ディエゴの元生徒
サンティアゴ（サンティ）・バヨナ――ディエゴの元生徒。故人
アレナ・ルセイ――ラウラの親友
ジュリアン・バソル――ラウラの元恋人。医師
ラモン・ダル・バーヤ――テレビ番組の人気司会者

承前

第一部　誘拐

21　許しがたい過ち

『血と琥珀(こはく)』
第十五章　二百七十三ページ

クラウディア・ドゥルカスが命を落としたあと、バルセロナの街から少女が姿を消した。通りや広場、公園は相変わらず人でごった返し、老人、若者、少年たち、年頃の娘たちやバラ色のマジパンを思わせるふくよかな赤ん坊もいた。何もかも普段どおりに見えるが、少女を探そうとすると、恐ろしいことに一人も見当たらないことに気づく。でも、アシャンプラ地区のお屋敷の窓を見上げると、カーテンの向こうに、憂鬱そうな顔で通りの並木を眺めている少女たちの姿が見つかるだろう。まるで魔法の森を懐かしんでいる妖精のようだ。日光不足で肌が青ざめ、だんだん透けていくように見える。耳を澄ませば、区画の中庭に反響する少女たちの嘆きが聞こえるかもしれない。今では彼女たちは、温室の花々さながら、そこで暮らさなければならなくなったのだ。

すべては自分のせいだ、とウリオル・ナバド警部は思った。何もかも、少女を誘拐してまわる怪物をいまだ捕えられずにいるからなのだ。彼はため息をつき、コンダ・ダル・アサルトの警察署に向かう通りを渡った。誘拐が始まった当初、親たちの多くは、娘さんを家の外に出さないようにしてくださいという警察からの要請を無視し、別の方法で子供を守ろうとした。外出するときに必ず誰か、たいていは屈強な使用人を付き添わせるようにした家庭もある。だが、クラウディアの悲惨な事件によって、そんなことをしても無駄だと怪物は証明してみせた。それ以来、親たちは娘を家の中にいわば生き埋めにするしかなくなった。少女たちは否応なく鬱の虫に取り憑かれ、病気がちになり、青ざめていった。そしておのれの失策の報いは、巡り巡ってナバド警部自身にも跳ね返ってきた。彼も娘のジュリアを家に閉じ込めなければならなくなったからだ。

　その朝も、妻のロウルダスから、娘も自分ももう耐えきれないと言われた。あなたは毎日仕事で外に出て、自由に街を闊歩しているからいいけれど、私たちは毎日のくり返しに少しでいいから変化が欲しいと願いながら、家の中でぐったりしているだけなのよ。妻はギリシア神話のペネロペさながら刺繍をしてはそれをほどき、娘はぷんぷん腹を立てて、機嫌の悪い猫のように無言で家の中を歩きまわっているという。玩具で遊ぶのも、乳母にお話をしてもらうのも拒んでいる。もう何週間も家にこもっている今、角のお菓子屋さんに行くだけでもいいから、とにかく外に出たがっているらしい。それに明日は娘の誕生日で、今朝妻は、去年約束したようにあの子をサトゥルノ・パーク遊園地に連れていってやれないかと訴えてきた。だがその約束は、バルセロナにこんな恐怖の影がたち込める前の話だったから、警部はのろのろと首を横に振った。「もう少しだけ待ってくれ」妻は顔を歪めたが、警部はこう約束した。「怪物はもうすぐ俺が捕まえる。それで悪夢は終わる」

だが本当に捕まえられるのか？　ナバドは妻に請け合ってみせたほど、じつは自信がなかった。あとは、直感を頼りに数週間前に始めた計画がうまくいくかどうかにかかっていた。それを思いついたのは、髪の毛だけを切られ、ほかはどこも損なわれていないクラウディア・ドゥルカスの遺体が見つかったあとのことだ。そのときまでは、怪物はどの少女にも同じように対処していた。まず父親たちが実行できなかった課題をやらせ、まだ生きていれば、そのあと窒息死させる。首に絞められた痕がなく、肺に水も入っていなかったので、枕か何かが使われたと推察された。ナバドからすると、じつに冷淡に少女の命を奪っているように見えた。まるで、そのあとの残虐な作業のための単なる手順だと見なしているかのようだ。少女たちは、殺害後、おのおの違う部位を必ず切断されていたからだ。最初は、死後に体が切断されていることに、ナバドだけでなく、警察やバルセロナ市民の誰もが当惑した。つまり、拷問の一環としておこなわれたわけではないのだ。理由は誰にもわからなかった。最も有力視された説は、食べるために切断されたというものだった。怪物はただでさえ忌まわしいのに、人肉食の趣味まであるというわけだ。ところが髪の毛のないクラウディアの遺体が発見されたとき、ついにナバドは理解した。怪物は食人鬼ではない。

警察署の階段を一段飛ばしで駆け上がり、見るからに不機嫌な顔でオフィスに入っていった。行く手にいた誰もがよけたが、虫眼鏡で拡大したかのような大男の若いカヌバス刑事だけは思いきって前に立ちはだかった。だがそれだけの理由があったのだ。

「エルイーサ・ラミラスの写真が手に入りました、警部」

ナバドは胸が高揚するのがわかった。エルイーサ・ラミラスは怪物に誘拐された十人目の被害者だ。怪物はクラウディア・ドゥルカスの殺害後、少女を探す範囲をラ・バルセロネータ地区やラバル地区、その周辺まで広げなければならなくなった。唯一そのあたりでは、少女たちが通りに出ていたからだ。大部分は、毎日酔っ払って過ごしているので子供を見張ることなど二の次になっている娼婦や無法者、工場で汗水流してあくせく働くあいだ子供をどこかに預ける余裕などない哀れな貧乏人の娘たちだった。そういう吹き溜まりのような場所で、怪物はたいした苦労もせずに五人の少女をかどわかした。誰がどこに住んでいるかはっきりしなかったから、捜査はいよいよ難航した。最後の被害者であるエルイーサ・ラミラスは居酒屋の主人の娘で、四日前に空き地で、唇を切り取られた姿で遺体となって発見された。みずからの悲劇についてどう思っていたか、表情のない遺体では読み取りようがなかった。こちらを見返すばかりの遺体は、答えを知りたがっているように見えた。生まれてから七年間ずっと港の路地で飢えた鼠のように暮らしてきたエルイーサだから、写真など撮られたことがないだろうとナバド警部は思っていた。だがわざわざ彼女を被写体に選んだ者がいたらしい。

「ランブラス大通りに小さなスタジオを持っている素人の写真家がいまして」カヌバスが説明した。「本人の弁によりますと、貧しい地区を歩いて、はかない運命の子供たちにせめて写真という形で永遠の命を贈りたい、という気持ちなのだそうです」

「ありがとう。よくやってくれた」ナバドは感謝した。

さらに感謝のしるしとして肩を叩（たた）いたが、それにには思いきり腕を伸ばさなければならなかった。何しろカヌバス刑事は身長が二メートル近くあるのだ。

ナバドはオフィスに引っ込んでドアを閉めた。興奮を抑えながら鋏（はさみ）を手に取り、かわいそうなエルイーサの口を写真から慎重に切り取る。愛のキスを与えることも受け取ることもなかった唇。ピンセットでそれをつまみ、部屋の隅にある画架に近づくと、相応の場所に貼った。そのあと数歩後ずさりし、怪物が少女たちから切り取ったのと同じ部分をつなぎ合わせて再現した見知らぬ少女を眺めた。事件について考えに考えたあと、ナバドはついに、こうとしか考えられないと結論した。あるいは、この線にすべてを賭けたから、そうであってほしいと祈るような気持ちだった。彼の仮説によれば、怪物は一人の少女を再生させようとしていて、各部位を手に入れるために犠牲者を慎重に選んでいることからすると、特定の少女を想定していると考えられた。そう、怪物は自分の娘を作り上げようとしているに違いない。おそらくは、かつて何か悲劇的な死に方をした娘を。ナバド自身父親だから、こういう狂気に駆られるのはわが子を失った者にほかならないという確信があった。もはやすべてが意味を失い、何もかもどうでもよくなったのだろう。

今、唇を手に入れた謎の少女に欠けているのは瞳だけだった。目を入れてやれたとき、作品は完成する。理屈で考えれば、怪物はそれで殺人をやめるだろう。〝娘を生き返らせる〟ことができたとき、やつは姿を消す。そうなったら逮捕は不可能だ。

ナバドは、キャンバスに形作られつつある見知らぬ少女を哀れみの目で見た。まさに七歳に見えるその少女は細身で背の高さは中ぐらい、右脚にカリフラワーの形の痣があり、顔は卵形で繊細な顔立ちをしている。口は小さな鼻と比べるとやや大きめで、髪は美しい蜂蜜色だ。あとわからないのは、目の形と色だけ。

「お名前は、お嬢ちゃん？」ナバドは一人きりのオフィスで囁いた。

もし少女の名前がわかれば、怪物の名前もわかるだろう。少女たちの遺体を町中にばらまいている男、心痛に囚われ、死んだ娘を生き返らせようとしている父親の名前も。

キャンバスの見知らぬ少女を眺めるうちに、自分の娘へ思いは向かった。明日は誕生日だ。午後にエル・シグロ百貨店に行って、娘の不満をなだめてくれそうな高価な玩具を買ってやるとしよう。サトゥルノ・パークに行くのは余計な危険を冒すようなものだ。玩具ぐらいで娘のご機嫌取りができるとは思えなかったが。

　そのときクルコイ警部補がオフィスに飛び込んできて、その勢いで巻き起こった風が机の上の書類をすべて撒き散らした。ナバドの顔がぱっと輝いた。誰も、警部補でさえ、三メートル級の鯉でも釣り上げたのでなければ、こんなふうに彼のオフィスにずかずか入ってくる者はいない。

　四週間前、ナバドは警部補に、警官を五、六人選んで、警察記録の山を漁り、この五年間に死亡した少女を探せと命じた。それは簡単なことではなかった。バルセロナだけでも麻疹や疱瘡、猩紅熱、下痢などで年に平均三千人以上の幼い子供が亡くなっていた。だが、とにかく全部調べるほかに手はなかった。だから、父親が憎しみのあまり狂気の復讐劇を思いつくような、とくに悲劇的な死を迎えた富裕層の少女たちを集めたリストを作るよう、指示したのだ。バルセロナや周囲の村を合わせると、それは数百件にのぼった。どうやら今はあまり好ましい時代ではなさそうだ。ごく最近のものから始めて、そうした少女の父親たちを調べたが、これまでのところ怪物のプロフィールと一致する者は見つかっていなかった。たいていはカタルーニャ社会でも傑物とされるような人々で、娘の死に打ちのめされながらも、家族のために仕事に邁進する日々を送っていた。それでもナバドはあきらめず、袋小路に入って部下たちががっかりするたびに少しずつ時をさかのぼって調査を続けた。だがなかなか結果が出ず、せめて最後の犠牲者が出る前に答えは見つかるのか、ナバドも疑い始めていたのだ。

「それは何だ？」ナバドは警部補の手にある紙束について尋ねた。

クルコイは厳かに上司を見た。

「怪物ではないかと思います」警部補は皺くちゃになった紙を差し出した。

ナバドは震える手でそれを受け取り、中身を読み始めた。

「バランティナ・クララムント・フンセカ、七歳、一九〇五年一月二十三日、サンタ・クレウ病院の火災にて死亡。母親はカザンドラ・フンセカ・トゥルネ、父親は同病院の外科医アルベルト・クララムント・サンチャス……」

ナバドは眉を吊り上げて警部補を見た。

「当日、少女は父親の病院を訪問し、入院中の貧困者たちにお菓子を配っていたようです」クルコイは説明した。「バランティナは一人娘で、母親は出産によって死亡しましたが、クララムント医師は再婚していません。火災が発生したとき、病院の上層部は、個室の病棟の入院患者から先に避難させるよう指示しました。専門治療を受けていた富裕層の連中です。しかし、貧しい患者たちが詰め込まれていた地下の病室は放っておかれました。不幸にも、バランティナは乳母とともにそこにいたのです。父親に挨拶に行く前だったので、クララムント医師は娘が病院にいるとは知りませんでした。結局娘も乳母も焼死しました。事実を知ったとき、医師は悲しみで気も狂わんばかりになりました。そして、貧しいことだけが理由で多くの人が死んだその不当さを、医学界のみならず、自治体そのものにも激しく訴え始めました。そういう差別がもとで愛する娘も死んだからです。新聞に扇動的な記事を掲載させ、街角や病院の玄関前で熱弁を振るいました。彼は結局病院を解雇され、公共秩序を乱したとして逮捕させると脅されもしました。そして姿を消したのです。わかっている最後の住所はこれです。ブナノバ地区に住んでいたようです」

ナバドはしばらく無言のまま、沈んでいく茶葉のように今の情報が頭の中に落ち着くのを待った。

「カヌバス刑事を呼んでこい」すべて理解するとすぐに命じた。「それから判事を見つけろ。家宅捜索令状がいる。今すぐその家に行こう」

十五分後には、警察馬車から吹き込む朝のさわやかな風が彼の顔をなぶっていた。馬車はブナノバ地区へと向かっていた。馬車に膝を突き合わせて乗り込んでいるクルコイ、カヌバス、それにナバド警部全員が、期待に満ちた沈黙に包まれていた。

新大陸貿易による成金の豪邸が建ち並ぶ中に、外科医の家はひっそりとたたずんでいた。手入れの行き届いたまわりの家々とは対照的に、荒れ果てたその様子がむしろ人の目を引く。三人の警官は馬車を降り、雑草や藪の茂る庭を進んだ。いちおうドアを叩いたが、開けてくれる者が中にいるとはあまり思えなかった。庭だけでなく屋敷の様子も荒れ果てており、長年空き家だったことは明らかだった。ノックをするのをやめたナバドが、ドアをひと蹴りして壊せと部下に命じようとしたとき、小さな声が聞こえた。

「クラムント医師をお捜しなの？」

通りに目を向けると、六十代と思しき全身宝飾品だらけの痩せた老婦人が、泥棒か浮浪者でも見るような訝しげな目でこちらをじろじろ見ていた。

「ずいぶん前からこちらにお住まいではありませんけど」

「医師をご存じだったんですか？」ナバドは警察章を見せながら門に近づいた。

「ええ、もちろん。私の家族は昔からお向かいに住んでますから」急に気を許した様子で、老婦人は答えた。

どうやら刑事たちは差別の対象からはずされたらしい。

「娘さんのバランティナのことはご存じでしたか？」

老婦人は表情を変えた。

「とても礼儀正しい、すばらしい娘さんでした。あんなことになって、本当に残念ですわ」ナバドも悲しげな表情を浮かべ、理解を示すようにうなずいた。「運命の女神はクラムント先生にあまりにも無慈悲でした。まず奥様を奪い、七年後に一人娘を連れ去った……一緒に先生の正気まで奪ったんです」婦人は指輪をいくつもはめた指でこめかみを叩いた。

ナバドは首を振った。そうとも、人生は裕福な人々に対しても同じように残酷だ。

「あんなに娘をかわいがっていた父親をほかに知りませんよ。いつも一緒で、二人でいると幸せそうだった。先生は娘さんのために生き、娘さんによって生かされているようなものでした。公園や通りでよく笑いながら遊んでましたよ。すらりと背の高い、身なりのいい男性が子供と一緒になって、片脚跳びをしたり、馬の真似をしたり。おたがいにちょっとした課題を出し合うゲームを発明したんです。百回片脚跳びをするとか、一分間息を止めるとか、通行人から帽子を拝借するとか。片方が課題に成功すると、もう一方がそれを少し難しくして挑戦しなければならないんです。父親も娘と同じくらい楽しんでいましたわ。娘を喜ばせるためなら、人がどう思おうと気にしない人でしたから。でもバランティナは七歳の誕生日に病院を訪ねて……」

ナバド警部は、挑戦ゲームの罪のない原型について説明を聞きながら、その不幸な外科医のプロフィールが怪物と驚くほど合致することに身震いし、思わず手を振って老婦人の話を遮った。彼女はその不躾さにむっとしたようだった。

「その医師がいつからここに住んでいないかわかりますか？」とナバドは尋ねた。

「とにかく、先生は娘さんを亡くしてから別人になってしまった」老婦人は頑なな表情を浮かべ、私の説明を最後まで聞けばちゃんと答えはわかるとばかりに続けた。よっぽど話し相手に飢えているのだろうと、ナバドはあきらめた。「すっかり頭がどうかしてしまったみたいでした。葬儀のときもずっとくり返していた。『一握りの灰しかない。遺体を埋葬してやることもできなかった』その一言に取り憑かれてしまったように、来る人来る人にそう訴えた。気持ちのいいものではありませんでしたよ。お酒を飲み出し、いろいろと問題を起こして、病院をクビになった。結局、遠縁を頼って、ニューヨークに行ったようです。少なくとも、旅行鞄と医者鞄を持ってこの家を出ていくのを私が見かけたときには、そう話してました。私だってこと、わかってなかったと思いますよ。錯乱した人の表情でしたから。たしか、一月だったんじゃないかしら」

最初の犠牲者マリオナ・リポイが誘拐された頃だ。そうなのか？ ついに怪物を見つけたのか？

警部はいきなり老女に背を向けると、つかつかと屋敷に近づいた。玄関にたどり着くと銃を取り出し、鍵穴に何発か撃ち込んで粉々にした。すぐにドアを押して、迷うことなく中に踏み込み、目を丸くしていた部下たちも続いた。ざっと中を見ただけで、思っていたとおりだとわかった。怪物はだいぶ前にここを出て、誰にも煩わされずに計画を立てられる隠れ家を探したのだ。

一通り屋内を捜索すると、整理簞笥の上に求めていたものがあった。ナバドは写真をそっと手に取った。顔は卵形で繊細な顔立ち、小さな鼻と比べるとやや大きめの口、美しい髪。キャンバスに形作られたあの少女だ。ただしこちらには目がある。

「見つけたよ」かすれた声で告げた。

クララムントは娘にできるだけなぞらえるように慎重に犠牲者を選んでいた。あと欠けているのは瞳だけ。だが残念ながら写真はモノクロだ。髪は蜂蜜色に違いないが、目の色はわからない。ご近所のお宅がいきなり冒瀆(ぼうとく)されたことにまごついたのか、門のところで立ち尽くしている老婦人のところに向かう。

「バランティナの目は何色でしたか？」

老女は記憶をたぐりながらうっとり微笑(ほほえ)んだ。

「きれいな顔の中でもいちばん美しかったわ。あんな瞳はほかでは見たことがない」

まったく！　この婆(ばあ)さんはまわり道をせずに質問に答えられないのか？

「ええ、そうでしょう。それで、色は？」

「特別な色合いの琥珀色でした。まるで蜂蜜を二滴落としたみたいに。でも、光の加減で色が変わるの。腹を立てたときは深いオレンジ色になった。猫の目みたいにきらめくんですよ」

ナバドは、自分の魂と一緒に、手の中から写真が滑り落ちるのを感じた。それはまさに娘のジュリアの瞳だった。バルセロナじゅうを探してもほかに見たことがない、特別な琥珀色の目。

参ったな、とアレナは思い、小説を乱暴に閉じた。琥珀色の瞳。そう、ラウラと一緒。彼女が、これを書いた男にたちまち恋をしても不思議じゃない。どんな女だって胸を打たれるはず。ただしアレナは別だった。世の中の男という男は、どんなに隠そうとしても鈍感でエゴイストだととうの昔に知っている。だけどディエゴにとっては、この作戦が裏目に出てしまった。アリがラウラの瞳を引き継いだせいで、妻へのロマンチックなオマージュが呪いとなってしまったのだ。そして、時とともにすべてがその運命に従って、収まるところに収まる。でも、ラウラはいつになったら、自分がとんでもない最低男と結婚したと気づくのだろう？ それには何度か生まれ変わらなければならないかもしれない。幸いこのあたしがまもなく目を覚まさせてあげられる。

ラウラは昼下がりにひどく狼狽（ろうばい）して泣きながら電話をよこして、ディエゴにまた裏切られたと話した。二番目の課題のためのトレーニングをすっぽかし、どこに行くのか誰にも言わずに、彼女と医療チームを置き去りにしたのだという。二度とそういうことはしないと約束したのに。従順な飼い犬であるルカモラが何時間も捜し続けているが、今回は前回よりはるかにうまく姿を隠したらしい。今度はどこで飲んだくれているのだろう。そのうえ、かわいそうなラウラが帰宅すると、パパが発作を起こしたので帰らなければ、という母親のメモを見つけたのだ。彼女の母親はまたしても娘より夫を優先させた。それがラウラを打ちのめしたのだ。「こんなときによくも私を一人にできるわよね。実の娘なのに！」でもいつものように、次の瞬間には母親を擁護し始めた。ラウラは、人の心の奥深くに眠っている善意を見つける魔法の杖（つえ）を持っているのだ。「病気なんだから仕方がないとわかるけど……母はここにいても何ができたわけでもないし。だけどディエゴはひどいと思うの。もちろん何時間もつらいトレーニングに耐えていたし、気持ちはわかるけど……」アレナはその〝わかるけど〟祭りに思いきってかたをつけた。「すぐそっちに行くよ」そう宣言して、答えも待たずに携帯を切ったのだ。

家に着くと、ラウラはアレナに抱えられて一時間近く泣き続けた。このひとときが永遠に終わらなければいいのに、と思いながらアレナはじっと動かず、肩のあたりに湿り気を感じる今着ているブラウスは二度と洗わないと心に決めた。その幸福の絶頂に、電話の音が響いた。ラウラがアレナの腕をはねのけて飛びつく。水を差したのは、ディエゴの兄、同じ負け犬のエクトルだった。どうやらディエゴは彼の家にいるらしい。酔った勢いで押しかけたのだ。

ラウラはほっとため息をつき、アレナを手招きして、彼女にも会話が聞こえるように携帯電話を耳から少し離した。それをいいことに、アレナはラウラと頬が触れ合うほどに身を乗り出した。顔が紅潮し、脈が速くなる。ラウラがそれに気づきませんように、と祈る。一部始終を説明し始めたエクトルの声に集中しようとする。テレビ局から戻ったとき、踊り場の暗がりでうずくまっていた人影が、エレベーターから降りた彼を見て叫んだので、こちらも死ぬほど驚き、大声を出した。灯り（あか）をつけてみると、暴漢でも何でもなく、なんと弟だとわかった。ディエゴはへべれけで、わけのわからない非難を次々に投げかけてきた。なんで白衣みたいなコートを着てるんだ。なんでひょろっと背が高いんだ。おまえはひどい兄貴だった。アリアドナを誘拐したのはおまえだろう。集まってきた住人たちをぎょっとさせたのちに何とか家の中に引きずり込み、何杯もコーヒーを飲ませて、混乱した文句の数々を辛抱強く解読していった。なんと、遠い昔に一緒に動物園に行ったときの何気ない一言から、兄が犯人だというみごとな結論を導き出したらしい。さすがのエクトルも激怒し、積もり積もった弟への不満を吐き出した。そうして嵐のような非難合戦を続けるうちに、それが一種のカタルシスをもたらして、いつしか二人は固く抱き合っていた。今ディエゴはソファーで眠っているという。しかし気を失う前に、ラウラに電話して、心からすまないと伝えてくれとエクトルに頼んだらしい。兄弟間のおかしなやり取りについて聞くうちにラウラの不満も消し飛んだのか、妙に嬉しそうな表情を浮かべた。義兄に謝罪と感謝の言葉を述べ、相手も自分のこれまでの言動について、それにテレビ出演についても平謝りした。ラウラは義兄をなだめて電話を切ると、アレナのほうを向き、安堵のため息をついた。

「ディエゴは怖くて逃げ出したわけじゃなかったのよ！　怪物を見つけたと思ってとっさに駆けつけたの。ほっとした。もう飲まないと約束したわずか三日後に、また酔っ払ったのは確かだけど……でもとにかくお兄さんとも仲直りできたし、よかった」

「よかった？」アレナは言い返した。「酔っ払ってたんだよ、ラウラ。酔っ払いは人にやさしくなるものだし、やたら友好的になる。そんな仲直り、意味ないよ。そもそも、娘さんの命が懸かった二番目の課題のためのトレーニングを放棄したんだよ？　酔っ払うにしろ、刑事コロンボを気取るにしろ、今じゃないでしょう」

ラウラもやっと理解したようだった。なぜなら、それが真実だからだ。行動は雄弁だ。ディエゴはトレーニングをほっぽらかし、ラウラの気持ちなど考えもせずに夜になるまで姿をくらました。自分のことしか頭にないのだ。アリの命がそんな男の手に握られているなんて。

それで再びラウラは泣き始め、アレナはまた慰めなければならなくなったが、ラウラはもう腕の中には戻ってきてくれなかった。腹を誰かに殴られたかのように、自分で自分の体を抱え、無言で泣いていたからだ。気持ちを持て余しているのだろう。彼女を操るのはいつも簡単だけど、今回は難しそうだ、とアレナは思った。心の痛みに圧倒され、ほかに何も考えられなくなっている。そうして泣き続けるラウラに、とうとうアレナは声をかけた。

「入浴剤を入れた熱いお風呂を準備してくるね」

アレナはお湯の表面にのろのろと泡が浮く様子を眺めながら、ラウラが服を脱ぎ、すらりとした体をそこに沈めて、いたずらっぽく笑いながら一緒に入らないかと手を伸ばしてくる様子を想像した。思わずぶるっと身震いする。ラウラにそういう趣味がないことを知ってはいるが、ここまで心が弱ったことが今までなかったのも確かだ。軽いタッチやキスで、もしかすると空想が現実になるかもしれない。彼女は今やさしさを必要としている。行動を起こしても、失うものはないのでは？　キッチンで二つのグラスにワインを注ぎ、リビングに戻ると、ラウラはさっきと変わらぬ姿勢でそこにいた。グラスを一つ渡し、そっと手を取って浴室へいざなう。浴槽をぼんやり見ていたラウラはその目をアレナに向けた。でも、そこに自分と同じ気持ちがないことはわかっていた。アレナは危険を冒すのをやめた。

「グラスが空になって、肌がふやけるまで出ちゃだめだよ」と命じる。

意志という意志を総動員してドアを閉め、一人リビングでワインを飲みながら、愛しい人のことを頭から追い出すためにディエゴの小説を読む。逃げたんじゃない。これは作戦だ。夫がここにいない今、余計な邪魔が入る心配もなく、今夜はラウラを独り占めできる。

いつも人のことばかり思いやっているラウラ。なんでディエゴなんかとくっついているのか。彼が拷問道具に体を締めつけられ、苦しみ抜いて、とうとうボタンを押すところを想像し、にんまりする。もちろん、そうなればいいなんて思っていない。アリのことは心から愛しく思っている。でもそういうことでもなければ、ラウラは夫がどんな男かわからないのではないか。彼女にはふさわしくない。いいえ、ラウラにふさわしい男なんていない。あのがさつなルカモラにしてもそうだ。

　ラウラが恥を忍んで、あの刑事と寝たことを告白した日を今も覚えている。情事が始まったのは五か月前のことで、ラウラ自身「許しがたい過ち」と表現したが、アレナはそうは思わなかった。逆に、そう聞いて心ひそかに嬉しかった。自分にもチャンスが、と期待したからではなく、夫婦のあいだに溝を作る出来事は何でも大歓迎だったからだ。心の中で拍手喝采するのに忙しくて、どうしてそういうことになったのか、ラウラの説明を聞き逃しそうになったほどだ。講演会のためにディエゴがオーストラリアに行っていたときに浴室で水漏れが起き、警部が道具箱を抱えた白馬の騎士さながら現れて、彼女を救ったのだ。しかしその「許しがたい過ち」は、二人の意思でその後も四度くり返された。すでに北半球に戻っていたディエゴには内緒で、いわゆる普通の〝浮気〟の形を呈し始めたことを知ったアレナは、だんだん心配になってきた。ラウラは恋に落ちたの？　まぬけな夫から自惚（うぬぼ）れ屋の刑事に乗り換えるつもり？　幸い、事は大事には至らず、情事は始まったときと同じくらい唐突に終わった。ラウラみずからルカモラに、これは間違いだし、私は混乱していただけであなたを愛してはいない、だからこれからはお友だちでいましょう、とはっきり言い渡した。そして、予想はできたものの、ラウラはルカモラの気持ちをもてあそんでしまったことを激しく悔いた。

　ラウラを励まそうと、アレナはラウラを買い物に誘った。なかなかその気にさせられなかったが、ようやく約束をして、当日彼女を迎えに行った。ところがラウラは前のバルで待っていてくれという。珍しくディエゴと大喧嘩をしたらしい。コーヒーを頼み、大窓の前のテーブルについた。二十分後、友人が通りのこちら側にやってくるのが見えた。なんてきれいなんだろう。黄色いコートに身を包んだその姿は可憐な花のようだ。席についてサングラスを取ったとき、目が赤いのに気づいた。

「今度はどうしたの？」と尋ねる。

「何でもない……」ラウラは首を振り、ウェイターにコーヒーを頼んだ。「悪いのは私なのよ」

アレナは天を仰いだ。

「また何でも自分のせいにする……」

「本当なの！　一日じゅう、誰かと喧嘩をしたくてたまらなかった。大声でわめきたかったの。それで気が晴れると思った。でも違った。もう二晩も眠れないの。良心の呵責で死んでしまいそう……なんであんなことをしたのか！　夫を裏切ってしまった。それも彼の親友のジェラールと！」

「落ち着いて。もう過去の話だよ。そうでしょう？　あなたが自分で終わりにした」

「少なくとも今回のことは、どれだけディエゴを愛しているか気づく役には立った」

アレナは吐き気を何とかこらえた。

「妻のアバンチュールは夫婦の絆をさらに深めるとどこかで読んだわ」とラウラが言った。

「あなたが十五歳のときの『コスモポリタン』の記事じゃない？　ラウラ、あたしは夫婦問題の専門家ってわけじゃないけど、あなたが夫以外の男と夫婦のベッドで寝たことは、夫との関係をよくするためだったとは思えない」

ラウラは息を止めた。

「アレナ、そんな言い方はひどいわ」

「ごめんね。でも、あたしがいつもあなたに正直なのは知ってるよね？」

ラウラはしばらく瞬きもせずにアレナを見つめた。

「あなたの言うとおりね」やがて両手に顔を埋めて呻いた。「私はひどい女よ」

「そういう意味で言ったんじゃないよ」アレナは笑い、ラウラの手を取って自分のほうを向かせた。「あなたはもう夫を愛してない、それだけの話」

「愛してるわよ」

「いいえ、あなたはもう存在してないディエゴを愛してるの。早くそう認めたほうがいい。あなたのためにも、現実のディエゴのためにも、アリのためにも。みんなのために」

ラウラはまたうなだれて黙り込んだ。アレナもそれを邪魔する気はなかった。友人の頭に今の言葉が染み込むのを待つあいだ、隣のテーブルにいる若者がこちらをじっと見ているることに気づいた。こちらというより、ラウラのことを。ハンサムで背が高く、ジムで鍛え抜いた体をしており、三十歳にもなっていないように見える。いや、なっていたとしても、初めて女性を見るような目でラウラを見ていた。彼女は美人だし、髪型や服装が醸し出す若々しいオーラは、父親ほどの歳の男でも、息子と言ってもいいくらいの男でも、魅了してしまうのだ。

「でも、存在すると思う」ふいにラウラが言った。

「え?」

「私が愛したディエゴはまだ存在している」友人の目を見て説明した。「私を呼ぶ声が聞こえるの。助けを求めてる。私が手を伸ばせば、自由にしてあげられる」

アレナは反論しようとしたが、水掛け論になるとわかっていたので受け流すことにした。

「あたしはそうは思わないけど。とにかく、買い物に行こう」それで話を終わりにして、ウェイターに勘定を頼んだ。「そのあと酔っ払おうよ」

「それは無理。ジムに行って、早めに寝るわ。明日は仕事がきつそうなの。あなたもジムに来なさいよ。この二日間、私につきっきりだったじゃない」非難がましく言った。「少しは楽しみましょう。たとえばズンバのレッスンを受けて、そのあとサウナとか」

「いいね! だけど、ロッカーはちゃんとしてる? あたしいつもいろいろな場所のマスターキーを持ち歩いてるから、なくしたくないのよ」アレナがバッグを揺すると鍛冶屋の道具袋のようにガチャガチャと鳴った。

「そうねえ……」ラウラは、財布を出そうとしたアレナを止めて、勘定を払いながら言った。「大丈夫よ。あそこは街いちばんの高級ジムが売り文句だから、セキュリティはすごく厳しいの。盗難の話は聞いたことがないわ。そういえば、書店カフェ・チェーンと契約したのよね。おめでとう！　あなたって本当に経営の天才ね」

勢いよく立ち上がってコートを羽織ろうとしたラウラは、出口に向かおうとしていた隣のテーブルの若者とぶつかってしまった。自分の美しさに気づかない姫君さながら明るく謝罪したが、アレナの目には、衝突のあと若者が必要以上にあたふたしていたように見えた。まったく、追いかけていって股座を蹴り飛ばしてやろうか。

「あなたみたいに子供の命を救ってはいないよ」アレナは立ち去ろうとする若者を放っておくことにした。「そして、契約した場所を隅々まできれいにしてるのはあたしじゃなくて、うちの清掃チーム」

「何言ってるの？」ラウラは彼女の腕を取り、やさしく目を覗き込んできた。「あなたは自分の力で成功したのよ。私は学費を親に出してもらったし、最初の仕事はコネで手に入れたた。あなたを心から尊敬してるわ、アレナ。あなたを大切にしてくれる、ふさわしい人と出会ってほしい。そういえば、最近離婚した救命医がいて……」

「いいから、ズンバ教室に行こう！」

浴室のドアが開く音がして、恋人気分を楽しんだすてきな記憶に浸っていたアレナは悲しい現実に引き戻された。結局のところ、自分は泣きじゃくる美女に肩を貸す、醜い友人にすぎないのだ。読んでいたことを知られたらラウラを驚かせると思い、急いで『血と琥珀』を書棚に戻すと、リビングのソファーに戻った。部屋に入ってきたラウラはバスローブに身を包んでいる。その下は何も着ていないことが見て取れ、濡れた髪やほてった輝かしい肌、全身の細胞から滲み出る色香に少しも気づかず近づいてくる。

「気分はよくなった?」アレナは、自然に聞こえるように努めながら尋ねた。

22　将来有望な一介の警官

金曜日の朝、オラーヤ警部補がシャム猫のようにしなやかな足取りで廊下を歩いていると、携帯電話が震えた。上着のポケットから出して、相手がルカモラ警部だとわかると、ため息を漏らしてから電話を華麗にひと振りして耳にあてがい、明るく挨拶した。

「ああ、ジェラール！　ちょうどあなたのことを考えてたんですよ。今どこですか？」

「オーバールック診療所だ」警部はいつものように手短に答えた。

「トレーニング二日目の様子は？　ディエゴは昨日より進歩しましたか？」

「それを心配するということは、ジュリアン・バソルの捜査がうまくいってないってことだな」ぼそりとそう言った。

「さすがお見通しだ」オラーヤは認めた。「でも、まだトレーニングが続いている診療所から電話をくれたということは、元教え子たちの捜査も行きづまってるってことですね」

「オラーヤ、寝言はいいから、進捗状況を報告しろ」

警部補はにやりとした。

「ルジャスはすでに、バソル医師の携帯と銀行口座の取引状況を調べ終えました。怪しいところは何もありません。この一年、通話記録は仕事かありきたりな公的手続きに関するものだけです。人付き合いがほとんどない。知人や同僚はいても、親しい友人はいない。銀行の取引内容もそれを裏付けています。クレジットカードの請求書も、基本的に食品や本、音楽、衣類、あの馬鹿げたミニカーに関するものばかり。旅行にも映画にも、レストランにもバルにも行かない。プレゼント目的と思われる買い物は一つもありません。もちろんカードの使用状況からそう考えられるわけですが、買い物はすべてカード決済で、現金はほとんど引き出されていません。偽名を使った隠し口座や副収入があるなら別ですが。それは今捜査中です。あるいはマットレスの下に金を隠しているのかも。だとすれば、そこに未登録の別の携帯電話もあるでしょう。今はパソコンの解析に集中しています。仕事場のもの、自宅のノートパソコンとデスクトップ。何かしら見つかると思いますが……」

「明日は二回目の挑戦の日だ。何か見つけたらすぐに知らせろ」ルカモラはそう言って、挨拶もなしに切った。

　オラーヤは肩をすくめ、部署の部屋に向かった。そこにはルジャス情報捜査官しかおらず、彼を見るとくるりと椅子を回して微笑んだ。オラーヤは伊達男（だておとこ）ふうに彼女を指さした。

「何か見つけたと言ってくれ」

「見つけたわ」

彼は目を細めた。「いいね。そういう従順な奴隷プレーには本当に興奮する」

ルジャスはおずおずと笑った。

「違うの、本当に見つけたのよ。見て」彼女はパソコンの画面のほうを向き、オラーヤは彼女の肩越しに覗き込んだ。その近さにルジャスがどぎまぎすることはわかっていたが、それを楽しんでいた。自分の魅力を再確認するためなら、どんなチャンスも逃がさない。

「事件の翌日にバソルが消したファイルなんだけど、回復できたの。最初はたいして意味はないように見えた。この人すごく几帳面だから、買ったもののレシートを全部スキャンして保管し、購入日、品物のタイプなんかで分類してるのよ。問題のファイルには、まもなく保管期限が切れる領収書が入っていて、デスクトップを整理するために消したとも考えられるんだけど、でも……」

ルジャスは彼をちらりと見た。

「でも君は何かに気づいた」

「まあね。じつはいろいろと。まず、三か月以内に何か買ったものがあるとわかった。領収書があるの。間違って紛れ込んだのかもしれないけど……」

「でも君は優秀だから、そう簡単には騙されない。それで？」

「いろいろとしっくりこないのよ。まず、ただのデスクトップの整理にしては、ファイル全部が注意深く消されている。そしていちばん気になったのは、その品物が現金で購入されている点。でも、それと符合するような口座からの出金がない。だって、七千四百五十ユーロっていうかなりの大金なのよ」

オラーヤは口笛を吹いた。

「どこから出たお金かわからない。買った証拠をきれいに消そうとしているみたいに見えるの。でもそれだけじゃない。いちばん妙だと思ったのは、買った品物そのもの。プロ仕様のカメラなの。カメラマンの友人に尋ねてみたら、パパラッチが使うたぐいのカメラだって。遠距離から逆光でも撮れるから」

「なるほど……ジュリアン・バソルが何のためにそんなカメラを使うのか？」

「そう。旅行もせず、病院と自宅と本屋を行き来するだけなのに」

「そういえば、あの部屋にカメラはなかったな」

「もちろん巨大な望遠レンズも買ってあった。あればきっと気づいたはず。でも、三か月前に買ったのだとしたら、写真はどこ？　まだ一度も使っていないのか？　パソコンの中にはその手のカメラで撮影された画像はなかったわ。もし撮ったのなら、このファイル以上に入念に消したってことね」

「つまり、われらが先生はディエゴの本のことだけでなく、秘密のカメラも、そしておそらくは写真も隠していたのか。じゃあ、それはどんな写真か？」

「誘拐を準備するための写真とか？」ルジャスはおずおずと答えた。「何か月か前から一家を見張っていて、計画を練るために動向を記録し、遠くから写真を撮っていた。とくに、今もまだ忘れられずにいるラウラのことを」

「ミレイア……」オラーヤは彼女のほうに身を寄せた。「これから僕が何をするかわかる？」ルジャスが期待するように唇をうっすらと開けるのを見届ける。「われらが先生に会いに行くのさ」

「ああ」

警部補はいきなり体を起こし、両手をこすり合わせた。

「途中でバルガヨ署長に電話して、大きな進展があったと報告しよう」

「ルカモラ警部に連絡しておきましょうか？」ルジャスは失望を表に出さないようにしながら尋ねた。

「警部は拷問ごっこで忙しいから、あとで僕から伝える。君は仕事を続けてくれ。例の写真を見つけるんだ」オラーヤは去り際に言った。いったん外に出て、戸口から顔を覗かせにっこりする。「これは命令だぞ、奴隷くん」そしてウィンクをして立ち去った。

二時間後、警部補はバラスク・クリニックの待合室で座っていた。うんざりした顔で、しかし我慢強く雑誌をめくる。長々と待たされてもそう簡単にはいらだったりしない男を演じていた。部屋の奥にはカウンターがあって、若い看護師が陣取り、ちらちらとこちらに視線を送ってくる。オラーヤのほうでも気を持たせる笑みを送ると、彼女は頬をうっすらと赤く染めた。しかし、そんなやり取りにも飽き飽きしてきた。

オラーヤは立ち上がり、せいぜい魅力を振りまきながら、ジャガーのように優雅に受付に近づいた。

「どうも。バス先生と話をするにはまだ時間がかかりそうですか？」

「ええと……ちょっとわからないんです。まだ手術室におりますので。でもそう複雑な手術ではないので、まもなく来ると思います」

オラーヤはちらりと彼女を見た。

「少し話をしてもいいですか？　心臓外科の雑誌はもう全部読んでしまったので。もし忙しいなら……」

「ああ、いいんですよ」看護師はにっこり笑った。歯が不揃いで、あまり見られたものではない。「今はとくにすることもないので」

「じつは去年、母が交通事故に遭いましてね。そのとき看護師さんにとてもよくしてもらったんです。あのときのことはけっして忘れない」

「ありがとう。私たちの仕事を認めてくれる人なんてほとんどいなくて。実際、看護師は医者の秘書だと思っている人が大勢います」

オラーヤは温かく微笑んだ。

「でも、それは知らないからだ。年配の医者たちの中には、今もあなた方をそういうふうに扱う人がいるのでは？」

「若くても同じよ。大勢いるわ」

「バス先生はどういうタイプですか？　僕からすると、少々お堅い印象ですが」

　看護師はまた笑った。

「ええ、少し。でもとても礼儀正しいわ」看護師は、小指を立ててカップを持ち上げる真似をした。オラーヤはケラケラ笑った。「でもたいていは、近づくといやな臭いでもするかのように距離をとって話す。わかります？」

「ええ、よくわかります」オラーヤはうなずき、鼻に皺を寄せ、顎を突き出した。

「そう、その表情！　あなた、面白い人ね」

「女の子はみんなそう言ってから、僕を振るんだ」オラーヤはがっかりしたように言い、看護師がまた笑った。「それで、バス先生のことをもう少し話してくれませんか？　そんなに堅苦しいと、スタッフにあまり好かれてないのでは？」

「ええ、じつは。警察が来て先生のロッカーの中を調べ、パソコンを押収してからは、それまで以上に。これってやっぱり、怪物の事件と関係があるんですか？」

「話したいのはやまやまだけど、恋人にでもなってくれないかぎり、無理だな。捜査上の秘密ってやつなので。じゃあ、バス先生の私生活についてはあなたもあまり知らない？」

「誰も知らないと思いますよ。さっきも言ったように、人との付き合いがないんです。何にも関わろうとしない。たとえば最近、引退する古株の先生にプレゼントを贈るためみんなでお金を出し合ったんですけど、彼だけ加わらなかった。そのくせ、お願いはしてくるんです。手近な例では、今夜の夜勤を代わってくれ、とか。当日にですよ！　誰だって予定があるのに、そんなにぎりぎりになって言い出すなんて。誰も手を上げませんでした。彼を助けたがる人なんていないから。そしたら怒り出して、どこかに行っちゃった」

「少しかわいそうになってきたな」オラーヤはいかにも善人らしく言った。

看護師はまた少し笑った。

「ええ、まあそうね。カフェテリアでいつも一人で座っている。本をお供に食事をするの。でも、人と一緒にいるところを何度か見かけました。病院関係者じゃなかった。二、三か月前にはとても身なりのいい老婦人と、一週間ほど前には、髭(ひげ)が伸び髪も汚れてくしゃくしゃな若者と。相手が正反対の雰囲気の人だったので、気になったんです。それに、どちらにも同じ封筒を渡していた」

「へえ、本当に？」

「はい。最初はあまり気に留めませんでした。お祝いのカードみたいに見えたので、先生のお母さんか誰かかなと思ったんです。でもその若者にも同じものを渡してたから、変だなと思って……」

「たしかに変だな。あなたはすごく観察力があるね。探偵にだってなれそうだ。あ、すみません、電話がかかってきた」

オラーヤは携帯電話を取り出し、看護師にウィンクすると、廊下に出た。甘ったるい声のトーンががらりと変わる。

「どうした？」

「時間どおりに戻るわよね？」受話器の向こうの妻が切羽詰まった様子で言う。

「戻るよ。今朝そう言っただろう？」

「怪物の事件の捜査が始まってから、あなた毎日遅いじゃない。今夜の夕食は私たちにとって、あなたの将来にとって、すごく大事なのよ！　党の幹部やテニスクラブの会長、パラルタ判事、それに私の両親も来る……」

「何もかもうまくいくよ。君の計画どおりすばらしい夕食になる。僕も、君に誇らしく思ってもらえるように振る舞うよ」

「今だってあなたを誇らしく思ってるわ。だけど知ってのとおり、パパはいまだに愛する娘の保護者気取りなの。一介の警官に大事な娘を奪われたこと、まだ許してないのよ」

「たしかに一介の警官だが、将来有望だし、生まれながらに品格がある」

妻が笑った。

「じつは、パパがあなたを許せないのは、ママまであなたに夢中だからだと思う」

「たぶん今夜、僕が怪物事件をまもなく解決すると話したら、許してくれるんじゃないかな。十年もしないうちに、君は犯罪捜査部長の妻になる」

「その人と結婚するためにあなたと離婚するとは思えないけど」

オラーヤは思わず大笑いした。

「君は美人なだけでなく、ユーモアのセンスも最高だ」

「じゃあね、頼んだわよ。愛してる」

「僕も」

オラーヤが電話を切ったそのとき、背後で声がした。

「オラーヤ警部補？」

ジュリアン・バソル医師は廊下の中ほどで立っていた。手術室から出てきたばかりで、まだ手術着を着ており、ほどいたマスクが顎の下に垂れ下がっている。まるで怪物の仮装だ。容疑者にしか見えなかった。推理小説では、最もそうは見えない者が得てして犯人だが、ここは現実世界だ。ドラマチックな演出を狙って駒を動かすゲームマスターなど、この世にはいない。神が気まぐれに配った癌(がん)や交通事故という運命に、信者たちが好き勝手に意味付けをしているだけだ。

「バス先生」オラーヤは近づいて握手の手を差し出した。「お会いくださり、ありがとうございます」

「じつはあまり時間がないんです」バソルはぶっきらぼうに答えた。

「ほんの数分で済みます。どこかゆっくり話せる場所に行きましょうか」

外科医はうなずき、病院のカフェテリアに刑事を案内すると、静かな席を選んで座った。

ウェイターがコーヒーを持ってくるまでのあいだ、オラーヤは相手を無言で眺めていた。最初に会ったときのような協力的な態度はすでに消えていた。移動のあいだも二人はゼンマイ仕掛けの人形のように一言もしゃべらずにただ歩き、今もバソルは折り紙でもするつもりなのかナプキンをいじって、オラーヤが沈黙を破るのを待っている。しかしオラーヤは、外科医の青ざめた顔や目の下の隈(くま)、人の内臓に触れる細い手をただ眺めていた。彼の視線に耐えかねて、とうとうバソルが口を開いた。人を疑心暗鬼にする沈黙作戦は失敗したことがない。

「それで、何の用ですか？　もういい加減にしてください。弁護士からは、出頭命令が出ないかぎり、あなた方と話をする義務はないと言われてるんです。私はずっと協力してきました。プライバシーを侵害され、評判を台無しにされても、なお。深刻な事件だとわかっているからです。だがそれでも……」

「嘘(うそ)をつきましたよね、バス先生」オラーヤは突然声を取り戻したかのように、やんわりと話を遮った。

医師は居心地が悪そうにもぞもぞと体を動かした。

「アルサさんの本のことは自分が馬鹿だったと、もう話しましたよね？　あなた方が来ると知って、夫の本を読んでいたとラウラに知られたら恥ずかしくて生きていられないと思い、パニックになった……」

「違います」オラーヤが相変わらずにこにこしてまた遮る。「そのことじゃない。あなたは写真が趣味らしい。情報を隠すのは嘘をつくのと同じだ」

外科医は青くなった。

「何の話かわかりません」

オラーヤは上着のポケットから数枚の紙を取り出した。

「あなたのパソコンでこの記録を見つけました。もちろん、ずいぶん念入りに消そうとしたようですが。三か月ほど前にプロ仕様のカメラを買い、かなりの額を現金で支払っている。ところが銀行口座からそれを引き出した痕跡がない。そのカメラは今どこにあるのか、なぜ領収書を捨てたのか、費用をどこから出したのか、お話し願えますか？」

「ああ、あのカメラか」バソルは引き攣（ひきつ）った笑いを漏らした。「じつは盗まれたんです。だから領収書も捨てた。買った翌日に、です。信じられますか？　うっかりするにも程がありますよね」

「警察に届けなかったんですか？」

「届けても仕方がないでしょう。ああいう高級品はブラックマーケットで売買される。それからお金のことですが……」熾火(おきび)の上にでも座っているかのように、また体をもぞもぞさせた。「お恥ずかしい話ですが、しょうがない」彼はため息をつき、話し出した。「じつは、ときどき病院からこっそり手当をもらってるんです。残業した分を無税で、現金を封筒に入れて。同僚の多くがそうしてもらってる。だが、私は家に現金を置いておきたくなくてね。盗難の心配があるので。家にある所有物には保険をかけてありますが、現金はそうはいかない。それで、もらうと気まぐれにさっさと使ってしまうんです」

「なるほど。場合によってはその封筒を、身なりのいい老婦人や髭もじゃの若者に渡したということはないですか？　資金洗浄に協力してもらったとか？」

「は？」

「まさにこのカフェテリアで、今お話ししたような風貌の二人の人物とあなたが会い、それぞれに封筒を渡していたと聞いている」

「何の話かさっぱり……」

オラーヤは穏やかに微笑んだ。「わからない？」

「ええ、わかりません」バソルはきっぱり言った。「どちらも患者で、何か治療に関する情報を渡したのかもしれない。そうしたいなら、脱税で告発してもらってもかまわない。私がこんな窮地に立たされているってときに、病院は私をひどく邪険に扱う。病院側を苦しめられるなら、喜んで罰金を払いますよ。まわりから怪物であるかのように見られることに、もううんざりなんだ。君の味方だよ、の一言さえない。私は何もしていない。無実ですよ。ラウラや娘さんに危害を加えるなんて、まさか。逆だよ。早く解決すればいいと心から願っている」

「われわれはわれわれの仕事をしているだけです。だから、もしあなたが無実なら、どうか落ち着いてください。すべて解決したら、まわりの空気も少しずつ元通りになる」

　バソルは無言でオラーヤを眺め、悲しげな笑みを浮かべると首を横に振った。窪んだ目がますます窪んだように見える。

「そうは思えませんね。悪意は濁流のように行く手にあるものを次々に破壊する。ネットやテレビを見てないんですか？　人々は怪物を憎み、恐れ、そして賞賛している。悪意は、対岸から眺めている者にも膿を跳ねかけるんですよ」

23

痛みの井戸

第二の挑戦の日、小さな中継スタジオの入口には熱狂する人々の群れが殺到していた。ディエゴは車の窓から目を丸くしてそれを眺めた。どこからかそこが挑戦会場だという情報が漏れ、新聞記者や野次馬たちが彼を一目見ようと押し合いへし合いしているのだ。映画公開初日のハリウッドスターの舞台挨拶でもあるまいし。あんたはヒーローだとか、最高だとか、きっとできるとか、その手の励ましの言葉を叫んでいる者が多いが、かといって、ディエゴの内側のどこにも見当たらない勇気がそれで湧き出すわけでもなかった。しかし、外科医の仮装をし、大声を出したりプラカードを掲げたりしている怪物フリークの一団に気づくと、やはり不安になった。連中はみなマスクをし、血まみれの前掛けをつけて、中には本物そっくりのメスを振りかざしている者もいる。彼らは頭上で《私は生き、存在する、現実だ》と書かれたプラカードをゆさゆさと振っている。怪物ファンたちがその存在を世界に宣言しているのだ。

ディエゴたちを家に迎えに来たアラム刑事は、非常線でかろうじて抑えられている、騒ぎたてる群衆を前にして、車を停めた。そのとき偽外科医の一人が非常線にほころびがあるのを見つけ、薬でもやっているかのようにふらふらした駆け足で車に寄ってきた。誰にも止められずに車にたどり着いたその男は、窓を激しく叩いて、ラウラをひどく怯えさせた。警察に引き離される前に、ディエゴはその視線の定まらないぎらぎらした目を見、わめき声を聞いた。「怪物は存在する！　おまえは彼に命を渡した！　彼を信じろ！　そうして初めて娘を救える！」

ディエゴは妻の震える体を抱きしめたが、自分も同じように震えているのがわかった。怪物フリークたちが着ているのは自作の衣装だったが、その姿を見ただけでディエゴの全身を恐怖が木枯らしのように駆け巡った。だからこそ、タジャーダにあんなにプレッシャーをかけられたのに、『血と琥珀』の映画化権の契約を拒んだのだ。悪夢の中に棲む怪物がそれらしい姿を得て現実世界を歩きまわるのを見たら、心臓発作を起こしてしまう。車を降りるときには偽怪物の集団をなるべく見ないようにし、二人の刑事に護衛されながらラウラと一緒にスタジオに向かった。彼らが通るあいだ、誰もが手を伸ばしてさわろうとするので、いやでも足が速まった。あまりの狂騒ぶりに、ディエゴはぞっとした。

建物の玄関ホールでは、小さなグループが彼らを出迎えてくれた。見知らぬ人々の中にアーノルドやミヤギ老人、ルカモラの大きな体を見つけてほっとした。警部のところにたどり着いたとき、尋ねるように視線を向けたが、絶対に二番目の課題はおこなわせないと数日前に強く誓った男はこちらと目を合わせようとしなかった。それでもうわかった。最後まで奇跡は起きなかったし、これからも起きないだろう。アリの命は自分一人に懸かっている。娘を心から愛する腰抜けな父親、ディエゴ・アルサに。

そして三十分後、ディエゴは再びノートパソコンにつながれたカメラの前にいた。だが今回はコウノトリに束縛されている。小型マットレスの上で、装置によって強制されたおかしな格好をとり、肌に食い込む鉄の冷たさを感じている。数分前には血液検査がおこなわれ、鎮静剤や鎮痛剤のたぐいをいっさい摂取していないことが証明された。それからアーノルドが《それがなかったら、この挑戦もちっとも面白くない》スイッチをディエゴの手に絶縁テープで固定した。そうすればスイッチが手から滑り落ちることもないし、自分で放り出すこともできなくなる。ディエゴは、押せば拷問から解放されるボタンを手に、押したい誘惑に七時間耐えなければならないのだ。最後に、右耳に小さなイヤホンが装着され、髪の毛で隠された。そこからラウラの声が聞こえてくる。彼女は隣にある小部屋に座り、そばにいるミヤギ老人のアドバイスを彼に伝えるのだろう。

準備が整うと、アーノルドと技術スタッフがディエゴに憐（あわれ）みの滲む目を向けつつ、別れの挨拶をした。ディエゴはため息をつき、痛みを待った。まもなくやってくる恐ろしい苦しみを考えると、胃がよじれ、鼓動が速くなる。どうせなら今すぐボタンを押して苦しまずに済ませたいと思うが、我慢した。自分は必ずやり遂げる。たとえ不可能に思えても、アリを連れ戻すためなら絶対に。やってみるだけではだめなのだ、成功しなければ。

僕ならできる、やってみせる、と自分に言い聞かせる。ミヤギ老人から、悲観的なことを考えてはいけないと言われた。練習したことを一つひとつこなそうとする。気持ちを落ち着かせるために呼吸のリズムを整える。大事なのは、恐怖に心を支配させないことだ。「痛みの恐怖は痛みそのものより痛い」とミヤギ老人は言った。「痛みについて考えるな。呼び出さず、待たず、現れたら受け入れろ」ミヤギ老人を怒らせないためにいちおううなずいたものの、無意味な言葉だと思っていた。だが、今それを頭の中でくり返していると、不思議と心が安らぎ、驚いていた。地平線の向こうからゆっくりと近づいてくる痛みの嵐を前にした、こんな孤立無援の状況では、料理のレシピでさえ慰めになったかもしれない。

ミヤギ老人はほかに何を言っただろう？　車にワックスかけろ？　違う、それは映画のミヤギ老人だ。ああ、そうだ。「アリアドナのことを考えろ。顔を思い浮かべるんだ。娘さんは〝生き、存在する、現実だ〟。必ずどこかにいて、君が助けに来るのを待っている」そう聞かされたとき、そんな助言は不要だと思った。誘拐されてからずっと、一瞬たりともアリのことを考えないことはないからだ。いや、正直に言えば、あの子が生まれてからずっと。頭の中につねに子供がいて、善良な暴君さながらあらゆる物事のてっぺんに君臨している――親とはそういうものだ。今どこで何をしていようとも、存在の延長としていつも子供は頭の中にいる。自分で自分のことができるようになるまで、ずっとそのやさしくはかない姿を見守り続ける。ディエゴはアリを何より愛していた。こんなふうに体の奥から自然に、無条件に愛情が湧いてきたことは今までなかった。ラウラに対してさえそんなことはなかったのだ。だから、娘を救うためにどうすればいいか、誰より知っているはずなのだ。アリのことを思い浮かべろなんて、わざわざミヤギ老人に助言されるまでもない。ところが、初めてコウノトリを試して一分もたずに解放されたとき、ディエゴは老人の助言の意味を理解した。恐怖が自分の隅々まであふれ、アリを頭から追い出してしまったのだ。痛みの恐怖で頭がいっぱいだった。痙攣はいつ始まる？　今と同様、その疑問しか頭になかった。最初の痙攣がすべての始まりだからだ。すぐに次の痙攣が、さらに別の痙攣が続き、しだいにその間隔が短くなって、ふいに全身が痛みに包み込まれる。そうした痛みの中心に、アリの記憶を征服者の旗のごとく打ち立てるのだ。そうすればボタンを押さずにいられる。娘の目を見つめ、痛みを美しい琥珀の光に変える。

「あなた、聞こえる？」ディエゴははっとした。マイクからラウラの声が聞こえたのだ。

「聞こえたら左手の指を動かしてみて」

　ディエゴは言われたとおりに、ハープでも奏でるように指を動かして、体のどこかに命令し、体がそのとおりに反応するという、そんな何気ない行動だけでもずいぶんと緊張が緩むことがわかった。それも賢者ミヤギ老人の教えの一つだったと気づく。体をコントロールしているのは自分であり、脳みそが体を動かしているのだと覚えておくこと、そうすれば落ち着いて呼吸したり、指を動かしたりすることができる。そこで呼吸を意志の力で整えてみる。この状況では、コントロールすることは力だ。息を吸って吐く、息を吸って吐く……。

「そうよ」ラウラが励ました。「あなたが体に命じ、呼吸のリズムを整えて。体は心の道具にすぎない。吸って吐いて、吸って……。口からゆっくり息を吐き、その呼気は、恐怖と同じ、暗赤色だと想像してみて。それは体から遠くに飛び去っていく。深紅の蝶のように……」

深紅の蝶? 私、何言ってるんだろう、とラウラはふとわれに返った。でまかせに話してしまっている。しかもそれが加速している。そう気づいて言葉を切り、息をついた。冷静に話さなければ。気持ちのいい、でも揺るぎのない落ち着いた声が求められているのだ。今ディエゴが頼れるのは私の声だけなのだから。

今ラウラは小さな部屋で、マイクと、忌まわしい装置に体を囚われている夫の姿を映すモニターを前にしている。今しもほぼ世界中の人々が見ている、同じ映像だ。横にはワン先生が座り、反対側にはいろいろなボタンの並ぶ妙な機械を前にした音響技術者、さらに少し離れたところで壁に寄りかかり、暗い顔で様子を眺めているルカモラがいる。

「いいぞ、ラウラ。その調子で頼む」ワン先生がにっこり微笑み、続けるように身振りで示した。

ラウラはまたマイクに身を乗り出した。

「あとでアリに話してやったら、きっと誇りに思うわ。パパは世界一すてき、バットマンよりカッコいい、って。大人になったら何になりたいかと学校で訊かれたとき、バットマンになりたいって答えてたわよね。先生が『バットガールでしょう？』と言ったら、『あたしはバットマンと言ったんです』と答えた。よく口答えをする子というレッテルを貼られて、あとで私たちが呼び出されたわ」ラウラはそのときのことをうっとり思い出していたが、今口をつぐむわけにはいかない。ディエゴが一人ぼっちになってしまう。よい母親ならみな、ティーンエイジャーになった娘に話して聞かせるために整理してある、わが子の逸話集を探り、一つ選んだ。「自分より大きな男の子をとっちめたときのこと、覚えてる？　あの子は三歳で、八月半ばのことだった。お気に入りの公園に行き、到着するとすぐブランコに走ったのに、大きい子に押し倒されて横取りされた。あなたは駆け寄ろうとしたけど、『待って。あの子泣いてないわ』と私が押し留めた」

そう、あの子は泣いていなかった。ディエゴははっきり覚えていた。アリはブランコの前で、横取りした男の子を静かに見つめていた。夕日があの子の栗色の髪を赤く燃え上がらせていた。男の子はときどきアリにべーっと舌を出したり、じろりと睨んだりしていたが、アリは動揺一つせず、ただじっと眺めていた。

「アリの額には、ひどく泣いたり怒ったりしたときにいつも出る赤い斑が浮かんでいた。でもそれ以外に変わった様子はなく、ただブランコが行き来するのを見て楽しんでいるみたいだった」ラウラが話すのが聞こえた。

あの赤い斑を見て、どんな運命が待っているか知らずにいる男の子がかわいそうになったっけ。でも、数分もすると、アリは公園の別のところに遊びに行った。ディエゴとラウラは驚いた。アリが怒りを爆発させ、男の子に立ち向かうか、文句を言うか何かするとばかり思っていたからだ。あの子があきらめるなんて。でもアリは楽しそうに公園じゅうの子供たちと遊び、ブランコのことは忘れたように見えた。しかしその後、ラウラとディエゴはほかの親たちとおしゃべりをしながら、妙なことに気づいた。そこらじゅうの子供たちがブランコの少年を指さし、笑っているのだ。少年はどうしていいかわからない様子で、とうとうブランコから降りると、ブランコを調べたり、自分の顔やズボンをこっそりさわったりしていたが、べつにおかしいところは見つからない。それでもみんなが自分を笑うので、結局公園からこそこそ立ち去った。するとアリはすぐにブランコに近づき、満足そうに微笑むとさっそく漕ぎ出した。

「家に帰ってから、何があったのかと尋ねたわよね？」ラウラが続けた。「アリは、公園中の子供たちに、ついさっきあのブランコに犬がおしっこを引っかけてたよ、と話しただけ、と言った。『でも、おまえがそのあとブランコに乗ったら、やっぱり笑われるじゃないか』とあなたは言い返した。アリは、いつもの〝ねえ、この人本当にあたしのお父さん？〟という顔をしてみせ、こう答えた。『べつに平気。だって嘘だってわかってるもん』ディエゴはそっと微笑み、軽く笑って肩を揺らしさえした。あのときは本当に鼻が高かった。この僕に、どうしてこんなに勇気のある賢い子が生まれたんだ？

もちろん怪物は、自分の手の中にいる子が小さな天才だなんて、思ってもみないだろう。だがアリだって、自力で生き延びなければならない状況だとわかっていないはずだ。とはいえあの子は人一倍、頭がいい。何日経(た)っても誰も助けに来てくれないということは、自力で逃げなくちゃいけないのかも、と疑い始めている可能性はある。どうやらパパは頼りにならないようだ、と。あのブランコの一件が起きた日、ディエゴは娘が誇らしいのと同時に、心の奥で馬鹿げた不安が頭をもたげたことを覚えていた。あと何年この子を騙せるだろう？　パパはたいした人間じゃない、ただの弱虫だと気づくのは、いつのことか。パパはヒーローだというイメージにひびが入るまでに、残された時間はあとどれくらい？
ディエゴの顔が曇った。そしてふいに、あのおなじみのこめかみを締めつける重苦しさに、腹部の引き攣りに気づいた。それが何かわかっていた。ああ、もう始まったのか？　赤いパイロットランプが灯(とも)った、こちらをじっと睨んでいるカメラに訴えかける。この忌まわしい道具に体の自由を奪われた、素っ裸の情けない自分の姿を逐一追っているそのカメラに。

「時間はどれくらい経った？」自分でもおかしな声だとわかる。「いったいどれくらい？」

「まだ十七分じゃないか！　もう弱音を吐くのか」

オラーヤは、一緒にインターネットでディエゴの苦しむ様子を眺めている警官たちの一人が口にした罵り文句を耳にしたとき、鼻梁を揉んで不快感を隠した。

しかしバルガヨ署長のほうは不快感を隠そうともせず、その警官を痛烈に叱責した。オラーヤはため息をつき、上着のポケットに手を入れて、こっそり携帯を出した。パラルタ判事から五回も着信があったが、テニスの試合の約束だとは思えなかった。まったく、何の用なんだ。ほんの五分前、癇癪を起こすといつもそうだが、署長は顔の筋肉をぴくりとも動かさずに自分の携帯を壁に投げつけた。まもなくチームの誰かに電話を貸せと言ってくるはずだ。だからオラーヤは、妻のプレゼントである最新型のｉＰｈｏｎｅをポケットにそっとしまい込んだ。それからいやいやながらまたパソコンの画面に目を戻した。ディエゴがあの鉄の罠に囚われている姿は衝撃的だった。七時間持ちこたえるのはとても無理だろうし、明日になれば、幼いアリアドナの遺体が街のどこかで発見されるだろう。遺体がどんな悲惨な状態かは神のみぞ知る。それで自分の短い刑事人生にも終止符が打たれるだろう。

　そのとき大部屋でルジャスが彼に合図をした。署長が画面に釘付けになっているのを確認したあと、持ち前の軽やかな足取りで、誰にも気づかれずに映像室から脱け出すことに成功した。


　ラウラはディエゴの問いかけに答えなかった。ミヤギ老人の指示に文句も言わずに従い、不躾にディエゴを無視して、アリの別のエピソードを話し始めた。ディエゴは妻の声に集中しようとしたが、難しかった。装置を取りつけてからどれくらい経ったのか？　知りたいのはそれだけだ。だが、また尋ねても無駄だとわかっていた。人間離れした意志の力で疑問を頭から追い出し、呼吸を意識した。ラウラの言葉だけ聞こうとする。妻の声はいつだって美しく思えた。内容を理解しなくても、聞いているだけで山の小川のせせらぎのように心地よい。そうしてしばらく大好きな声の甘い抑揚に耳を傾けていたが、ふいに最初の痙攣が襲いかかってきた。

　腹部がきりきりと引き攣ったが、そう長くは続かなかった。消えた瞬間、ほっとして泣きたくなったほどだ。だがそのあと何が続くか、ディエゴは知っていた。まもなく次の痙攣が来る。少しずつ強さと継続時間を増しながら次が、また次が続き、しまいに熱い溶岩さながら全身を覆い尽くして、その中ではとても暮らせなくなる。いっそ死んで解放されたいと願うほどに。だがアリを助けたいなら、そこで暮らす方法を学ばなければならない。次の痙攣は直腸を焦がし、呻き声を漏らすしかなかった。消えたときも安堵感はなく、これから自分が直面する痛みへの恐怖しかなかった。これは練習ではないのだから、ボタンを押して終わりにするわけにはいかない。闘わなければならない。しまいに苦しみに呑まれて心臓が破裂するか、あるいは心を体から切り離して、激痛に苛まれる体から逃げ出すか。つまり苦行僧の精神状態に至るということだ。僕にできるだろうか？　それには苦痛の頂点までのぼり詰めなければならないだろうが、はたしてそこまで耐えられるかどうか。練習するたびに、自分の痛みに対する耐性の低さを思い知らされ、それをくぐり抜ければ痛みがきれいに消える魔法の扉には毎回手が届かなかった。もしそんな扉があるとすれば、だが。

どれくらい時間が経ったんだろう？　スイッチに固定された手が震え出したのがわかった。ラウラの声もしだいに遠ざかっていく。集中して、話を理解しようとする。そうして妻が引き出す記憶に浸り、体から意識を切り離し、痛みを忘れなければ。悪夢の中の怪物のようにひたひたと近づいてくる痛みから逃げるのだ。

「仕事場のパソコンからバソルが消した写真を何枚か、回復できたの」画面の前に座ったままルジャスが言った。

オラーヤは彼女の背後に近づいたが、今回は彼女の動揺を楽しむ余裕はなかった。映し出された画像を見て、目が輝く。どれも自宅にいるラウラ・フォルチだった。どの写真もほぼ同じアングルなので、正面の建物に陣取った誰かが窓から望遠で撮ったものだと思われた。眠そうな顔でリビングを歩くパジャマ姿のラウラ。キッチンの暗がりで、開いた冷蔵庫の灯りに照らされ、ジュースを瓶からじかに飲むラウラ。病院の緑のユニフォームのまま、夜勤明けなのか、疲れた顔でベランダの手すりに肘をついているラウラ。よそ行き姿のディエゴとラウラがベビーシッターのビルジニアと話をしている写真もある。しかし次の写真では同じ服装のディエゴとラウラがリビングで熱烈なキスをしていた。その写真だけは、手が震えてでもいたかのように、画像がぶれている。

「やっぱりだ」オラーヤは手をパンと叩いて言った。「ジュリアン・バソルが怪物だ！あいつは今もラウラ・フォルチに執着し続けている。アルサ家正面のアパートを偽名を使って借りたに違いない。足がつかないように、家賃はカメラと同じく現金で払ったんだ。写真を撮りながら計画を立てた。シッターのこともそれで知ったんだ」彼は優雅にダンスのステップを踏み、ルジャスに喜びを伝えようとした。

ところが彼女はオラーヤほど興奮していなかった。むしろ不安げにオラーヤの向こう側をじっと見ている。

「ああバルガヨ署長！」オラーヤはさっとドアのほうを振り返って大声で言った。「ええ、わかってます。今は踊っている場合じゃない。何しろ怪物の正体がついにわかったんですから」

このわずか数語で、彼はルジャスの発見について二つのことをはっきりさせた。手柄はすべて自分のものであり、それについてルジャスは不満を持っていない。じつにみごとだった。

「バソルの逮捕について、僕の携帯でパラルタ判事に知らせますか？」自分の寛容さを見せつけるかのように、オラーヤは電話を署長に差し出した。「番号は最新の履歴にあります」

「待って、マルク」ルジャスが口を挟んだ。ほかの二人がこちらを見たとき、彼女は髪の毛の根本まで真っ赤になっていた。「ジュリアン・バソルが写真を保管していたのは職場のパソコンだけ。自宅のにはなかった」

「それが何か？」

「大勢の人が使うパソコンよ。医師チームも、同じ階で働く看護師たちも。彼の個人アカウントはパスワードで保護されてはいるけれど、ハッキングされて、嫌疑がかかるようにわざと写真を埋め込まれたのかも……」オラーヤは腕を下ろし、ルジャスの言葉を待ったが、顔に不快そうな表情が浮かび始めた。「それに、カメラは買った日に盗まれたとバソルは話している。盗難届は出されてなくても、嘘だと決めつけるわけにはいかない。この写真にしても、そのカメラで撮られたものと断言はできないわ」

「だが、逮捕できる根拠は揃ってる」オラーヤはいらだたしげに言った。「やつのアカウントにアルサ家を望遠レンズで撮影した写真がある。ラウラはかつてやつをストーカー行為で訴えた。あいつは異常者なんだ！」

「ええ、そうね」署長はゆっくりうなずき、ツルのように細い首が上下に揺れた。「でも、ルジャスの言うこともわかる。これだけ根拠があれば、バソルを逮捕することはできるでしょう。でも相手は狡猾（こうかつ）で、自白を強要できるほどこちらに証拠が揃っていないことを知っている。カメラもないし、記憶媒体もない。彼がアルサ家正面のアパートを借りていたという証拠も。残念ながら、これではしらを切られても仕方がないわ」

「だから何なんです？　やつが犯人だってことは明白じゃないですか」オラーヤは言い張った。

「問題はそこじゃない！」沸騰したティーポットさながらの金切り声に、ほかの二人はびくっとした。「重要なのは、ただちに少女の居場所を吐かせることよ。一刻も早くあの父親を苦痛から解放してやらなきゃ。そして何より避けなければいけないのは、証拠不充分でバソルを釈放するはめになったとき、不首尾に終わった挑戦の報いをのちのち少女に受けさせること」

そうか。オラーヤは、怪物を捕えた優秀な警官としての輝かしい未来のことで目がくらみ、ほかのことが頭から吹っ飛んでいた。それでもすぐに機転を利かせて挽回した。

「でも、ほかに選択肢がありますか？　この分では、ディエゴ・アルサがボタンを押すのは時間の問題です。その前にバソルを捕まえないと！」

三人は、情報捜査官の机にある画面の中継映像を暗い表情で眺めた。そこに映るディエゴはすでに涙を流し、追いつめられた顔で首を激しく振っている。まだ三十分少々しか経過していなかったが、もうこれ以上耐えられないように思えた。署長は、顔を真っ二つに裂く薄い刃のように唇を結び、警部補のほうを向いた。

「あなたにやり込められると腹が立つわ、オラーヤ」署長はぼそりと言った。「電話を貸して。今すぐジュリアン・バソルの家に警官隊を送って。別の班を病院にも。ルカモラはどこ？」

「中継スタジオです」

「来るように伝えて。別の班に、アルサ家周辺の建物を虱潰しにさせて、最近になって人が借りた部屋について管理人に尋ね、バソルの写真を住人たちに見せて。首から場違いなカメラを提げた人を覚えている人がいるかも……」

そのときルジャスがおずおずと咳払いした。

「もしかすると、バソルはネットでアパートを探したのかもしれません。大手不動産サイトに依頼して、その一帯で最近掲載が引き上げられた物件広告を追跡すれば……」

「どのアパートかわかるな。不動産屋でもかまわない。もし彼らがパソルを覚えていれば、動かぬ証拠になる」オラーヤはまるで自分のアイデアであるかのように、額を叩いた。

オラーヤは命令を伝えるために部屋を出ていき、ルジャスはパソコンの画面をまた食い入るように見始め、署長は不快そうにオラーヤの電話を耳に近づけ、判事の番号を押した。

「いい、リカール？」署長の声は、判事の鼓膜を間違いなくつんざいただろう。「やってもらわなきゃならないことが山ほどあるのよ。だからしっかりして！」


ディエゴは、痛みの井戸で息絶え絶えになりながら、延々と悲鳴をあげ続けていた。そう、怪物は手紙で書いていた。狼の口さながら真っ暗な、痛みの井戸。その言葉が頭から離れなかった。まさに今、そう感じていたからだ。溶岩さながらに煮えたぎった、血のように真っ赤な水が満ちる井戸に浸かっているような感じ。

《ボタンを押せ、ディエゴ。押すんだ！》イヤホンから突然声が響いた。

ディエゴはぎょっとして、最後の叫び声も喉の奥で詰まった。ラウラの声ではない。だが聞き覚えのある声だ。遠い昔から聞き続けてきた、とても甘ったるい、猫の甘え声によく似た声。

《押せばすべて終わる。おまえはいい父親ではなかった。そうとも、一度だっていい父親だったためしはない。なぜそのふりをし続ける？　この期に及んで誰を騙したいんだ？》

そのとおりだ。やつは昔から正論ばかり吐く。

ディエゴは人差し指をボタンへ滑らせた……


ディエゴの指がスイッチに近づくのを見て、ラウラが口を手で押さえた。ルカモラは怒りと無力感に苛まれながら、愛する女性がマイクをつかみ、ディエゴの叫び声にかぶせるようにアリのエピソードをたどたどしく話そうとするのを眺めた。しかし話はまとまりがつかず、横ではワン先生があきらめたようにうなずいていた。ルカモラは、全部自分のせいだと思わずにいられなかった。いまだに怪物を捕えられずにいるからだ。

だがディエゴの手がふいに止まり、ボタンに爪がかすった。全員が息を呑んで見守るなか、指はそのまま動きを止めている。

ラウラを励まそうと歩き出したルカモラだったが、ポケットの中の携帯電話が震えたのに気づき、足を止めた。少し引き返して電話を取り出す。オラーヤだった。小声で応答する。

「怪物を見つけました」勢い込んで警部補が言った。「署に来てください。でもまだ人には言わないで……」

ルカモラは携帯を手にしたままテーブルに飛びつき、マイクをつかんだ。

「ディエゴ、ボタンを押すな！」老心理学者のぎょっとした顔も、ラウラの怯えた目も無視してわめいた。「やつを見つけた。見つけたんだ！　頑張れ、負けるな。あと少しの辛抱だ」

そして誰にも説明することも、目を向けることもせずに、携帯に向かってしゃべりながら、すぐに走り出した。


今のはルカモラの声か？　ディエゴは痛みの海で溺れながら認識した。だが、本物なのか、それとも空想なのか？　さっき怪物の声を妄想したように。わからない。痛みで脳が焼け焦げて、何も考えられない。必死に頭を働かせようとする。そうとも、さっきのはルカモラの声だった。だが、なんて言っていた？《やつを見つけた》。そう、それだ！　警察はついに怪物の正体を突きとめたのだ。じゃあ、ボタンを押して、この苦痛を終わらせていいということだ。ディエゴの心が明るい喜びで満たされていく。アリは無事だった。ルカモラがどこでアリを見つけたのかわからないが、それはどうでもいい。とにかく、もうボタンを押していいのだ……

「あなた、ボタンを押さないで！」別の声が聞こえた。今度は誰だ？　「ジェラールの言葉、聞こえた？　怪物を捕まえに行くそうよ。見つかったって。我慢するのはあと少しよ。あと少しだけ……」

「ラウラか？」ディエゴは呻いた。

「しゃべっちゃだめ。怪物は中継を見ているはず。気取らせてはまずいわ。とにかく、警察は怪物を捕まえに行った。わかったら指を動かして」

ディエゴはラウラの声に集中し、意味を理解しようとした。アリはまだ保護されていないのだ。だからもう少し待てとラウラは言う。この痛みの井戸に、僕を包む溶岩にもっと耐えろと。だがあとどれくらい？　どれだけ苦しみ続ければいい？


ルカモラが部署のドアを開けたとき、すでに武装し、防弾チョッキや無線を身につけたオラーヤ、リエラ、アラム、ナバスがルジャス情報捜査官の画面のまわりに群がっていた。そのルジャスは複数のウィンドーを開いて、賃貸アパートのさまざまなサイトを必死に検索している。ルカモラがまだ口も開いていないのに、オラーヤが目も向けずに手ぶりで黙れと不躾に伝えた。

「もう少し時間がかかりそう」ルジャスは顔をしかめて絞り出すように言った。

「とにかく続けてくれ」オラーヤは彼女の肩を揉んで落ち着かせようとした。「すぐに何か見つかるさ」顔を上げて目に落ちていたさらさらの前髪を払い、勝ち誇った表情でルカモラを見ると、プリントした写真を差し出した。「バソルのパソコンでこれを見つけたんです。あのあたりに二班送り、ルジャスもここで探してます。一連の写真がどこで撮られたか判明するのは時間の問題ですし、必ずバソルと結びつくはずです。でも、やつが怪物なのは間違いない。見つけたんですよ、ジェラール」

ルカモラは、オラーヤがすでに携帯に送ってきていた写真をちらりと見た。バソルの仕事場のパソコンにあったのだという。誰でも簡単にアクセスできるパソコンだ、と当然ながら思う。バソルに罪をなすりつけたければ、難なくデータを埋め込めるだろう。そもそもオラーヤ自身、そのパソコンからデータを取り出してそれを証明してみせた。ルカモラは頭を振って、余計な考えを遠ざけた。考えすぎだ。何でもかんでも疑えばいいってものではない。

「そのようだな」オラーヤに写真を返し、冷静に答える。「別の班は？」

「病院に向かっています。バソル医師は、本日休暇です。今日休むために勤務日を交代してもらったようですが、万が一現れたときのためにその班はそこで待機させます。パラルタ判事はバソルのアパートへ今向かい、バルガヨ署長は内務省の連中と話をしています」

誕生日会の準備でもしているかのように、オラーヤは無邪気ににっこり微笑んだ。「準備万端ですよ！　一言そう命じてくれれば、われわれはただちに怪物狩りに出かけます」

ルカモラは暗い顔でかすかに唸（うな）った。全員がそれを命令と受け取り、誰もそこにほかの意味を探そうともしなかった。次の瞬間、まるで休み時間になった瞬間の子供のように、一同は我先にと部屋を出ていった。

《やつらの言うことには耳を貸すな、ディエゴ。私が捕まるわけないじゃないか。だってここにいるんだから》
ディエゴは、首輪に締めつけられた首を可能なかぎり左に回した。血まみれの手術着姿の怪物が横でひざまずいている。保護者気取りで彼の髪を撫(な)でていた。ディエゴは悲鳴をあげ、手袋をはめた怪物の手を振り払おうとして首を必死に振った。
「やめろ！　あっちに行け！」
怪物は悲しそうにこちらを見た。
《どうして私を怖がる？》
ディエゴは答えなかった。僕は今やっと会話などしていない。怪物は現実ではない。いや、パニャフォールの古びた屋敷に頭のおかしな医者がいたのは事実だ。やつの診察室で見つけたおぞましい写真をこの目で見たのだから、それは否定できない。だが、事実はそこまでだ。そいつはとっくの昔に死んでいて、この世で人に危害を加えることなどできない。怪物など存在しない。それはあくまで僕の空想の産物だ。最初は無意識のうちに悪夢を紡ぎ、その後、小説をいわば牢獄(ろうごく)として、そこに魔法で封じ込めた。だが現実ではない。今しもまるで抱擁でもするかのように、胸のあたりに腕をまわしてきたが、現実なんかじゃない。この部屋の現実は、娘のためにもがいている哀れな父親とラウラの声だけだ。集中しなければ。ラウラは現実だと頭の中でくり返すが、それもだんだん曖昧になっていく。

励まし続けるラウラの声がどんどん遠くなる。彼女は井戸の縁でこちらに話しかけ、自分は井戸の底で痛みの熱い溶岩に埋もれている。そこでは別の声がとてもやさしく耳元で囁きかけてくる。

《怖がるな、ディエゴ。私はおまえの友だちだ。私ほどおまえを知っている者はいない。おまえと私はいつも一緒だ。一心同体なんだ……》

ルカモラはグラシア地区の容疑者宅へ車を急行させながら、デジャヴを覚えていた。同じ車に乗っているほかの四人もきっとそうだろう。後部座席には、防弾チョッキに身を包んだナバス、リエラ、アラムが詰め込まれ、横の助手席には、自分と同じ厳かな表情を浮かべた、しかしスーツには皺一つないオラーヤが座っている。誰も一言もしゃべらなかった。カルドナ兄弟の件での失敗が今も尾を引いていた。第一、何か話そうとしたとしても、サイレンの咆哮が、後続のパトカーのそれとも絡まり合ってすべてかき消してしまっただろう。

せめてもの救いは、かなり早くたどり着けそうなことだった。バルセロナの幹線道路の交通量がいつになく少なかったからだ。住民たちの大部分がパソコンにかじりつき、ディエゴの拷問の様子を見守っているに違いない。署長は挑戦を中断させないことに決め、ルカモラもそれに賛成した。バソルに引導を渡し、アリを無事に確保できるまで、気を抜くわけにはいかない。リスクは避けたほうがいい。だからディエゴにはもう少しだけあの道具に我慢してもらうことになった。だが解放されるのはまもなくだろう。

横ではオラーヤが厳粛な表情を無理に作って、顔がにやけないよう懸命にこらえている。それも当然だ。やつが事件を解決した。目をつけていたバソルが怪物だと突きとめたのだ。オラーヤが鼻を高くするのを受け入れ、自分のレーダーは感度が鈍ったと認めるしかないだろう。この悪夢が終わったらいっそ引退して、小舟を買って釣り三昧するか、羊でも飼って暮らし、できるだけ危険から距離を置いたほうがいいのかもしれない。とりわけラウラからは離れよう。たとえ水道管が破裂しても、もう二度とこの腕に抱くことはできないのだから。さっさとそう認め、アリを取り戻したら、約束を果たした孤独なヒーローさながら、舞台から去るのだ。

《ボタンを押せ、さあ……あきらめろ。自分の正体を認め、肩の荷を下ろすんだ》怪物がディエゴの耳に唇を近づけ、甘い声で囁いた。ディエゴは歯を食いしばった。やつを頭から追い出さなければならないが、どうやればいいかわからなかった。《おまえは勇者なんかじゃない。一度もそんなことはなかったんだ、ディエゴ。父親としても夫としても最低だ。だがそれでいいじゃないか。どうしていい父親、いい夫になる必要がある？　まわりにそう期待されるから、それだけだろう？》

「おまえは違う……」

《私といるときだけが本物のおまえだ。それが怖いんだろう？　私といると妙にくつろげることが。さあ、ボタンを押せ。運命を受け入れ、頑張るのをやめろ》

「おまえは現実じゃない……僕が創り出したものだ。ラウラやアリは現実だが、おまえは存在しない……」

　怪物は大笑いした。

「私が現実じゃないだと？　存在しないだって？」

　怪物はディエゴの前で立ち上がり、両腕を広げた。しだいに体が大きくなり、ビスケットを食べたアリスのように、その頭が天井にぶつかった。そして耳を聾（ろう）するような声で怒鳴った。

「こっちを見ろ！」ディエゴが怯えながら目を向けると、怪物は炎のごとく燃え盛る瞳で見返してきた。「これでも私を否定するのか？　私はこうしてここにいる。**私は生き、存在する、現実だ！**」

　判事とその秘書が建物の入口で怪物の逮捕を待つあいだ、今回もルカモラを先頭にした警官の一団が、ジュリアン・バソルのしゃれたロフトの玄関ドアの鍵を躊躇（ちゅうちょ）なく壊した。銃を手に室内に突入する。だがそこはワンルームだったから、捜索は一瞬で済んだ。

間仕切りもないので、バソル医師の姿は全員の目に入った。寄木張りの床に長々と横たわり、虚ろな目で天井を眺めている。近づくと、おそらくは横に落ちていたナイフで、胸をめった刺しにされているのがわかった。

オラーヤもルカモラも、それぞれ別の理由で顔色を失った。

やがて全員が奥の壁に気づき、バルガヨ署長も彼らをただでは済まさないだろうとわかった。そこにはおそらくは被害者の血で、こう書かれていたのだ。

《私は生き、存在する、現実だ》

それと同じ言葉を、今その瞬間、耳を聾するような大音量で世界中が聞いていた。われを失ったディエゴがわめき、それは何百万というパソコンの画面で増幅された。

「私は生き、存在する、現実だ！　私は生き、存在する、現実だ！」

24　すばらしい生徒

目覚めたとき、ディエゴは闇の中にいた。まわりはぼんやりとしか見えなかった。全身が痛み、とりわけ腹部と尻に激痛が走り、手足は肉と骨と鉛の合金製だった。そのせいでどこも動かせなかった。まるで悪夢の中にいるようだ。ふいにぞっとして腕を見たが、革ベルトは見当たらず、どうやら悪夢のさなかではなさそうだった。ただ、左腕は点滴とつながっていた。首を動かすたびに焼けるような痛みを感じたが、視界をはっきりさせたくて、無理に周囲を見た。少しずつ闇のかたまりからさまざまな輪郭が浮かび上がり、どうやらそこは病室だとわかった。ブラインドの隙間から夜明けの光がためらいがちに浸み込んできていたが、まだ闇を蹴散らすほどではない。

どうして病院に？　何か理由があるはずだ。思い出そうとしたが、部屋の奥から聞こえる耳障りな音で気が散って思い出せない。そこに目の焦点を絞るうちに、影に身を包んだ誰かが椅子に座っているのがわかった。すると、こちらの視線に気づいて相手がのろのろと立ち上がり、二、三歩近づいてきた。窓からこぼれる光で、糸杉のようにひょろっとしたシルエットが現れた。手術着を着ている。ディエゴが悲鳴をあげようとしたそのとき、陽気な挨拶がそれを押し留めた。

「おいおい、ずいぶん長い昼寝（シエスタ）だったな」

混乱しながら薄眼で眺めるうちに、ついに兄のエクトルだとわかった。いつも着ているその薄手のコートは、逆光だったり、エレベーターから薄暗い踊り場に出てきたりすると、手術着のように見える。なるべく早くジャンパーをプレゼントしなければ。

「やあ、チャンピオン」兄はベッドに近づいてきた。「気分はどうだ？」

「わからない……」

声が嗄（か）れていた。かすれて、ほとんど聞こえない。無理に声を出そうとするとひどく咳（せ）き込（こ）み、喉がひりひり痛んだ。ヤマアラシでも飲み込んだみたいだ。

「今来たところなんだ。ここに残っていていいものか、わからなかった」エクトルはコートを脱ぎ、それを椅子に放った。「鎮静剤をたっぷり与えられているから昼頃まで目覚めないと医者には言われたんだが、おまえは昔からあんまり眠らないだろう？　まわりの人間も眠らせないけどな」ベッドの縁に腰を下ろし、ディエゴの腕を軽く叩いたが、無理に兄らしくしているように見えた。そのあと生真面目な顔になり、今もまだ信じられないとばかりに首を振り振り言った。「よくやり遂げたな。ほんとに」

それでディエゴも思い出した。挑戦のあいだ、怪物はずっと彼の心の中でそばに寄り添っていた。ちょうど今の兄のように、肩を叩き頭を撫でながら、ボタンを押せ、内側からおまえを破壊するその痛みを終わらせろ、と囁き続けたのだ。

「僕はボタンを押さなかったのか？」喉の抵抗を受け、あえぎながら尋ねた。「課題をパスしたのか？」

「パスしたんだよ」エクトルが厳かに言った。

つまりアリを救ったということだ。歓声をあげたい気分だったが、この喉では無理だろう。ディエゴは首に手を運んだ。

「僕の喉は……」

「ああ、あまりしゃべらせるなと医者からも言われたんだ。喉が炎症を起こしてるらしい。挑戦の最後の四時間、ずっと叫びどおしだったんだ。一秒も休まずにな」

叫びどおし？　何も覚えていなかったし、その四時間何を考えていたかもわからなかった。唯一記憶しているのは怪物のことだ。そばに座り、あの凍てつく声で話しかけ、呪われた聖母子像さながらディエゴを腕にかき抱こうとさえした。思い出しただけで体に震えが走った。思い出すといっても、記憶を分厚く覆う混乱の霧の奥にちらりと覗くだけなのだが。それに、どうやって挑戦をやり遂げたのかも覚えていなかった。可能性があるとすれば、ある瞬間に痛みで気が変になり、自分が中世の拷問道具にかけられていることも、その痛みを終わらせるボタンを今手に握っていることとさえも、忘れてしまったのかもしれない。精神を肉体の苦しみから切り離す超脱の境地に達したわけではないが、結果は同じだったようだ。狂気に祝福を。ラウラはきっと夫を誇りに思うだろう。いつ彼女の声が聞こえなくなったのかわからないが、夫の狂乱ぶりに怯えていないといいのだが。とにかく大事なのは自分が課題にパスし、アリの命が三日ほど延びたことだ。

「ラウラはどこだ？」彼女がそばにいないことが不思議で、エクトルに尋ねた。

体を起こそうとしたが、腹部と鼠径部にずぶりと針が刺さったかのように激痛が走り、呻き声を漏らしてまたベッドに伸びた。

「ラウラなら大丈夫だ。心配するな」

「でも……どうしてここにいない？」

「昨日ちょっと事件が起きて……べつにたいしたことじゃない」ディエゴの表情を見て、エクトルは慌ててなだめた。

「何があった？」

「おまえが狂ったように叫び出したとき、ラウラがひどい不安発作を起こして、気を失ったんだ。その拍子にテーブルの隅に頭を打って、脳震盪を起こした。だけど本当に大丈夫だ。すぐに病院に運ばれて、診察を受けた。今は家で休んでる。あの大女が付き添ってるよ。おまえが目を覚ましたら、すぐに知らせてくれと言われてる」

「今何時だ？」窓の外を見ながらディエゴが尋ねた。

「朝の六時半だ」エクトルは時計をちらりと見て答えた。つまり挑戦のあと翌朝になるまでずっと眠りこけていたわけだ。それがどういうことか、ディエゴにはわかっていた。深い安堵の気持ちがみるみる恐怖でかき消された。

「三通目の手紙はもう届いたのか？」

エクトルは肩をすくめた。

「さあ」

ディエゴはため息をついた。まだ届いていなくても、時間の問題だろう。ディエゴが目覚めたとわかりしだい、次の課題についてルカモラが知らせに来るはずだ。あの悪党がひねり出した最後の課題。ディエゴは暗いまなざしを遠くにさまよわせた。

「手紙なんて来ないかもしれないぞ。悪夢は終わったのかも。犯人は昨日のあれで満足したんじゃないか」

ディエゴは兄をじっと見た。

「ありえない。挑戦ゲームは最後までやるのが決まりだ。たとえ何があっても。怪物は三番目の課題の前にゲームを終わらせたりしない」

「まあまあ……」兄はなだめた。「その前に警察が犯人を捕まえれば話は別だ。連中がただ手をこまねいているとは思えない」

「警察か……」ディエゴは苦々しくつぶやいた。「連中はいったい何をしてるんだ？　たとえば兄さんを捕まえてみたり、無実の父親の家を襲ったり、僕の小説を読んでないと嘘をついただけでラウラの元恋人を追いまわしたり。期待できる容疑者がそれなのか」

「ラウラの元恋人と言えば……」エクトルはためらった。「その筋の捜査にはもう無駄な時間を割かないだろうな。無実だってことがわかったから」

「何か見つかったのか？」

「遺体だよ」

「何だって？」

兄はため息をついた。「まあ、早めに知っておいたほうがいいよな」

立ち上がると、丸まったコートが置かれた椅子に近づき、ポケットに突っ込まれていたゴシップ紙を持って戻った。

「昨日、おまえの二番目の挑戦の最中に自宅で発見されたんだ」と言って新聞を見せた。

「誰かがこっそり現場写真を融通したらしい……ショックを受けるなよ、いいな？」

ディエゴはすぐに記事に添えられた写真に目を向けたが、たちまち恐怖に駆られた。それは部屋の壁の写真で、血糊（ちのり）らしきものでこんなふうに書かれていた。《私は生き、存在する、現実だ》。エクトルが記事を読みあげる。

当局の情報によれば、怪物事件の容疑者として捜査されていたジュリアン・バソル医師が金曜夜に殺害された。ただし遺体が見つかったのは昨日土曜日で、バソル医師の容疑が固まったため、警察がアパートを訪問したところ、床に倒れている医師を発見。しかし医師はすでに死亡していた。遺体とともに、壁に被害者の血液で書かれた《私は生き、存在する、現実だ》という忌まわしいメッセージも見つかった。挑戦のあいだにディエゴ・アルサがまったく同じ言葉を叫んでいたことがわかり、この奇妙な一致によって、ネット上ではたちまち陰謀説が巻き起こった。怪物は超自然的な存在として誕生したのか？　ディエゴ・アルサがその誕生に関わった？　ディエゴ・アルサは怪物に取り憑かれている？　もしかすると同一人物なのか……

「みんなどうかしてるんじゃないのか？」ディエゴは声を絞り出した。「新聞社を訴えてやる」

「だが、こんなのネットで出回っている噂(うわさ)のほんの一部にすぎない。どれほど馬鹿げたことが言われてるか、想像もつかないだろうな。怪物は幽霊みたいにおまえに取り憑いているとか、おまえはいわゆる解離性同一症で、ジキルとハイドみたいにたがいに相手のことを知らないまま交代で人格が現れてるんだとか。あるいは、最初から怪物の正体はおまえで、すべては本を売るために画策されたことだとか……」

「くだらない！　娘が誘拐されたこと、わかってないのか？　僕がどんなに苦しんだか、みんなその目で目撃したはずじゃないか！　それなのに、僕が……信じられない」

エクトルは居心地が悪そうにもぞもぞと体を動かした。

「でもおまえ、昨日すごくおかしなことをわめいてたんだ。例の言葉だけでなく、ほかにもすごく変なことを……まるで怪物がすぐそばにいて、会話しているみたいだった。ほんとにぞっとしたよ」

ディエゴは唾をごくりと呑み込み、無言で兄を眺めた。

「じつはいたんだ。怪物が僕の横に。今の兄さんみたいに横で僕を見てた。あいつと話をしていたのは事実だ」

ディエゴは顔を手でこすった。子供の頃、怪物の屋敷で、ほかの仲間はみな恐れおののいてすぐに逃げたのに、周囲に広がっていく闇に自分はなぜか囚われ、ほんの数秒余計にそこにいたことを思い出した。あの奇妙な心のざわめきに何か意味があったのでは？　あの瞬間に、邪霊が僕の魂を手に入れたのだとしたら？　以来ずっと怪物は僕の心の奥底にある無意識領域に寄生虫のように棲みつき、最初は悪夢の中にしか現れなかったが、しだいに力をつけてついに僕の体まで手に入れ、操り人形よろしく操縦できるようになって、僕の知らないうちにあれこれやらせていたのかもしれない。ディエゴは、クロロホルムを染み込ませたハンカチを眠っている娘の顔に押しつけ、抱き上げて、どこか知らないところに運ぶ自分を想像した。

「そこまでにしておけ」エクトルの鋭い言葉がディエゴをわれに返らせた。「そういうことは全部、俺の家でおまえが酔いつぶれた夜、さんざん話した。幽霊なんていないし、おまえは地獄の使者に取り憑かれてもいない。ウィジャ盤のことと同級生が死んだことは何の関係もない」

「でももう一つの仮説は？　僕は解離性同一症じゃないのか？」ディエゴは熱に浮かされたように言った。「僕は頭がおかしいと、兄さんはいつも言ってたじゃないか。僕の悪夢のこと、覚えてるだろう？　やっぱり怪物は僕自身だったんだ……」過呼吸になり始めていた。「アリを誘拐したのは僕なのかも……バソルを殺したのも……」

「同級生が死んだバス事故もおまえが起こしたのか？」ふざけ半分の言葉で、エクトルが遮った。「ニューヨークのツインタワーを破壊したのも？　落ち着けよ。論理的に考えてみろ。おまえがバソルを殺すのは不可能だ。金曜日はあの診療所で一日じゅうトレーニングしていた。そのあとラウラとまっすぐに帰宅した。それに、警察がバソル逮捕に踏み切ったのは、写真が見つかったからだ」

「写真？」

「おまえたちの自宅正面にある建物のどれかから、誰かが望遠レンズで写真を撮ってたんだ。バソルのパソコンでその写真が見つかった。だが、彼が怪物ではないとはっきりした今、警察は別の仮説を立てている。バソルに罪を着せるために誰かがパソコンに写真を埋め込んだ、とか何とか。だが重要なのは、その写真にはおまえが写ってるってことだ。アリとラウラもな。犯人には自分を撮影できないだろう?」

「だが悪夢は……現実みたいに鮮明なんだよ」ディエゴはなかなか納得できなかった。

「しかも、怪物は僕が目覚めているときにも現れるようになった」

「俺はセラピストでも何でもないが、悪夢は子供時代のおまえのつらいトラウマが引き起こしたものなんだと思うよ」エクトルは、そのトラウマ自体ディエゴが子供の頃に始めたおふざけか何かのように、非難がましい口調で言った。「そして、怪物を現実として見て会話したのだって、べつに異常なことじゃないさ。おまえはあの道具で拷問を受けていたんだ。俺がおまえでも、ドナルドダックに犯される幻覚か何か見たさ」

ディエゴは弱々しく笑った。

「その幻覚の原因については訊かないでおくよ」

エクトルも笑った。

「真面目な話、世間のことは気にするな。連中はみんな病気さ。頭が腐ってるよ。それにネットの中はそういう膿だらけの脳みその温床さ」

「うわ、兄さんもホラー小説を書くべきだな」

「とにかく落ち着くんだ。《誰の心の中にも怪物はいる》、《怪物が君を抱きしめる》、《私は生き、存在する、現実だ》みたいなハッシュタグでくだらないことを拡散している連中は、いつか痛い目を見ることになる。ルカモラによれば、警察は暴力を煽動するようなアカウントを一つひとつ捜査するらしい。それに、ああいう頭のおかしい連中の中に犯人がいる可能性についても捨ててない。あの医者の部屋の壁にあった言葉を思えば、怪物フリークのしわざだとするのが妥当だ」

ディエゴが答えようとしたとき、ノックの音がした。大きな眼鏡をかけた、まぬけな笑みを浮かべた三十歳ぐらいの男がドアから顔を覗かせた。

「アルサ先生ですか？」

男は許しも請わずにひょこひょこと部屋に入ってきた。アスリート体型だが、体が大きいことを恥じているかのように身をかがめ、手には華々しくリボンが飾られた箱を持っている。

「ああ、ひどい……」ディエゴの痛ましい姿を見て、男は声を漏らした。「気分はいかがですか？　僕を覚えてますか？　僕はビエル……ガブリエル・マルトレイです」

ディエゴは驚いた。教師時代に知っていた太っちょのティーンエイジャーと、心配そうな顔でこちらに近づいてくる、まぬけ面の筋肉質の男を重ね合わせようとする。

「ああ、覚えてるとも」

エクトルは憮然として、闖入者をじろじろ見た。

「どうやって入った？　弟には面会制限があるはずだが」

「ええ、もちろん……でも、この病院の管理部に知り合いがいるので……お邪魔してすみません。ほんの一分だけいいですか？　すごくお会いしたかったんですよ、先生！」ビエルは目を潤ませた。「バルセロナ病院に入院なさったと知って、ぜひご挨拶したいと思って」

「それはありがとう、ビエル。でも、じつはかなり疲れていてね」

「当然ですよ、昨日のことを考えれば」ビエルは今のディエゴの言葉をおしゃべりの誘いだとでも思ったらしい。「課題をやり遂げるとは、先生はすばらしい。本物のヒーローだ。じつはお菓子をお持ちしたんです」嬉しそうに言って、箱をエクトルに押しつけた。エクトルはそれをどこに置けばいいかわからず、爆発物でも入っているかのように慎重に手に持っていた。「ルベールとジュディからもよろしくとのことです。二人とも今も先生を慕っているんです。先生に迷惑だといけないからと、来るのは遠慮しました。ご存じのように、二人のほうが慎み深いんですよ」ビエルは、詰まった洗面台のようにゴボゴボと喉の奥で笑った。「でも僕はどうしても先生と話がしたかった。先生がサンティの死に責任を感じていると警察から聞かされたとき、とても心配したんです」

「いや、はっきりそうは言ってない……」

「先生のせいなんかじゃありません」ディエゴの言葉を遮る。声が明らかに震えていた。「どうしても、そうお伝えしたかった。責任がある人間は一人だけです。ええ、一人だけ。

「あなたには想像もつかないくらい。けっして忘れたことはなかった……ええ、けっして」

「僕は……」

「先生の言葉こそ、僕らをとても助けてくれました」涙ぐみながらビエルが言った。「あ
「ありがとう、ビエル。君の言葉にとても助けられた」とようやく口にする。

　ディエゴは訝しげに相手を見た。

もちろんあなたじゃない」


「先生も僕らを忘れてなかったと知ってますよ」ビエルはそこで大きく洟をすすった。

「『リテラマ』マガジンのインタビューを読んだんです。僕らのことを話してくれて、本当に嬉しかった。感激しました。ルベールなんて、泣き出しそうでしたよ」

　最初、ディエゴはどのインタビューのことかわからなかった。『血と琥珀』が出版されてから、どれだけインタビューを受けたことか。新聞記者連中はたいてい本を読んでおらず、当たり障りのない質問をしてきた。相手が誰でも通用する、同じような質問だ。だからほかの作家たち同様ディエゴも、どんな質問にでも対応できる想定問答集を事前に作っておくようになった。メールでインタビューがおこなわれるときは、ひたすらカット・アンド・ペーストを続けるうんざりする作業となる。それでもときどきインスピレーションが湧いたり、突然いたずら心が芽生えたりすることがあり、そんなときは少々大げさに話をふくらませた。それで思い出したのだ。デジタル雑誌『リテラマ』マガジンのインタビ

ユーはまさにそういう機会の一つだった。あれこれおしゃべりをするうちに、教師時代が懐かしいかと記者に尋ねられ、あの退屈で惨めだった日々についてわざわざ触れたその質問が面白くて、人生最良の時代だったと皮肉をこめて伝えたのだ。ワークショップの生徒たちのことを懐かしく思い出すとさえ話し、彼らに授業をしながら自分も成長したと答えた。彼らが今どこにいようと、幸せでいてくれることを願うとも言った。結局のところ、ラウラの前ではよき教師のふりを続けなければならなかったのだ。

「ああ……」ディエゴはぎこちなく微笑み、早く一人にしてくれと祈った。「ありがとう。君たちは本当にすばらしい生徒だったよ」

ビエルは厳かにうなずいた。

「先生だってすばらしかった。先生の授業のことはけっして忘れませんよ、僕は出来の悪い生徒だったけど」後悔の滲む彼の表情を見て、ディエゴは彼が哀れになった。父親にあれほどの財産がなければ、病を抱えた身ではさぞ苦労の多い人生になっていたはずだ。

「そんなことはないさ。得意なこともあったじゃないか」そこで口ごもり、何かなかっただろうかと記憶を探る。ぎこちない沈黙ののち、ようやく見つけた。「たとえばアナグラムだ。君の作ったアナグラムはみごとだった。覚えてるかい？」

「ええ、たしかに」ビエルは嬉しさを押し隠すように肩をすくめた。「それにヒットラーと山羊についての短編も書きました。お忘れなら……」

「ビエル、あの頃のことをもっと話したいのはやまやまだが、できれば別の機会に頼む。今はとても疲れているんだ」ディエゴは相手を遮って、改めて訴えた。

「当然ですよ。ええ、よくわかります」

「訪ねてくれてありがとう、ビエル」

遠慮してくれというこちらの本心がようやく伝わったらしい。

「どういたしまして！　では失礼します。じつは今日、たんまり用事があるんですよ。父は人使いが荒くて」とため息をつく。「とにかく、先生の幸運をお祈りします。もちろん、そんなものは必要ないでしょうけど。あなたはよき父親だ。娘さんを救うためなら地獄の扉だってくぐるでしょう」まるでB級映画の俳優のように大仰に言った。

そのあと感極まった表情で彼が差し出してきた手をディエゴがしぶしぶ握り、ビエルはにこりと笑うと、ぎこちない足取りで戸口へ向かった。

「ああ……」去り際に肩越しにこちらを振り返る。「フォルチ先生にもよろしくお伝えください。仲直りなさったようで、よかったなと思って。理想的なご夫婦でしたからね！」

意味がわからず、ディエゴはきょとんとした。

「仲直りした？　どういうことかな」

「ええと……」ビエルはドアノブに手を置きながら、眉をひそめてディエゴを見た。「余計なことかもしれませんが、まだ別居中ですか？」

「別居？」ディエゴは驚いた。「僕らは一度も別居なんかしていないぞ」

ビエルは突然スイッチが切れたかのように、表情が虚ろになった。

「じゃあ……勘違いかな。すみません。もう失礼します」ビエルは慌てて立ち去ろうとした。

「いや、待ってくれ」ディエゴは苦労して半身を起こした。「その話、誰に聞いた？　それともどこかで読んだのか？　ネットか？」

「ディエゴ、もういいじゃないか」エクトルが口を挟んだ。「そんなの意味ないさ」

「いや、大ありだね！」ディエゴはむっとしてわめいた。「あることないこと言われるのは、もううんざりなんだ。我慢の限界だよ。ビエル、どこで読んだか教えてくれ」

「読んだわけじゃありません」ビエルはうなだれた。「ただの憶測です。街でたまたまフォルチ先生とすれ違ったことがあって。そのとき、別の男性ととても仲良さそうにしていて。まるで夫婦みたいに……」

「まさか。人違いだ」

「いいえ、フォルチ先生でした。向こうは僕に気づかなかったけど、僕にはわかった。十年経ってもちっとも変わってなかった」

「でも、いつのことなんだ？」ディエゴにはわけがわからず、尋ねた。

「五か月くらい前です。てっきりお二人は別れたのだとばかり思った……。僕の早合点でした。本当に馬鹿だ。すみませんでした、先生。僕はべつに……」

　しかしディエゴはもう聞いていなかった。ラウラが僕を裏切った？　それ以上何も考えられなかった。

　エクトルが早く行けというしぐさをしているのに気づき、ビエルは今にも泣き出しそうな顔で言葉を継ごうとしたが、とうとう踵を返して出ていこうとした。

「ビエル！」ディエゴが呼び止める。「相手の男はどんな風貌だった？」

「ディエゴ、やめろよ」エクトルがため息をついた。「病院の同僚か誰かだよ。きっとたいした意味はない。今さらほじくり返して何になる？」

「知りたいんだ！　覚えてるんだろう？　どんな男だったか話してくれ」

　ビエルは困ったように足を踏みかえた。

「じつはつい最近、また見かけたんです。最初はわからなかった。思いがけない場所だったので。でも間違いない。僕はとろいから、見覚えのある顔だと思ってよくよく考えて、やっと気づいた。あなたもご存じの人ですよ」

「誰なんだ」ディエゴは歯を食いしばり、覚悟を決めて尋ねた。

「あの刑事です。この事件を捜査している。ルカモラ警部ですよ」

25 模索

数時間後、ディエゴは自宅のソファーに腰かけ、窓から夜が忍び込み、のろのろとリビングに広がって、墨のごとく濃厚な闇で部屋の隅々まで侵略していくのをぼんやりと眺めていた。客用のトイレで水を流す音がして、この暗闇の世界に自分は一人きりではなかったと思い出す。兄が一晩泊まってくれることになったのだった。帰宅したときそこにいた四人のうち、悲しいかな、残ったのはただ一人。ラウラはその晩はアレナの家に泊まっている。ルカモラは……そう、あいつも出ていった。穏やかな退場とはいかなかったし、今もじんじんと痛む手がそれを改めて思い出させた。どうやって話を進めるか、念入りかつ慎重に計画した結果がこれだ。実際には、すべてが裏目に出た。

もう退院すると決めたことを、誰にも反対させなかった。帰宅途中はずっと、理性的に振る舞おうと自分に言い聞かせていた。ラウラに説明は求めるつもりだった。だが、ビエルの誤解だった可能性もある。もしそうなら、ラウラはけっして夫を許さないだろう。妻にあらぬ疑いをかけて信頼を裏切っただけでなく、そもそもアリの誘拐という一大事が起きているときにそんな些末な心配をするなんて、神経を疑いたくなることだ。ビエルが言う〝仲良さそうにしていた〟という表現だって意味はいろいろだ、と帰りの車の中でエクトルに指摘された。だが、ディエゴとしては、妻を疑い、もやもやを抱えて暮らすなんて耐えられなかった。だから、ビエルがなぜか病院に見舞いに来たことを妻に何気なく話し、会話の内容をそのまま伝えて、妻の反応を見ようと考えた。

だがそういう穏便な心構えは、自宅に足を踏み入れたとたん吹っ飛んだ。リビングではルカモラがソファーに座り——正確には〝くつろぎ〟——、ラウラやアレナと穏やかにしゃべっていた。まるでこの家の、そして女たちのあるじのように。ディエゴはその牧歌的とさえ形容できる光景にむかむかした。ディエゴが帰宅したと知るやラウラは弾かれたように立ち上がり、抱きついてきたが、ディエゴはそれにも気づかなかったほどだ。そうして抱きつかれたまま、矢継ぎ早の質問に唸り声で答えながら、意識は友人だと思っていた男の顔に集中していた。

ディエゴの視線の意味には気づかないまま、ルカモラも立ち上がって友人の肩を叩き、おめでとうと告げた。それから、三通目の手紙はまだ届いておらず、どういうことかまだわからないが、前向きにとらえるべきだと話した。そして最後に、不服そうに顔をしかめながら、捜査の指揮権がオラーヤ警部補に移ったと話した。今や事態は国際問題にまで発展しており、少なくともバルセロナでの捜査はそうなるという。怪物はスペイン警察を笑いものにしており、今や世界的に面目が丸つぶれだった。捜査はいっこうに進んでいないが、それでも上層部は警察がまだ手綱を握っていることを示すため、駒を動かすことにした。その駒がルカモラだった。この切羽詰まった状況にあっても、ルカモラはディエゴの元教え子にこだわり続けていた。ところがバソルが殺害された夜、三人は朝までビエル・マルトレイの家で食事をしていたことがわかった。彼らの尻尾をつかむためにルカモラがかの屋敷の張り込みをさせていた当の警官たちが、逆に彼らの無罪を証明してしまったことが、ただでさえ地に落ちていたルカモラの信用にとどめを刺したのだ。

ディエゴは冷ややかにルカモラを眺め、彼の説明を無言で聞いていた。理解を示す相槌(あいづち)を打つことさえしなかった。

「もちろん捜査は続ける」ルカモラはきっぱり言った。「ただ、これからは今までより大勢の人間にあれこれ報告しなきゃならないってだけだ。まず、俺の上司になったオラーヤ。それからマドリードでもチームがいくつか編成された。FBIさえ、誘拐事件の専門家を何人か送りつけてくるらしい。だが、これだけ総動員で臨めば、猶予期間のうちにきっとアリを見つけ……」

そのときだった。ルカモラの口から娘の名前がこぼれ落ちるのを聞いた瞬間、とうとうディエゴは不穏な落ち着きをかなぐり捨てて一歩踏み出し、ルカモラの口に拳を叩き込んだ。

人を殴ったのは生まれて初めてだったが、その相手にXXLサイズの刑事を選んでしまったわけだ。映画のようには相手に衝撃を与えられなかった。むしろディエゴ自身が受けたダメージのほうが大きかったように見える。指の関節がひりひりしたし、肩の筋肉にも激痛が走ったが、ルカモラは動揺一つしていなかった。殴られた勢いで横を向いたまま動きを止め、ひびの入った唇から流れる血を手で拭っただけだ。

代わりに、まわりのほうが大騒ぎを始めた。アレナは甲高い悲鳴をあげた。エクトルは大急ぎで弟を止めに入った。とはいえディエゴとしては、わざわざ止めてもらう必要はなかった。コウノトリの後遺症に手の痛みが加わったこともあったが、それ以上拳を振り上げるつもりはなかったからだ。でも、ディエゴがいちばん傷ついたのは、ラウラの反応だった。

「何なの？　気でもおかしくなったの？」そう大声を出しながら、彼女は二人のあいだに割って入った。しかし明らかに、ルカモラを守ろうという意図がそこに見えた。

ディエゴは妻を見据えながら、怒りを抑えることも、口から質問が飛び出すのを止めることもできなかった。そんなに単刀直入に訊くつもりはなかったのだ。

「こいつと寝たのか？」妻を見つめ、ルカモラのことはぞんざいに指さしただけだった。

藪から棒の質問に、ラウラは目をしばたたかせた。しかし動揺したのは一瞬で、すぐにこう答えた。

そんなに簡単に、冷静に、そして堂々と妻が認めるとは思ってもみなかった。まるで、ルカモラと寝ることは生まれたときからの運命であり、避けられないさだめだったかのように。

「そんなふうに答えるとはな」思わずつぶやいていた。

「じゃあどう答えればいいのよ」

「さあね」肩をすくめて認めた。「後悔する？　恥じ入る？　不倫した人間がどう振る舞うべきかなんて、知るかよ！　君のほうがよく知ってるんじゃないのか？」

ルカモラがなだめようとこちらに手を伸ばし、近づいてきた。

「ディエゴ……」

激しい痛みが押し寄せてきて、そのまま床に崩れ落ちそうになったが、ディエゴはかろうじてルカモラのほうに向き直った。

「黙れ！　よくそんな真似ができたもんだな！　あんたは友だちだと思ってたよ。一緒に夕食を囲み、夜遅くまで小説のことを相談し、酒を飲んで酔っ払った……そう聞いたときは、信じられなかった。まさか……」

「誰に聞いたの？」ラウラが消え入りそうな声で尋ねた。

「ビエル・マルトレイだ」

「ビエル・マルトレイ？」ルカモラがとまどったように訊き返した。

「ああ、どこだかで二人を見たそうだ」ディエゴは首を振った。誰から聞いたかなんてどうでもよかった。重要なのは、二人が自分を裏切っていたということだ。妻と親友。自分の背中をナイフで一突きにする犯人だとは最も考えにくい存在。その二人が、一緒に。

「どこでやった？　夫婦のベッドでか？　それともキッチンで立ったまま？」

「ディエゴ、もうやめて。お願い」ラウラが懇願し、顔を手で覆った。

「わざわざ下品なことを言うなよ、ディエゴ」エクトルが弟の肩に手を置いた。

ディエゴはそれを乱暴に振り払い、震える指をラウラに突きつけた。

「何も話してくれないとか、気持ちを打ち明けろとか、よく僕を責められたもんだな。そこまで偽善者だったとは」

これを聞いてラウラもたまらず頭を上げ、顔を歪ませた。

「だって全部そのとおりだからよ！　あなたと一緒にいるときほど孤独だったことはないわ。もううんざりだった。まるで透明人間になった気分よ。誰かがそばにいる、その感覚を取り戻したかっただけ。実感が欲しかった……」

「誰かのペニスの実感、か」ディエゴがかぶせるように言った。

「みんな、少し落ち着こう」

ルカモラの声は、荒野を吹き抜ける冷たい突風のようだった。しかしディエゴはひるまなかった。

「黙れ」相手のほうを見もせずに、吐き捨てるようにくり返す。

ディエゴは、口を大きく開けてこちらを見ているラウラをじっと睨みつけていた。何か言い返してくるものと思ったが、妻はいきなりわっと泣き出した。夫に背を向けて顔を手で覆う彼女に、アレナが駆け寄って肩を抱く。

「なんて勝手なやつなの」アレナが怒りをこめてこちらを睨んだ。「あんたのせいで、ラウラがどんなに苦しんでいたか！ 自分以外のことは何も目に入らないんだ。あんたが彼女を幸せにできなかったから、こんなことになったんだよ」

ディエゴは大笑いした。

「誰もが僕ら夫婦の事情をよく知っているみたいだな。あんたも、僕ら夫婦が揉めるのは大歓迎のくせに」嘲るような笑みをアレナに向ける。

「何言ってるのよ？」アレナの顔が急に青くなった。

「しらばっくれるな。僕にはわかってる」ディエゴの声には蔑みが滲んでいる。「知らないのは僕の妻だけだ」

「ディエゴ、やめろ」エクトルがまた弟の肩に触れた。「妻の親友にそんな言い方……」

「ほっとけって言ってるだろ！」ディエゴは兄の手を乱暴に振り払おうとした。

ところがその手は、思いがけず別のものにぶつかった。ラウラの顔だった。夫の最後の言葉が聞き捨てならず、アレナの腕を振りほどいて食ってかかろうとしていたのだ。

　ラウラが後ろによろめくのが見えたが、支える時間はなかった。次の瞬間、いきなり誰かに腕を背中にねじり上げられ、壁に体を押しつけられたからだ。相手が誰かは見えなかったが、ルカモラだということはすぐにわかった。

「よく聞け」ルカモラが冷静になろうとしていることは声からうかがえたが、奥で煮えたぎっている怒りは隠しきれなかった。「自分のしたことは褒められたことじゃないし、言い訳もできない。だが、後悔はしていない。ラウラを愛してるんだ……」彼が大きく鼻から息を吸い込み、歯ぎしりをする音がディエゴにも聞こえた。「だが彼女は君を選んだ。ラウラの心には最初から最後まで君しかいなかった。大事なのはそれだけだろう。いや、今本当に重要なのは、アリアドナを助け出すことだけだ」

　ディエゴはルカモラに締めつけられながらも痛みをこらえて振り返った。怒りが沸騰していた。

「僕に罪の意識を植えつけるために娘を利用するな！　娘を救うために本当に何かしているのは僕だけだ。僕は父親だからな」

　その言葉で、ルカモラは締めつけを解き、後ずさりした。ディエゴは怒りと憎しみと無力感で震えながら向き直り、痛む腕で胸を抱いた。二人はしばらく睨み合い、そのまま時間が凍りつく。

最初に口を開いたのはルカモラだった。

「必ず君の娘をこの家に帰す。そのあと、俺がいないほうがラウラが幸せなら、俺は姿を消す。大事なのは、彼女が幸せになることだけだ」それからディエゴに詰め寄り、声を低めて囁いた。「自分の胸に聞いてみろ。彼女のために同じことができるか」

それから誰にも目を向けないまま、大股で立ち去った。すぐにラウラも部屋から走り去り、アレナが後を追った。エクトルは無念そうに首を振り、純粋に場の空気を静めるために立ち去った。こうして、あたかも子供が不器用に結び目をほどくように、騒ぎは収まった。ディエゴは精も根も尽き果ててソファーに座り込み、今もそのままの格好だった。ラウラがアレナのところに行くのに荷物をまとめている、とエクトルが報告に来たときも、ぴくりとも動かなかった。ラウラとアレナが玄関に向かったときも、ラウラが戸口で途切れがちな声で必死にこう訴えたときも。

「今夜は私、ここにいないほうがいいと思う。あなたを一人にしないでとエクトルには言われたけど……でもやっぱり無理……ごめんなさい。頭が爆発して、どうにかなりそうなの。もし三通目の手紙が来たら教えて、いいわね？　そのときどうするか、話し合いましょう。お願い、何か言って……」踏まれた木の実の殻のように声がつぶれ、すすり泣きが漏れ出した。「ごめんなさい、本当に。許して……でもここにはいられない」

夫の応答を待つ泣き声がしばらく聞こえていたが、ディエゴは声を絞り出す力さえ湧かず、ぼんやりと宙を見つめて、ただぐったりと座っていた。だからラウラは罪の意識に押しつぶされ、足を引きずるようにして、アレナの大柄な体に抱えられながら立ち去った。

廊下を近づいてくるエクトルの足音で、ディエゴは記憶の迷路から現実に引き戻された。あたりはすでに真っ暗だった。彼が過去をたぐり寄せるあいだも時は無情に流れ、空をオレンジ色に塗りたくったあと、夜の闇で満たした。エクトルは椅子やテーブルにぶつかりながら、サイドボードの上に置かれた小さなランプのところにたどり着いた。電球というよりトーチと言ったほうがよさそうな惨めな灯りが、青ざめた兄と弟の顔をうっすらと照らした。

「何か食べるか？」

ディエゴは首を横に振った。

「だが、何か食べないと……」エクトルは胸で腕を組んだ。

ディエゴは肩をすくめた。

「腹は減ってない」

兄は心配そうな顔でソファーに近づき、隣に座った。

「なあ、気持ちはよくわかるよ。ネウスもずっといろんな男と浮気してたんだ。気づいたのはずっと後だったけどな。そして最後に俺を捨てた。シルクハットにウサギを隠す、あのくそったれ手品師のためにな……」カウボーイが唾を吐き出すように、憎々しげに言う。

「とにかく、おまえの気持ちはわかるよ。ネウスが出ていったとき、俺は何週間もそんなふうに腑抜けになった。暗闇の中で何時間もぼんやり宙を眺めていたよ。復讐計画も立てた。だけど乗り越えた。こうしてね」

「そう言えば僕が元気になるとでも？」

「俺はただ、おまえが何を食べたいか知りたいだけだよ」

「何でもいい。なあ兄さん」

部屋を出ていこうとしていた兄が振り返った。

「ありがとう、今夜一緒にいてくれて」

兄は肩をすくめた。

「そのための兄弟だろう？」

「たがいの心の傷を舐め合うため？」

「それもそうだ」エクトルはにこりとした。「だが何より、兄弟にしかわからないお楽しみを誰にも奪わせないためだよ」

ディエゴは笑おうとしたが、苦しげな息が漏れただけだった。エクトルの足音が遠ざかると、一日がもう終わろうとしているのに、まだ三通目の手紙が来ていないことにふと気づいた。ラウラかルカモラに電話して訊いてみようかと思ったが、すぐに考えを捨てた。

何か進展があれば、すぐにルカモラから連絡が来るだろう。本当なら、なぜ手紙が遅れているのか、一緒に考えることだってできた。だが、さすがにあいつもそこまで面の皮が厚くなかったわけだ。やつは僕を、そしてラウラを、すべての人々をこけにした。傷ついた自尊心を回復するには神経がささくれ立ち、集中できそうになかったので、いつも羨ましくなるくらい時間にきっちりしている怪物が、今回に限ってまだ手紙を送ってこないのはなぜか考えて、時間をつぶすことにした。

これはいい兆しなのかもしれないとも思う。兄の言うとおり、怪物はディエゴにあれこれやらせて、もう満足したのではないか。あと数分もしないうちに、ラウラが傷一つないアリを抱っこして玄関に現れ、その瞬間を待ちに待った三人は固く抱き合う。

だが逆に、悪い前兆かもしれない。そう思うとたちまち期待はしぼんだ。何かまずいことが起きたとしたら？　たとえばアリが逃げようとしたとか。勇敢なアリならやりかねない。それが失敗に終わり、とっくに殺されて、壊れた人形のようにどこかに捨てられているかもしれない。小説を書くときはいつもそうするので、その光景がいやでも頭に浮かんだ。やけにリアルで、ディエゴは泡立つシャンパンさながら激しく動揺して、涙があふれ出す。

だが可能性はほかにもある。たとえば、不慮のアクシデントか何かで、単に投函が遅れただけかも。怪物がうっかり忘れたとか？　いや、それはありえない。ディエゴはその筋は消し、ふりだしに戻った。

　小説のプロットがさまざまな模索にもとづいて構築されるということは、充分わかっている。いろいろな筋道を探り、それがどんな方向へ物語を導くか確認し、今そうしたように、袋小路だとわかったらその筋は捨てる。そしてそのプロセスにあるあいだは、つねに明晰な頭で想像力を全開にして臨み、常識にとらわれないほうがいい。たとえどんなに常軌を逸しているように見えても、どの筋にも可能性はある。実際に試してみなければ、それがどこへ向かうか、物語をどんなふうに展開させるかわからないからだ。だからディエゴは別の筋道にもチャンスを与えてみる。じつはやはりジュリアン・バソルが怪物で、誰かに正義の鉄槌をくだされたのだとしたら？　怪物ハンターがいた？　だがもしそんなバットマン気取りの正義の味方がいたとして、それならなぜ娘を救ってくれなかったのか？さらには、壁にあんな殴り書きをした理由は？　真実味があるかどうかは別にして、ほかの筋道も考えよう。怪物は想像力がすでに枯渇してしまった、ということはないか？　前回以上に恐ろしい課題が思いつかず、困っているとか？　ディエゴはその筋も消し、次に移る。

　彼は想像した。たとえば今朝自分が、ラウラの裏切りを知って激昂し、怒りに震えながら病院を飛び出したとしたら？　もっと早くに手紙を出さなければならなかったのに、それですっかり忘れてしまった。これまでの二回と同じタイミングで本来は出すべきだったのだ。笑える話だ。怪物は、無意識のうちにああいう恐ろしい行動をさせるほど今までみごとにディエゴを操っていたというのに、たかが嫉妬の発作のせいでその支配力を失い、心の奥の闇へ締め出されてしまった。もし今ズボンのポケットに手を入れて、そこに今朝投函するはずだった手紙を見つけたら、本当に大笑いだ。いや、まったく。そして手にそれが触れたとき、ディエゴの唇に凍てつくようなよこしまな笑みが浮かんだ。

26 とても悪い娘

『血と琥珀』

第十六章　二百七十五ページ

「ジュリア、ジュリア！」

ナバド警部は娘の名前を呼びながら家に飛び込んだ。居間で刺繡をしていた妻のロウルダスは、夫の大声にびくっと跳び上がった。

「どうしたの、ウリオル？」部屋に入ってきた夫に尋ねる。

ナバドは小さな部屋を見まわし、隅々まで目を走らせた。ジュリアはそこにはいない。

「あの子は……あの子はどこだ？」

「寝室よ。乳母が本を……」

妻が言い終わるのも待たずに、ナバドは二階に続く階段を駆け上がった。バランティナ・クラムントの瞳がジュリアと同じ変わった色だと知って以来、激しくなり始めた動悸が、今や最高潮を極めていた。遅すぎたのか？　そう心の中で尋ねながら、娘の寝室のドアを体当たりして開けた。中をさっと眺め渡しただけで、疑いが正しかったことがわかった。そう、完全に遅かった。ジュリアの姿はなかった。ベッドは空で、床の絨毯（じゅうたん）の上で乳母がぐったりと横たわっていた。

「嘘だ、嘘だ、嘘だ……」今見ている光景を必死に否定しようとする。あまりにも芝居がかった、大げさな舞台装置だった。空っぽのベッド、気を失った乳母、ショックで途方に暮れている父親……。

乳母の横にかがみ込み、顔をそっと持ち上げてみて、クロロホルムを嗅がされたのかどうか確かめる。間違いない。やつの手口そのものだった。立ち上がり、遺留品か手がかりになりそうなものはないか、室内を捜索しようとする。だが無理だった。恐ろしい現実に打ちのめされ、よろめいた。ジュリアが怪物に誘拐された。目を閉じ、何とか正気を保とうとする。冷静さを失うな。俺は理性で動く刑事だ。嘆き悲しむ父親には引っ込んでおいてもらわなければ。頭からパニックを締め出し、目の前の事実に集中しようとした。犯人はこの家に忍び込んだのだ。この俺の家に！　ありとあらゆる場所に鍵をかけ、ありとあらゆる安全策を妻に覚えさせたというのに、怪物はこの家に侵入し、欲しいものを奪っていった。だが、いったいどうやって？

少し冷静になり、目を開けて室内を注意深く観察し、棚にあの忌まわしい黒い封筒が置かれているのに気づいた。そこは、ジュリアに抱いてもらうのを待っている何十という人形が並んでいる場所だ。ナバドは唾を呑み込むと手紙を手に取り、そのまま上着のポケットにしまった。読むのはあとにしよう。今は怪物の気まぐれに付き合っている暇はない。すぐにでも捕まえてやる。

ドアのほうに向かおうとしたとき、ジュリアの鏡台の鏡に映った自分が見えた。恐怖で顔が青ざめ、引き攣っているが、瞳にはめらめらと狂気の炎が燃え盛っている。自分が人を殺すなんて考えたこともなかったが、もし今夜怪物を見つけたら、息の根を止めずにはいられないだろう。それが怖かった。

急いで寝室を出たとき、階段をのぼろうとしている妻を見つけた。ナバドは妻を手ぶりで止め、駆け足で階段を下りた。

「どうしたの？」ロウルダスは彼の歪んだ表情に気づいた。

「ジュリアが……」ナバドは足も止めずに、妻の横を駆け下りる。でも、言葉が喉でつかえた。

妻の顔が蒼白(そうはく)になるのがわかったが、なだめている時間はなかった。玄関を飛び出し、庭から通りのほうに急いで目を向ける。そして通りに出たところで、怪しい人影はないか四方を見たが、人っ子一人見当たらなかった。

ルカモラはぞっとして、本から目を上げた。ジュリア・ナバドが自宅から誘拐される場面を読むのはこたえた。現実世界のディエゴとラウラの状況とつい比べてしまう。気を取り直して本に目を戻したが、大胆に読み飛ばし始めた。じれったくて結末までの部分をいちいち読んでいられなかったし、ナバドが娘の名前を呼びながら家の周囲を走りまわるあいだ、あれこれ悩むのを読むのもつらかった。警察が早く娘を見つけて救い出す場面を、せめて虚構世界では善が悪に勝利するところを目にしたい。

斜め読みして、物語がぶつ切りに進むのをたどる。いつ果てるとも知れぬ時間、あたりを走りまわるうちに、ナバド警部は夜警と出会い、何か大きなものを抱えた男が馬車に乗るのを見たと聞く。折しも、クルコイ警部補とカヌバス刑事の乗った馬車がやってきた。警部の妻ロウルダスから電話をもらい、その道案内でナバド警部を見つけたのだ。その後数段落かけて、三人はその馬車で、サグラダ・ファミリア大聖堂が建設されつつある空き地に向かう。カヌバス刑事は、アルベルト・クララムントに関する資料を分析して、かの医師はここ一年ほどのあいだに、この大聖堂のためになんと十回も大金を寄付していたことを突きとめた。何より重要なのは、寄付はそれぞれ、少女の遺体が発見された翌日におこなわれていたことだ。まるで、殺したあとに後悔して、手近な方法で罪を贖（あがな）おうとしたかのようだった。

大聖堂が前方に見え始めたところで、ルカモラは、精読を再開するならここからだと思った。怪物狩りが始まったからだ。

『血と琥珀』

第十六章　二百九十ページ

ナバドはときどき、カンプ・ドゥ・アルパ地区近くのこの空き地で体を横たえ、やがて世界でも類を見ない高層建築の一つとなるその大聖堂建設の進捗状況を測った。いちばん高い塔は百七十二・五メートルにも達すると言われているが、それでもバルセロナで最も高いムンジュイックの丘より数メートル低い。それは、この大聖堂の設計を担当する建築家アントニ・ガウディ・イ・コルネが、人は神の創造物を超えてはならないという考えの持ち主だからだ。だが今のところ、将来の威光はその片鱗が垣間見える程度だ。寄付がなかなか集まらず、建設は百年先を見越したスピードでしか進んでいない。その完成を自分はおろか、娘もその子供も、ガウディ自身すら見ることはないのだと気づいたときほど、人間の命など、永遠の時の流れの中ではほんの一瞬でしかないと思い知らされたことはなかった。

警官たちは馬車を降りてその堂々たる建造物へと向かい、それぞれがカンテラで闇を照らした。その時間、多忙な作業員たちの姿も、空き地をうろうろする山羊の群れも見当たらず、夜空にそびえる後陣と生誕のファサードのシルエットはまるで廃墟の舞台装置のようで、何とも不気味だった。当時は、一八八九年に完成した地下礼拝堂を除くと、建設されていたのはその部分だけだった。生誕のファサードからは、何段もの足場の向こうに中途半端な四本の塔が伸びているのが見え、壁に穿たれた無数の小窓や溝からねじれた狭い石段を覗くことができた。将来は、その小窓や溝から、鐘の音があたりに響き渡るのだろう。ガウディは生誕のファサードを、伝統的な空想上の生き物ではなく、農場で穫れる野菜類とともに雌鶏や七面鳥といった家畜で装飾し、そうしたごく慎ましい自然物もやはり神の指がお造りになったのだと示そうとしているように思えた。三つの門の飾り縁が――

ルカモラはだらだらと続く説明書きを一気に飛ばした。旅行者向けのガイドブックからそのまま写したような感じだ。そして、ナバドが部下たちを構内に散らばせ始めるところで手を止めた。ようやく物語に動きがありそうだ。

『血と琥珀』

第十六章　二百九十六ページ

ナバドはカヌバス刑事を生誕のファサードの前に広がる空間に送り出した。そこには道具類や石塊、かけら、ファサードの所定の場所に設置されるのを待っている子供の羊飼いや巨大カタツムリの彫刻などが散らばっている。クルコイ警部補は地下礼拝堂へ向かわせた。そして自分はその地下礼拝堂の真上にある後陣を調べることにした。掲げたカンテラで濃密な闇をくり抜き、足元に気をつけながら、七つの礼拝堂を一つひとつ覗き込む。壁の上には――

また説明が始まった。ディエゴはガイド本や図鑑を購入した元を取ろうとしたらしい。ルカモラはいらいらしながら数段落飛ばしたところで悲鳴を聞いた。

『血と琥珀』第十六章　三百一ページ

ナバドははっとして足を止めた。クルコイ警部補の悲鳴が地下から聞こえたのだ。続いて銃声が響いた。空き地で巨大な石のかたまりが作る迷路の中にいるはずのカヌバスを捜したが、見つからなかった。

声をかける暇も惜しんで、地下礼拝堂をめざし一気に階段を駆け下りる。あたりの闇がさらに濃くなり、ぎくりとした。自分のカンテラは周囲数メートルをかろうじて照らすばかりだ。それが唯一の明かりで、上方に見えるガラス窓や明かり取りから漏れるぼんやりした光は、闇をさらに深くする役にしか立っていない。だが、警部補のカンテラは？　部屋の入口に立てば、地下礼拝堂全体が見渡せるのに、灯りはどこにもない。

「エドゥアル？　俺だ、ウリオルだ！」大声を出せば自分の位置を敵に知らせることになるとしても、かまわなかった。どのみちカンテラの光で階段下にいることは明らかなはずだ。

しばらくは何も聞こえなかった。やがてどこかから呻き声がしたような気がした。

「ウリオル……ここです」

地下礼拝堂は後陣の真下に作られているので、造りがまったく同じだった。半円形に並ぶ七つの礼拝堂、それを巡るように作られた歩廊、ミサがおこなわれる中央部分。ナバドの左側に最初の礼拝堂があり、そのあたりから警部補の呻き声が聞こえるようだった。ナバドは歩廊に足を踏み入れた。そこから動けば、中央部を抜けて怪物が階段にたどり着き、逃げてしまう恐れがあることはわかっていたが、警部補がどこかで苦しんでいるのに、階段下で見張りを続けるわけにはいかない。

充分注意しながら、急いで闇に灯りを巡らせる。左側に、聖家族に奉じるそれぞれ異なる礼拝堂が並んでいる。金色に輝くさまざまな宝物が詰まった贅沢な祠のようだ。あたりはしんと静まり返り、ときどき聞こえるクルコイの呻き声だけを頼りに進む。

歩廊を半分ほど進んだと思われるあたりで、突然足元で何かがきしむ音がした。カンテラを下ろしてみると、無数のガラスの破片をブーツが踏んだことがわかった。少し向こうに半ば壊れたカンテラが落ちていて、さらに離れたところにピストルがあった。またクルコイの声が聞こえ、ナバドは焦って名前を呼んだ。慎重に進むと、無原罪の御宿りの礼拝堂の前で倒れている警部補を見つけた。無残に切り刻まれた胸は血まみれで、その中央にメスが突き立てられている。慌てて駆け寄ったナバドに、警部補が虚ろな目を向けた。

「なんてこった……くそったれめ」ナバドはクルコイの傷の様子を調べながらつぶやいた。

怪物のしわざに違いなかった。

怪物を狩るつもりだった彼らが、逆に狩られているのだ。

ナバドはピストルを脇に置き、クルコイの胸のメスを一気に引き抜いた。警部補がうっと声を漏らし、唇からぼとぼとと血がこぼれる。

「ウリオル……」見えるほうの目でナバドを探すが、痛みで霞がかかっているようだ。

「しゃべるな、エドゥアル。大丈夫だ。おまえはきっと無事だ」

警部補の喉から笑いに似たものが漏れたが、途中で途切れた。

「あなたはいつも嘘が下手でしたよね、ウリオル」呻きながら何とかつぶやく。「あのろくでなし、俺の胸をかっさばいて、あちこちに穴をあけやがった。湿布を貼ったぐらいじゃ治りませんよ」

「傷は俺が全部ふさぐ……」ナバドはシャツを破ろうとした。

しかし警部補は苦労して片手を持ち上げた。

「時間を無駄にしないでください……怪物を追って……俺はやつの目を見ました……邪悪

が宿っていた。やつを仕留めなきゃならない。さもないとこの地獄は終わらない。殺すんです、怪物を」

次の瞬間、死が蠟燭(ろうそく)を吹き消したかのように、揺れていたクルコイの片方の瞳の光がふっと消えた。ナバドは歯を食いしばり、激しい怒りが内側にむくむくとふくらむのを感じていた。顔を上げ、あたりを見まわして、カンテラの灯りの輪の向こう側を覗き込もうとする。あの闇の海原のどこかに怪物が隠れているはずだ。ナバドは、クルコイが悲鳴をあげた直後に一か所しかない出入口からここに下りたのだから……。

そのとき階段で大きな音がして、ふいに段のあたりが灯りで照らされた。同時に、カヌバス刑事の巨体が現れ、よたよたと下りてきた。ナバドは安堵して、大声で「ここだ」と呼んだ。近づいてきた刑事は、クルコイの遺体を見てたちまち顔が青ざめたが、警部補の血が垂れているメスがナバドの手に握られているのに気づき、眉をひそめた。鮮血がカンテラの光でてらてらと輝いている。

「怪物にやられたんだ」ナバドは顔をしかめてメスを床に放った。「階段で行き会わなかったよな？」

カヌバスは首を横に振った。しかしその目にはまだかすかに疑念が潜んでいる。

「つまりまだここにいるってことだ」ナバドは結論した。「絶対に逃がすな！」

銃を拾うと、カヌバスには歩廊をそのまま奥まで進むように命じ、自分は中央部に足を踏み入れた。全身が緊張し、心臓が口から飛び出しそうだったが、ゆっくりとベンチの列のあいだを進んでいく。丸天井には受胎告知の彫刻が施され、右手には柱が並んでいる。ふいに、今カンテラで照らした柱の陰から、翼を広げたカラスのように何かがひらりと飛び出したのが目の端に見え、痩せて背の高い人影が階段のほうへ走った。すぐさま銃をそちらに向け、発砲したが、すでに怪物は階段を駆け上がっており、銃弾は段の一つに当たった。

「階段だ、カヌバス!」ナバドは怒鳴り、怪物を追いかけた。

数メートル横にカヌバスが現れ、二人は大股で階段を駆け上がった。息を切らし汗だくになりながら後陣にたどり着くと、二人は少し離れて前方に広がる空き地を見渡した。だが、怪物の姿はない。どこに隠れた？ 姿を確認したのは一瞬だったが、娘を抱えていなかったのは確かだ。地下礼拝堂に隠したのか？ そうは思えなかった。警察を狩り始める前にどこかに閉じ込めたと考えるのが妥当だろう。だがどこに？ ナバドは周囲を注意深く見た。向こうのマヨルカ通りに、作業員の子供たちのための仮設の学校が見えた。ガウディがその学校の建設を大事に思っていたことは、波を思わせる滑らかなカーブを描いている美しい屋根を見ればわかる。さらに、後陣から数メートルしか離れていないところには、以前は司祭の家だった、かの天才建築家が大聖堂の設計をおこなった作業場がある。どちらも娘を隠すにはうってつけの場所だと思えた。もたもたせずに、学校にはカヌバスを向かわせ、自分はサルデニャ通りとプルベンザ通りの角にある作業場へ走った。いつも最後に帰ると言われている建物にたどり着いたとき、ドアが開いているのがわかった。いつも最後に帰ると言われているガウディが鍵をかけ忘れたのだろうか。カンテラをかざしながら、ナバドは銃を構えてそろそろと中に入った。しかし五、六歩も進まないうちに、部屋の奥で影が動いたのを目の端でとらえた。急いで向き直り、銃口を向けたが、相手も同時にこちらを狙いすましたのを見てぎくりとした。とにかく急いで発砲し、同時に向こうも撃ってくるものと思い、歯を食いしばった。ところが胸にも肩にも頭にも、銃弾がめり込む衝撃はなかった。代わりにガラスがパリンと割れる音が聞こえた。部屋の奥で、花弁が散るように鏡が粉々になっていた。一瞬とまどったものの、自分の鏡像に発砲したのだとようやく気づいた。そこにはガウディの写真スタジオがあり、モデルをさまざまな角度からとらえるために四方の壁と天井にそれぞれ鏡を貼ったガウディ独特の装置を、ナバドは壊してしまったらしい。ガウディは新技術をすぐに取り入れ、伝統的な石膏模型による設計をそれで補った。ナバドは首を振った。なんで衝動的に発砲したりしたんだ。敵はジュリアを抱えているかもしれないのだから、もっと慎重に行動しなければ。おのれを何とか落ち着かせ、隣室へ向かう。バルセロナじゅうに心臓の音を轟かせるようなことがあってはならない。

こちらの部屋のほうが広く、ファサードを飾る石膏模型や彫刻が所狭しと置かれ、制作中の作品の迷路と化していた。ナバドは注意力を研ぎ澄まして進んでいく。一歩進むごとに、カンテラの光が闇を退けていく。腕のない胴体や頭部のない体、天使の翼、巨大な雪像から切り取ってきたかのような大きな手足。あらゆる場所に木枠が置かれ、子供の首が下がっている様子が禍々しい。眠っているように見えるものもあれば、目を剝き口を大きく開けて、無言で助けを呼んでいるような恐ろしい表情のものもある。カンテラを持ち上げたとき、天井からも彫刻が吊り下げられているのがわかった。これ以上床に置くと、通行できなくなるからだろう。トカゲやらカエルやら奇妙な小動物の群れが頭上で揺れている。だが子供もいる。大聖堂のファサードで天使になる順番を待つ子供たち。ナバドは恐怖を抑え込み、首くくりの森から目を引き剝がすと、床に視線を戻した。怪物がいつどこから現れるかわからないのだ。

　しかし何も起こらないまま、ナバドは次の部屋に入った。そこは天井が斜めに傾き、車輪付きの衝立がいくつか置かれており、作業台やテーブルは石膏模型で埋め尽くされていた。礼拝堂の一部やファサードの細部、鐘楼、大聖堂の完成模型さえある。旅行トランクほどの大きさだが、実物になったときの想像はつき、ナバドは感心した。紙束やさまざまな道具類、錬鉄製の小物ののったテーブルを避けながら進んでいくと、突き当たりに小さなスペースがあり、そこがガウディの作業空間のようだった。混沌としたほかの部分から区切られたそこには、大きめの机があり、本や設計図、描画で覆われ、その上に石油ランプが危なっかしく置かれている。片隅にはよく読み込まれた典礼集がある。壁の鉤にガウディの夕食の包みらしきものが引っかけてあり、ナバドはその質素さに胸を打たれた。グエル公園の自宅に戻る際に、置き忘れたのだろう。

ナバドは振り返り、広い室内を見渡した。ここが最後の部屋だ。もし怪物がこの作業場に隠れているなら、どこかでその前を通り過ぎたに違いない。彫刻の森の陰でこちらを見張っていたのだろうか？　わからない。単に自分の早とちりで、今頃怪物はどこか別の場所でジュリアの目をくり抜こうとしているのかもしれない。そう思ったとたん頭に血がのぼり、慎重さをかなぐり捨てて、室内を大股で歩きまわりながら怒鳴った。

「過去は変えられないんだぞ、クララムント！　少女たちは犬死だった。おまえがいくらその手を血で染めても、バランティナは戻ってこない！」

ふと足を止め、相手の反応を待ったが、あたりには静寂がたち込めていた。やはりここに怪物はいないのだ。

「娘の名を口にするな！」そのとき背後で声が響いた。

振り返る暇はなかった。相手はいきなり物陰から飛びかかってきた。もつれ合いながら机に倒れ込み、二人に押しつぶされて模型が木っ端微塵になった。警部は頭を床にぶつけ、視界がぼやけた。必死に意識を失うまいとしながら、怪物の体から自由になろうとする。倒れた拍子に、警部の手にあったカンテラは床に転がった。その光のおかげで、外科医が何か鋭利な道具を頭上に振り上げたのが見え、とっさに左手を伸ばしてそれを遮った。その瞬間、手のひらに何かが刺さり、鋭い痛みが走った。怪物は次なる攻撃に取りかかろうとしている。ナバドはまだピストルを持っていたことを思い出し、別の手でそれをつかむと、金槌さながら相手の顔にすばやく打ちつけた。思いがけない一撃で怪物はふらつき、ナバドはその一瞬をついて、相手を押しのけた。急いで体を起こし、視界をはっきりさせようとするあいだに、怪物は顔を血まみれにしたまま物陰に退いた。

ナバドはあえぎ、ごろごろと転がって家具の脚にぶつかって止まったカンテラの光の中でよろけた。額がひどく痛み、左手は使い物にならなかったが、それでも銃を反対の手で握りしめ、急いで闇のありとあらゆる方向に銃口を向けた。

「クラムント！」

「私が誰かわかったのか」怪物が息を切らしながらどこかで囁いた。質問ではなく確認だった。

「ああ、クラムント、おまえが誰かもうわかった」ナバドは声がしたほうに銃を向けた。

「それに、何のためにこんなことをしているのかも。だが、無駄だ。馬鹿げたことはもうやめろ。バランティナだってやめてほしいと思ってる」

「勝手なことを言うな！」部屋の別のほうから怒鳴り声が聞こえた。「娘は私を信じていた。私を誇りにしていたんだ。そして、私が守ってやれなかったから死んだ。父親として失格だ……」声がすすり泣きで震えた。「だが、私があの子をここに連れ戻す。今度こそ失敗しない。そして、あの子を甦(よみがえ)らせるにはこうするしかないんだ！」

ナバドは力なく首を振った。怪物を説得しようとしても無駄だ。かつてはすぐれた外科医だったこの男の理性は娘の悲惨な死によって破壊され、今や怒りに狂った人でなしでしかない。だから情に訴えようとした。

「娘はどこだ？　ジュリアをどこにやった？　父親の気持ちがまだ残っているなら答えろ！」

ぞっとするような笑い声が室内に響き、ナバドはぎくりとしたが銃は構えたままだった。

「そんなにすんなり娘を返すと思うのか？　まさか。返してほしいなら、私とゲームをしなければ。おまえに父親の資格があるかどうか証明するんだ。バランティナのためなら何でもすると、私が証明してみせたように」

「ゲームはもう終わりだ」ナバドは答えた。「わからないのか？　われわれはもうおまえを見つけた。ここは警察に囲まれている。逃げられるわけがな……」

話が終わらないうちに、肩のあたりに激しい痛みを感じ、右の肩甲骨に冷たい鋭利な刃がいともたやすく突き立てられたことを知った。ナバドは悲鳴をあげて思わずしゃがみ込み、熟れた果物が木から落ちるように銃が床に転がる音を聞いた。どこを刺せば銃が握れなくなるかわかったうえで、そこに刃を埋めたのだ。それはすぐに抜き取られたが、ナバドは怪物の腕を奇跡的につかんで次の一刺しを防いだ。左手は骨に達するほどの刺し傷で激しく痛み、右手は痺れてまるでコルクのようだったが、それでも必死に怪物のメスに抗った。敵の酸っぱい息を顔に感じ、刃の切っ先が腹を危うくかする。このままでは負けると気づいて、最後の力を振り絞り、頭を思いきり後ろにそらすと、渾身の頭突きを食らわせた。思いがけない攻撃に、怪物は呆然として数歩よろめいた。額から血が流れ出す。その機に乗じて、ナバドは相手の顎に右のパンチをお見舞いした。怪物は机の上に倒れ、その上にあった模型を壊した。今のパンチのおかげで右手の感覚が戻り、ずきずき痛みはしたがすばやく銃を床から拾い上げると、怪物が立ち上がらないうちに頭に銃口を突きつけた。

「尋ねるのは一度だけだからよく聞け。娘はどこだ」声が怒りでびりびり震えていた。

怪物はゆっくりと首を振り、少しずつ意識を取り戻したようだった。その唇には、いまだに不敵な笑みが浮かんでいた。

「残念だが、それは教えられない」冷静に答える。「あの子の目が必要なんだ。まさに私の娘と同じ目で。バルセロナじゅうを探しても二人といない。それだけだ。もし取り戻したかったら、私とゲームをしなければならない。決めるなら早くしろ。おまえの娘のいる場所からすると、そう長くは息が続かないだろう……」

ナバドは答える代わりに獣を思わせる呻き声を漏らし、無駄とは知りながらあたりを必死に見まわした。それでジュリアが見つかれば世話はない。だが、カンテラが転がってぶつかった奇妙な家具に目が留まった。普通の洋服箪笥の大きさだが錬鉄製で、分厚いガラスの扉は鎖で閉められるようになっている。短いががっしりした四本の脚で支えられ、脇にボタンやらレバーやらがついている。一種の窯らしく、ガウディがその奇想天外な建物を飾る陶や鉄の小物をそこで焼いたと思われた。大きさとしては充分だ……

躊躇はしなかった。怪物の顔を思いきり蹴り上げ、再び意識を遠のかせると、上着の襟をつかんで立ち上がらせ、窯まで引きずって中に放り込んだ。ぐったりしていた相手はされるがままになり、ナバドが扉を閉めたときようやく自分がどこに閉じ込められたのか気づいた。狭い内部をおどおどと見ていたが、しまいにガラスの扉に両手を押し当てた。ナバドはいくつも並んだレバーやダイヤルに触れた。そのどれかがスイッチに違いない。脇には、ポーランド語らしき〈フィリポウスキー〉というマークが入っている。しばらく迷っていたが、まわりに小さな数字が並んでいるいちばん大きなダイヤルをつかんだ。

「ジュリアの居場所を言え、クラムント。さもないと、おまえをあの世にいる娘のもとへ送り込む」

怪物はにやりとした。

「おまえにそのスイッチは入れられない」落ち着いて言い、唇の血をそっと拭う。その声は、通気口の格子窓越しにくぐもって聞こえた。「おまえは警官だ」

「だがその前に父親だ」ナバドの声はかすれていた。首をわずかに傾けて、相手と目を合わせる。「父親は娘のためなら何でもできる」

　クラムントは小声で嗤(わら)った。

「だが一つ忘れてはいないか？　私が死んだら、おまえの娘は見つからない」

「必ず見つけてみせる！　そう遠くに隠すことはできなかったはずだ。そんな時間はなかったからな。その必要があるなら、大聖堂の石を一つひとつ崩してやる」

「ウリオル……」怪物は父親面をして首を振った。「たしかにいつかは見つけられるだろう。だが、その前にあの子のほうが力尽き、本物の天使になってしまうんじゃないか？　そうとも、あの子たちはみな天使だった。バランティナを私のもとへ連れ帰る天命を帯びて地上へ遣わされた天使たち。われわれ親のものではなく、神のものなんだ。私は、われわれを再会させるというあの子たちの使命を手伝っただけだ。そのあと、神のもとへ送り返した」

「おまえは頭がどうかしている！」ナバドは怒鳴った。「娘の居場所を教えろ。さもないと、バランティナと同じように焼いてやる。そうして初めておまえは娘と再会できる。この腐った街の薄汚れた天空で、灰となって」

　怪物はガラスに顔を押しつけ、ナバドを睨んだ。その目は、怒りと狂気と決意が熔(と)け合う坩堝(るつぼ)と化していた。

　そのとき、子供の甲高い悲鳴が聞こえた。おそらく隣の部屋からだ。ナバドは弾かれた

ように、そちらを向いた。心臓が鼓動を止め、感覚という感覚が研ぎ澄まされる。少しして
また叫び声が響いた。
「ジュリア？」
怪物のほうを振り返ったとき、その顔が怒りで紅潮しているのを見て、確信した。彫刻
が並ぶ隣室で叫んでいるのは娘だ。まさかジュリアが声をあげるとは、怪物も思っていな
かったらしい。だがどこに隠したのか……そのときひらめいた。天使像だ。
「彫像の中に押し込んだな、この人でなし！」ナバドは怒鳴った。
怪物は無言でこちらを見つめるだけだ。ナバドが立ち上がり、駆け出そうとしたそのと
き、身の毛のよだつようなわめき声が響き、足を止めた。怪物がケタケタと笑っていた。
「おまえには娘を助けられない」
ナバドは敵を見た。狂気の滲む笑みを浮かべ、大声でわめきながらその小さな牢獄の中
で暴れ、窯の壁に頭をぶつけている。
「おまえの負けだ！　おまえは私からけっして逃げられない！　どんな監獄に私を封じ込
めようと、必ず脱け出してみせる。そしておまえの娘の目をえぐり取る。二十四時間見守
ることなどできはしないんだ、ウリオル。娘が外出するたび、おまえは自分の胸に問う。
また家に戻ってくるだろうか、それともどこかの排水溝で遺体を見つけることになるだろ
うか、とな。それも、目のない遺体だ！」怪物は爆笑し、そのまま延々と笑い続けた。

ナバドは何か考え込むように、しばらく無言で怪物を見つめていた。それから急に意を決したように、窯の脇に手を伸ばし、悲しみとあきらめを滲ませて囁いた。

「そんな恐怖を抱えたまま、生きることはできない」

それからダイヤルを一つひとつすべて回した。装置の内側が赤い輝きで染まり、同時に背筋に戦慄が走った。怪物はふいに笑うのをやめ、まわりを見まわしながらしだいに顔を恐怖で引き攣らせていった。それからナバドを探るように見た。ナバドのほうは平然とそれを見つめ返す。

「何をした？　いったい何をした？」

怪物は悲鳴をあげた。大きく見開いた目が今にも眼窩から飛び出しそうに見える。顔が恐ろしく紅潮し、汗で光っている。髪の毛から細い煙が上がり始め、肌が骨に張りついていところどころ裂け出しそうだ。室内に肉が焦げる臭いがかすかに広がっていく。確認はもう充分だとナバドは思った。カンテラを拾い上げ、奥の戸口に駆け出す。「そして、私の血と琥珀の借りを返してもらう！」

「脱出してみせるぞ、ウリオル！」背後で怒鳴る怪物の声を聞く。

隣室に入ったとたん、叫び声が聞こえなくなった。距離のせいか、怪物がもうわめくのをやめたのかはわからなかった。すぐに天井に目を向け、小動物像のあいだに散らばる子供の彫刻を一つひとつ調べた。ここにいる天使候補生のうち、どれが娘なんだ？

「ジュリア！　パパだよ！」天井をカンテラで照らしながら進む。「どこにいる？」

ジュリアは答えない。どうして叫ぶのをやめた？　目を覚ましたが、自分のいる場所の恐ろしさに気づき、また気絶したとか？　あるいは、酸素不足で窒息した……？

「ジュリア！　ジュリア！」半狂乱になって、声をかぎりに叫ぶ。

次々に現れる顔また顔をひたすらカンテラで照らし続ける。子供たちの顔に浮かぶ笑みが、一瞬の光の中に氷漬けになる。そしてとうとう、押された慣性でかすかに揺れ続けているように見える像を見つけた。これに違いない。

「ジュリア！」

ナバドはその像を吊るしている紐をたどり、壁の鉤に結びつけられているのを見つけた。焦るまいと自分を抑えながら結び目をほどき、揺れていた像をそっと床まで下ろした。それから手近の机にあった小型の鏨を手に取ると、ごく慎重に穴をあけ、中を確認した。思ったとおりだ。彫像の中で、まるで蛹のように娘が眠っていた。石膏をどんどん壊していくにつれ、ジュリアが姿を現した。顔が真っ青で、目を閉じ、唇はうっすらと紫がかっている。胸のあたりまで殻を壊したとき、すでに命のそよぎが消えてしまったかのように、ジュリアがぴくりとも動かないことにナバドは気づいた。怒りの声をあげ、鏨を放り捨てると、怪物が娘に着せた死衣を手でじかに壊し始めた。そしてついに娘の体を解放すると、すぐに人工呼吸を始めた。恐怖に胸を締めつけられながら娘の口に息を吹き込み数秒が経過したが、何も変わらない。頬を涙が濡らすのを感じつつ、今度は、脆い肋骨を折らないよう気をつけて、娘の胸をリズミカルに押し始めた。

「頑張れ、頑張れ」押すたびに励ます。

ジュリアを死なせるわけにはいかない。闇の世界から連れ戻すまで、胸を押し続けるつもりだった。そのままたとえ、よぼよぼの老人になっても。ふいにジュリアが大きく目と口を開け、起き上がって息を吸い込んだ。ナバドが震えながら安堵のため息をつく。泣き笑いしながら娘を抱きしめ、髪を撫でて、意味をなさない言葉を囁き続けた。ジュリアは呼吸が整ったところで不思議そうに父親を見た。今もまだ悪夢の中にいるのに、なぜパパがそこにいるのかわからない、という表情だ。

「いったい何があったの？」消え入りそうな声で尋ねる。

「怪物が家に侵入して、眠っているおまえをさらったんだ。だが、もう心配しなくていい。パパがやつをやっつけた。もう家に帰れるよ。子供はみんな家に帰るものだ」

父と娘は抱き合い、ナバドは魂という名の器が幸せで満たされるのを感じた。よかったねというように微笑む石膏の牧童たちに囲まれて娘を腕に抱きながら、少女たちが嬉しそうにバルセロナの街にあふれ出すさまを想像した。長らく流刑地に拘留されていた妖精の軍隊のように。

カヌバス刑事の懸命の呼び声で、ナバドは現実に引き戻された。

「ここだ！　彫刻の部屋にいる」

カンテラの光とともに、カヌバス刑事が部屋に現れた。床に座っているナバド警部に気づき、足を止める。上着がずたずたなうえ、血まみれだ。それでも少女を抱いて、穏やかに微笑んでいる。

「カヌバス刑事、娘のジュリアだ」と彼に告げる。「ジュリア、この大男はカヌバス刑事だ。戻ったら、彼の昇進を提案しなければならないな」

ジュリアは驚いて、刑事を上から下まで眺め下ろした。こんなに大きな人に会ったのは初めてだった。象みたいに林檎（りんご）をバスケットごと食べたのかしら。刑事はおずおずと微笑みかけ、それから警部に視線で問いかけた。

「やつは……？」

「死んだよ。隣の部屋の窯に遺体があるはずだ」

カヌバスは驚いて眉を吊り上げたが、何も言わなかった。彼が確認のため立ち去ると、室内はまた薄暗くなった。ナバドは娘の髪をそっと撫でた。

「今気づいたんだが、今日七歳になったけれど、まだプレゼントをもらってない子がここにいるみたいだ」

ジュリアは目を大きく見開き、弱々しく笑みさえ浮かべた。ナバドは文字どおり心臓がとろけるのを感じた。これほど魂の奥深くまで幸福に明るく照らされ、心安らいだことはかつてなかった……

「遺体が見当たりません！」隣室からカヌバス刑事の声が響いた。

冷たい一陣の風が胸を吹き抜け、幸福がナバドの心に灯したやさしい炎をたちまち消し去った。娘を抱いたまま隣の部屋へ急ぐ。扉の開いた窯の横で彼を待っていた刑事は怪訝そうな表情を浮かべ、近づいてくるナバドを見ている。警部は娘を床に下ろし、カンテラを託した。中を覗くと、たしかに空っぽだった。

「灰さえありません」

「だが……ありえない」ナバドはまくしたてた。「見たんだ、あいつが燃え始めるところを……」

「窯は外側から閉まっていました」刑事は説明を続ける。「俺がこの手で開けて、中を見たんです。いったいどうやって逃げたんだろう？」

ナバドは部下のほうに向き直った。カヌバスは唇を嚙み、かろうじて上司を見ていたが、

「窯の中で人が焼けた形跡はないようです」とようやく言った。

ナバドは黙り込み、刑事の顔を眺めていた目を、今も素直にカンテラを持っている娘の顔に移した。

「人じゃなかったのかもしれんな」彼はつぶやいた。

カヌバスは不思議そうにナバドを見つめていたが、警部はそれ以上何も言わなかった。

それから娘の手を握ると、暗い表情で窯を見つめているカヌバスを残し、歩き出した。外に出ると、夜が明けようとしていた。空の端が美しくきらめく琥珀色で染まっている。ナバドは無言でそれを眺めていた。怪物がどうやって逃げたのか、わからなかった。だが、一つ確かなことがある。あの天空にいるバランティナ・クラムントには、今その空を燃やしている同じ色の瞳がまだ欠けたままだろう。バルセロナには、同じ色の瞳を持つ者は二人といないのだ。

娘の手を強く握りながら、ナバドは理解していた。これから一生、この子を失う恐怖とともに生きていかなければならないのだ、と。

ルカモラは本を閉じた。こんなふうに終わるとは思わなかった。答えを提供するのではなく、さらに疑問を提示する曖昧なラスト。ディエゴは何が言いたかったのか？　ナバド自身が怪物かもしれない？　誰の心の中にも怪物はいる、そう読者に伝えたかったのか？よく考えてみると、ジュリアもカヌバス刑事も怪物を見ていない。カヌバスが現場に姿を見せると、そこにいるのはいつもナバドだ。メスを手にしたナバド。血まみれの姿で怪物の遺体について告げたナバド。その遺体は結局存在しなかった。クルコイ警部補はおそらく目撃したはずだが、怪物を殺せと彼がナバドに言ったのは、ナバドの心からその悪魔を追放しろという意味ではないとはかぎらない。つまりすべてがメタファーということか？

とにかく、くそったれだ。ルカモラはどっちつかずの結末が好きではなかった。読んだ本を書棚に戻したあともついあれこれ考えてしまう。著者は単にインスピレーションが湧かなかったか、あるいは知恵を絞るのを怠けたのだと思える。せっかく最後まで読む労をとってくれた読者に、すっきりと満足のいく答えを提供することが、そんなに難しいのか？　みごと解決して、保管庫にファイルをしまい込んだら最後、それできれいに忘れられる事件のような結末が好きなのだ。

しかし、ラストを曖昧にしたほうが物語に厚みができるとディエゴが思っていることは明らかだった。実際には、その厚みを生んでいるのは読者の想像力なのだが。その点では、想像力の貧しい自分は当てにならない。それに、三百ページ以上あるこういう小説をしまいまで読むと、うるさいプロの目から見れば明らかにおかしいディテールに気づかずにいられない。たとえばディエゴは時間の扱い方に難がある。サグラダ・ファミリアに刑事たちが到着したのが夜十二時頃なのに、ラストシーンが夜明けだなんてことがあるだろうか。七時間も怪物を追いまわしていたのか？　警官であるルカモラにとって、時間は重要だ。犯行時間が特定されれば、容疑者を有罪にもすれば無罪にもする。この小説についてもディエゴに助言する機会がもしあったら、別の終わり方を提案しただろうに。

警部は首を振って、余計な考えを頭から追い出した。考えるなら、ほかにもっと大事なことがある。彼は時計を見た。あと数分で午前零時。第二の挑戦の《翌日》が終わるが、まだ三番目の手紙が来ていない。これはよい予兆なのか、それとも何かもっと悪いことが起きるのだろうか。

テーブルの上にあったウィスキーのグラスを何気なく手に取り、ゆっくりと飲む。それから、ゴシック地区にあるその質素なアパートメントの狭いリビングに目をさまよわせた。ラウラと別れたあと、心の傷を癒すあいだの一時的な避難場所のつもりで、中をよく見もせずに借りた部屋だった。だが、そのまま時が経ち、引っ越しは面倒だし、仕事が忙しかったこともあって、結局そこがわが家となった。理想さえ追わなければ、近くにいいバルもあり、そう悪くはない。実際、家にいる時間などたいしてないのだ。

ウィスキーをまた飲んで、煙草の箱をつかんだが、空っぽだった。頭に来てひねりつぶし、床に放る。こういうことができるのは独身者の特権だ。鼻梁を揉んで、ラウラに電話しようかと考えたが、結局やめにした。さっき彼女がディエゴに告げた言葉が頭から離れなかった。「まるで透明人間になった気分よ。誰かがそばにいる、その感覚を取り戻したかっただけ」ラウラにとって、自分はそういう存在だったのか。誰かがそばにいるという安心材料？　孤独を緩和する薬？　だがこちらは彼女に首ったけだった。自分に人を愛することができるとは、それまで思ってもいなかったのだ。

またグラスにウィスキーを注ぎ、ラウラとの関係が始まった日のことを思い出した。《柔肌で泳いだ》日のことだ。ディエゴが講演会のためにオーストラリアに行くあいだ、ラウラには単なる社交辞令として、何かあったらいつでも頼ってくれと告げたが、そこにはじつはもっと深い意味がこもっていた。だからその晩ラウラから本当に携帯に電話がかかってきたとき、心臓が飛び出しそうになった。電話をかけてくるには遅い時間だと気づくより先に喉に興奮がこみ上げ、すぐに応答すると、ラウラがヒステリックにわめきたて始めた。浴室で水漏れが起きていて、でも日曜なので配管工が見つからず、建物じゅうを水浸しにする前に止めたいけどどうしていいかわからない、という。ルカモラはほっとする一方で愛おしく思い、つい笑ったが、助けに向かった。破損を直すのはそう難しくなかったものの、全身ずぶ濡れになってしまった。そこで一緒に夕食をどうかとラウラに誘われた。そうすればそのあいだに服を乾燥機で乾かせる。ルカモラはディエゴのジャージを貸してもらうことになった。ディエゴのほうがかなり小柄なので、身頃はきついし、袖や裾も短かったとはいえ、ハルクの真似をしたらアリアドナが笑いながら廊下を逃げまわったので、かえってよかった。夕食はとても楽しかったが、ラウラはいつもより無口だった。疲れているらしく、その並はずれて美しい瞳が悲しげだった。ワインを開け、ルカモラが一杯飲むあいだに、ラウラはぼんやりした表情で二杯飲んだ。しかし、つむじ風みたいなアリが、憂鬱な沈黙が食卓にたち込めそうになるたびに追い散らした。にぎやかな笑い声やびっくりするような思いつきで意気消沈した母親から笑みを引き出し、老練な刑事をさらに感心させた。とりわけアリは警察の仕事に興味津々で、ルカモラを本物のヒーローのように崇(あが)めていた。

「じゃあ、もし悪者にナイフで襲われたら、あたし、どうすればいい?」興奮で目を見開きながら、アリが尋ねてきたのを思い出す。

「走って逃げる。助けを求める」ルカモラはラウラをちらりと見て答えた。

「真面目に答えてよ、ジェラール」アリがじれったそうに言った。「もし走って逃げられなかったら? 誰も助けてくれそうになかったら?」

「そうだな……第一に、慌てないこと。冷静さをなくさないことだ」アリの頭を軽くぽんと叩いて言った。「覚えておいてほしいのは、泣きわめいても何の役にも立たないってことだ。むしろ害のほうが大きい。エネルギーや時間を無駄にして、解決策が見つけられなくなる。わかるね?」

　アリアドナはうんうんと大きくうなずき、茶色い髪が肩で躍った。

「生き延びるためのそのアドバイス、野菜を食べることにも応用できる?」ラウラが尋ねた。

「もう、ママ!」

「第二に、急いで頭を働かせ、冷静に状況を分析すること」ルカモラはとても真剣に続けた。「悪党は何がしたいのか? やつの意図は何か?」

「ナイフを持って追いかけてくる悪党が、木彫りの人形を作ってくれるとは思えないけど」ラウラが口を挟んだ。

「ママ、やめて。真面目に話してるんだよ?」

ラウラは降参したしるしに両手を上げた。

「ごめん、ごめん」

ルカモラはアリに会釈して感謝を示し、アリは、まったくというように天を見上げた。

「それから状況分析をする。そして、悪党の目的を何とか見極める。ただし、相手が自分を殺そうとしているときは、こちらももっと思いきった行動に出なければならない。つまり、ぐずぐず考えている時間はないし、危険をかえりみずに動く必要がある。だから、考えを巡らせる時間があるとはっきりわかっているときの話だ」

ルカモラはここで劇的な効果を狙って口をつぐんだ。アリアドナは唇を噛んでじりじりしながら待っていたが、ついに我慢ができなくなった。

「で、時間があるときは?」

「脱出計画を練る。だが、できるかぎり完璧な計画を考えなきゃならない。命が懸かっているからね。ミスは許されない。そのためにどうしたらいいと思う?」

アリアドナは首を横に振った。

「観察するんだ」ルカモラは指で目をさした。「じっくりと。悪党、まわりの環境、すべてを。まず武器とか腕力とか、悪党はどんな手段を持っているかリストを作る。そのあと、弱点についてもリストアップする。頭が悪いとか、ドジだとか、本人も気づいていない癖だとか。そして最後に、自分の持っている攻撃手段もリストにする。釘、靴紐……」

「靴紐？」アリは目を丸くした。

「うん。結束バンドで手を縛られていても、靴紐で切断できるんだよ。靴を脱ぐ必要もない」

「嘘だ！」アリアドナは目を薄目にして、相手が自分をからかっているかどうか判断しようとした。「信じられない」

ルカモラは厳かに胸に手を当てた。

「誓って本当だ」

「お願い、やってみせて」アリアドナは両手を合わせて懇願した。「やり方を覚えたい。ねえ、お願い」

「じゃあ、手をくくられていても歯を磨いてパジャマを着る方法も習う？」ラウラが思慮深く言った。「そこまでできたらすごいわよ」

熱っぽい言い争いがしばらく続いたあと、とうとうアリも観念して、ルカモラが寝かしつけに来て、今までいちばん恐ろしかった事件について話してくれるなら、おとなしく歯を磨き、ベッドに入ると妥協した。もちろんルカモラは喜んで引き受けた。そのあと、すでに乾いていた服に着替え、リビングに戻った。ラウラはもうテーブルを片づけ、二本目のワインの栓を開けていた。飲むかどうか尋ねもせずに二つのグラスを満たし、ソファーに彼を誘った。

「あの子は怖いもの知らずだな」心底驚いたルカモラはそう言って、ワインを飲んだ。

ラウラはいかにも嬉しそうに笑った。

「誰に似たのかしらね」と言ってうなずく。「岩みたいに頑固なの。何を言っても聞かないし、絶対に泣かない。一度こうと決めたら、けっして曲げないのよ」

「いい警官になりそうだ」

「ディエゴの悪影響から逃れられれば、そうなっても不思議じゃないわ。ディエゴは、人の財布を盗めとあの子をそそのかして、何かというと悪い道に誘い込もうとする」

「え?」ルカモラには意味がわからず、訊き返す。

「何でもない。父と娘のおふざけよ。あなたは知らないほうがいい」ラウラは、この話は終わりというように手をひと振りした。「とにかく、あの子はあなたみたいになりたいらしいわ。すごく尊敬してるの。そうすれば、法を破るようなことにならずに済むかも」そう言って、どこかつらそうに笑った。

ルカモラは、アリに崇拝されていると知り、思わずほくそ笑みそうになった。

「君はあの子に何を望む?」

二人はソファーの端と端に座って正面を向いていたが、しだいに体の向きが変わり、今では面と向かって話をし始めていた。

「幸せな人生、かな」ラウラは肩をすくめた。

「まるで無理難題みたいな言い方だな」

ラウラは目を逸らした。

「少なくとも、簡単なことじゃない」

ルカモラは少しグラスをもてあそんでいたが、思いきって尋ねた。

「ラウラ、大丈夫かい？」

「ええ……どうして？」

「いや、べつに。今日はなんだか悲しそうだから」

悲しそうで美しい、と本当は言いたかった。

「悲しそうだなんて、どうして私が？」つっかかるように彼女は言った。

「ごめん。俺はべつに……」ルカモラは手を曖昧に動かした。「そうだな。俺がどうこう言うことじゃない」

「違うの……」ラウラはじれったそうに髪を撫でつけた。「ごめんなさい。休日にわざわざ来て、配管工役ばかりかベビーシッター役までしてくれたのに、こんな……」

「べつにかまわないさ」そう言って安心させた。

「かまわなくない」ラウラはワイングラスを見つめていた。やがてぐいっと飲み干すと、また注いだ。「すごく疲れているだけ。本当に疲れた」

「病院の仕事は大変だと思うよ」何を言えばいいかわからず、とりあえずそう告げた。

ラウラはソファーの背もたれに体をもたせかけ、脚をもう片方の下にたくし込んだ。おそらくディエゴのものと思われる、二サイズは大きい着古されたTシャツと、ダメージジーンズという格好だった。それがむしろ彼女のとらえがたい脆さを強調し、妖精のような謎めいた雰囲気をまとわせた。抱きしめたい衝動を抑えるのにどれほど苦労したか。

「たしかにそうだけど、私が言いたいのはそういうことじゃないの」ラウラはそう言って、またワインを口にした。「すべてに疲れてしまったのよ。日々の闘いに、ルーティンに、期待どおりにならないことに。典型的な不満だらけの主婦の言い草よね」苦笑して、ルカモラをじっと見た。「自分が築いた罠に自分がはまっている、そんな気がすることはない？」

ルカモラもその目を見つめ、琥珀色の海にゆっくり溺れていく。

「そうかもな。誰だって同じさ」

ラウラはこちらを見つめたまましばらく黙り込んだ。部屋の中を流れる時間が澱み、空気が濃密になっていくのを感じた。

「すべてをめちゃくちゃにしてみたいと思ったことはない？　自分の世界を吹き飛ばすような馬鹿げたことを？」軽く前に身を乗り出して、ラウラが尋ねた。

彼女の誘いに乗って、視線を下ろさずにいられなかった。Tシャツの伸びた襟元から、甘い暗がりの奥に胸の谷間が垣間見えた。ブラをつけていないのがわかった。思わず唾を呑み込む。

「何か違法なことをしようと思っているなら、俺には話さないほうがいい。これでも警官だからね」と茶化した。

ラウラはグラスをテーブルに置き、こちらに身を滑らせた。彼女と知り合って二年になるが、こんなに近づいたのは初めてだった。ラウラは驚くほど自然に友人の距離を超え、胸躍る恋人の距離まで一気に詰めてきた。いわば肉感的な距離だ。彼女の体が発散する匂い、息の熱さ、肌の傷や愛おしい皺。そして、琥珀色の瞳にやさしい色合いの斑点が散っているのが今初めてわかる……。

「違法じゃないわ」彼女は視線をはずさないまま囁いた。「少なくともこの国では」

それから彼にキスをした。いきなり。初めて会ったときから、死ぬまで自分を苦しめるかなわぬ夢と思っていたものが、突然現実になったのだ。さまざまな偶然が重なったのだと、彼女と別れたあとにあれこれ悩む中で思い至った。だがそのときは何も考えられず、今起きていることを受け入れるのにただただ必死だった。

あの最初のキスのことは、その後飽き飽きするほど反芻した。初めはそっとやさしくかすっただけだった。やがてぴったりと重なり合い、指と指が絡まり、そして彼女は少しずつルカモラの唇を味わい、舐め、齧り始めた。果実をゆっくりとむさぼるみたいに。たちまち腹の奥が燃え上がり、炎は全身に広がって、苦痛に満ちた歓喜に包まれる。これは夢ではないのだ。激しい情熱に衝き動かされて、ルカモラがすがすがしい口を吸い、探検するあいだ、ラウラは震える体にルカモラを刻印しようとするかのように、身を寄せてきた。ルカモラの手は彼女のTシャツの下に滑り、肋骨の階段をじりじりとのぼって胸にたどり着いた。手のひらにちょうどよく収まるその張りつめた生温かさをまさぐると、ラウラが呻き声を漏らし、自分が彼女を喜ばせているのだと思うと強烈な歓喜がこみ上げた。われを忘れて、片手を彼女のジーンズへ下ろし、不器用にボタンをはずそうとする。あまりのじれったさに、いっそウエスト部分から手を差し入れ、下着の下の熱く湿った部分を指で探すが、そこに届く前にラウラがいきなり体を引いた。

「待って……」ソファーの端で身を丸めながら言う。「なんてこと……私、何してるの？」彼女は歪めた顔を手でこすった。「ごめんなさい。お願い、許して、ジェラール。ワインを飲みすぎたみたい。私、寝るわ。玄関はわかるわよね？」

こちらが答える暇もなく、ラウラはリビングを飛び出した。一人残されたルカモラは、そのままの格好で呆然とし、みるみる体が冷えていくのを感じた。今起きたことを頭で消化しようとする。混乱しながらやっと立ち上がり、コートを手に取ると、玄関に向かった。ドアノブを手でつかんだが、回さなかった。振り返ると、さっきまで二人がいたソファーが見えた。左側には暗い廊下が続き、親友の妻の寝室に続く。予感に満ちた静寂が重くのしかかってくる。唇にはまだラウラの味が、指には乳房の熱が残っていた。ドアノブから手を離し、決然と踵を返した。廊下を進み、さっきとは別のドアノブに手をかける。もしこれを回せば、ありえないことが起き、思いがけない結果を引き起こすだろう。帰るんだ、と自分に言い聞かせる。しかし手はそれを拒否し、ドアノブを回した。真っ暗な室内で、ラウラはベッドで突っ伏して泣いていた。ドアが開く音を耳にして、顔を上げる。ルカモラには、彼女のシルエットと輝く二つの火の玉のような瞳だけが見えた。ドアを閉め、その琥珀色の光をめざして闇を進む。幾多の嵐をくぐり抜けて傷つきぼろぼろになった船が、ようやく港にたどり着こうとしていた。


電話が夢想を粉々にした。オラーヤだ。咳払いをしてからそっけなく応答した。

「知らせが二つある。いいほうと悪いほうと」こちらの愛想のなさには気づきもせずに、相手は機嫌よく言った。「どっちを先に聞きたい?」

「どっちでも好きなほうを」

「では悪いほうから。三通目の手紙が来た。ほんの少し前、午前零時になる直前に。怪物はからくも習慣を守った」

ルカモラは額をこすり、ため息をこらえた。

「そうか……それで、課題は？」

「ディエゴはスプーンで両目をくり抜かなきゃならない」

「くそったれ……くそったれ、くそったれ……」

「まあ落ち着けよ、ジェラール。いいほうの知らせをまだ伝えてない。いいか、今夜にも、怪物を捕えることができる」

オラーヤはそこでもったいぶって口をつぐみ、ルカモラは神経がちりちりと逆撫でされるのを感じた。

「なあオラーヤ、おまえが上司だってことは承知しているが、そういう持ってまわった言い方をしていると、そのケツに俺のバッジを突っ込む……」

「上司にそういう口の利き方をするべきじゃないなあ」オラーヤは上機嫌で告げた。「だが、大目に見るとしよう。なぜならこのいい知らせのほうは、ある意味あんたの功績でもあるんでね。部下の手柄を認めるのは……」

「オラーヤ、いい加減にしないと……」

「ああ、わかったよ。じつはリエラが面白い情報を見つけたんだ。あのにこにこ顔の若き刑事は、あんたのわけのわからない指示に従ってアレナ・ルセイの過去を探り、学生時代の担任教師を捜し出した。どうやらアレナちゃんはずいぶん悪い子だったらしい。十二歳のとき、同級生の女の子を病的なくらい追っかけまわし、恐ろしくなった両親が告発しようとまでした。学校側は大ごとにしたくなかったから、親同士で話し合いをさせ、アレナは退学処分となって、事件は揉み消された。どこにも記録が残っていないから、彼女の履歴からもきれいに消えている。だがその教師によると、アレナはぞっとするような子だったらしい。退学の原因になった出来事の前にもいろいろな子をストーキングして、おかしなことをしたそうだ。たとえば、好きな子のロッカーに、きれいに包装した使用済みタンポンを入れておいたり。そして、恋愛至上主義の少女は大人になった。精神科に通う必要があるだろうな」

「へえ……」オラーヤの話が終わると、ルカモラはそう言った。

「反応はそれだけか？　そういう精神的に不安定な側面に加え、動機もある。もし彼女がラウラに執着していたとすれば、夫という最大のライバルを排除するためにこんな狂気の計画を練ったと考えていいだろう。ディエゴがいなくなれば、ラウラは自分のものになるかもしれないんだ。だから、どちらに転んでも自分に利する課題を考えた。ディエゴが三番目の課題をやり遂げれば失明し、障害者となる。ラウラは負担を強いられ、罰を受けるわけだ。もし失敗すれば、ラウラは夫をけっして許さないだろう。つまり、いずれにしても、ラウラには親友の支えが必要になる……」

「オラーヤ、それじゃジュリアン・バソルを容疑者だと主張したときと考え方が変わってない。ラウラにご執心の誰かが夫を傷つけるという構造だ。また同じ路線を続ける気か？

ラウラを愛している者が、たとえどこか狂ってるとしても、彼女を手に入れるために本人とその娘にこんな仕打ちをすると思うか？」

「頭がいかれてるんだから、可能性はある」

「犯人はディエゴ・アルサ自身の人生を破壊しようとしてる。ディエゴ本人への復讐だよ。ラウラは直接は関係ない。単なるとばっちりだ。俺はずっとそう考えている。ディエゴに恨みを持つ人間に集中すべきだ」

「たとえば昔の教え子たちとか？」隠しきれない嘲りが滲んでいる。「あんたのその戯言でどれだけチームが振りまわされたと思ってるんだ？　わかってないのはあんたのほうだ。犯人はディエゴだけを標的にしてるんじゃない。家族すべてを破壊しようとしてるんだ、再建できないようにね。石頭はそれくらいにしてくれ。あの元教え子たちにはアリバイがある。誘拐当日だけでなく、バソル殺害の夜についても」

「ほんの少し頭を使えば、アリバイなんていくらでもでっちあげられる」

「小説家と親しくしすぎて、われわれの仕事をフィクションの世界とごっちゃにしてるようだな」オラーヤは悲しそうに言った。「言っておくが、現実世界ではアリバイはアリバイだ。可能性のない容疑者を除外する有効な手段。アリバイとはそのためのものだ」

「パラーヨ・マルトレイはおまえの義理の父親の親友だ。おまえの警官としての判断にそれが悪影響を与えている、違うか？」

「今の歪んだ見方については聞かなかったことにするよ、ジェラール。それに話はまだ終わってない。アレナ・ルセイを疑う理由がほかにも見つかったんだ。数か月前、アレナの経営する清掃会社がグルザーバル・グループと契約した。このグループ企業の傘下に、基本的には小さな出版社だが、最近になってブックカフェ・チェーンを始めた会社があるんだ。今流行の業態で、本を買った人がそこで飲み食いしたり……」ここであえて言葉を切る。「パソコンをいじったりする。スキャナーなんかもある」

張りつめた沈黙が下りる。

「挑戦状は追跡不能なIPアドレスから送られている」不承不承ルカモラが続けた。

「そのとおり。直近の二通の手紙はスキャンされ、営業時間外に送信されたことがわかっている。そしてアレナは、会社が清掃を担当する場所のマスターキーを持っている……」

ルカモラは深いため息をついた。

「わかった。三通目の挑戦状は数分前に送付されたそうだな。アレナが今晩外出したことは俺が証明できる。ラウラは彼女の家に泊まりに行った」

「何だって？」

「ああ、じつはアルサ夫妻がちょっと夫婦喧嘩をして……」

「すぐにアレナの家から離れろと伝えろ！」

「そう慌てるな。今度はおまえが作家気取りか？　アレナがそのあと外に出たかどうかはまだわからない。一晩じゅうラウラと一緒だったかもしれない」

「トイレにも行かず？　アレナのマンションから歩いて五分のところに例のチェーン店がある。僕はもう失敗する気はない」

「だが……」

「ぐずぐず言うな！　チームリーダーは僕だ！　終わる頃になってパーティに来た馬鹿どもに手柄を横取りされてたまるか。僕のやり方で僕が事件を解決する。アレナには動機があるし、犯行の機会があり、アリバイもない。逮捕するには充分だ。あんたが何と言おうと、あの女を捕まえに行く。だがその前にラウラの無事を確認しなければ。ただし、彼女に電話して、何でもいいから口実を作って外に連れ出してくれ。これは命令だ。ただし、アレナには変な疑いを持たれないように。自分が追いつめられていると知ったら危険だ」

27　私なりの地獄

ラウラは眠れなかった。最悪の一日を早く終わりにしたいのに、アレナの超高感度のソファーベッドでまだ寝返りを打ち続けている。何しろ眉一つ動かすたびにギーギーきしむのだ。でも眠れないのはスプリングのせいではなく、頭の中でさまざまな疑問がぐるぐると回り続けているからだった。なぜ三通目の手紙が届かないのか？　アリアドナはどこにいるのか？　なぜルカモラと寝てしまったのか？

とくに最後の疑問は、短い情事が終わってからこの数か月、頻繁に自分に問いかけてきたが、満足のいく答えが一度も出ていない。そして、夫に知られた今、同じ疑問がまた頭に浮かんでいた。ディエゴのまなざしが忘れられない。あれほど苦痛に満ちた目を見たのは初めてだった。でも私に何が言えた？　できたのは、弁解し、こうなったのはあなたのせいだと彼を責めることだけ。それでまわりは彼女を許してくれたとしても、自分ではけっして許せなかった。

ディエゴがオーストラリアに行く数日前、最大級の喧嘩をした。たがいを残酷に非難し、徹底的に傷つけた。ディエゴが言うように、相手の鎧の隙間に刃を突っ込んだのだ。きっかけは、もう思い出せないほど些細なことだった。要するに、あの頃は日に二、三回は言い争わずにいられなかったのだ。夫は普段にも増して自分の殻に閉じこもっていた。ありったけの力をこめて書いた新作『深海魚』がまったく売れず、怪物を再登場させろというタジャーダのしつこいプレッシャーも手のひらを返したように消えて、ディエゴを不安に陥れた。

怪物誕生の秘密を知った今、夫の苦しみがラウラにもようやく理解できるようになった。せっかく小説という箱の中に閉じ込めた恐ろしい怪物をまた解放することにどれほど抵抗があったか、想像に難くない。夫にとって書くことは、今までラウラが思っていたように名声を得るためではなく、幼い頃の悪夢と闘ううえで最強の武器だったからだ。でも最新作の失敗によって、作家を続けるためには怪物を箱から解き放たなければならなくなった。そんな運命の皮肉に直面して夫が気難しくなったのも、今なら理解できる。夫が現実から逃げ、むっつりと黙り込み、神経を尖らせ、嘘をついたことも、全部。

でもあのときの私にそれがわかるはずがなかった。見抜くべきだったとでも？　私とは問題を分かち合わず、十字架を一人で背負うとディエゴ自身で決めたのだ。でも彼と同様、私も苦しんでいた。ディエゴがそう決めたからではない。この何年か、ラウラは夫にとって無意味な存在だと思えて、夫婦の溝と何とか折り合いをつけようとしてきた。娘に無関心な両親にも同じように対処した。自分を傷つける人々には、昔からずっとそうしてきたのだ。ディエゴの心には、ラウラさえ入れないと本人が決めた開かずの間があり、その部屋に何があるにせよ、自分はそこに足を踏み入れるのに値しない女なのだとラウラは長年思い込んできた。でもそれは、人生をともに歩むと決めた瞬間から何一つ隠してこなかった彼女にとっては本当につらいことだった。相手の懐に思いきって飛び込むことが愛なのでは？　そう理解していたラウラの憤りは積もり積もって、とうとう別の誰かの腕の中に慰めを見出すしかなくなった。なのに、私だけが悪いの？

もちろん自分は間違っていた。それはよくわかっている。最初のキスをしたその瞬間から後悔していた。でもジェラールが孤独のベルを鳴らしながら部屋に入ってきて、彼女のすべてを呑み込む、激しい欲望を煮えたぎらせた目でこちらを見たとき、抵抗できないと知った。ディエゴにはあんなふうに見られたことはなかった。この三年、ジェラールの中で樽の中のワインのように熟成していた行き場のない欲望を、試してみたかった。そしてそのあと、逆説的に見えるかもしれないが、恥辱と後悔そのものが二人の関係を続けさせた。あのときは自分であって自分でない人間となり、ジェラールとさらに三度か、四度か、何度会ったのかもわからない。二人の逢瀬は、低俗な肉欲をもっと高次の尊厳ある関係に高めようとする試みだった。ジェラールにああして愛おしげに見つめられ、行為が終わったあと子供のように震えながら抱きしめられると、罪の意識も、自分が汚れているともあまり感じずに済んだ。こうなったのは私のせいではない、私は人に選ばれて崇拝される女神のようなものだ、と思っていれば楽だった。真の愛は邪魔するものすべてを破壊し、抗うことなどできないのだ、と。

だがとうとう、ジェラールを愛してなどいないと認めるしかなくなった。彼には何も感じなかった。なのになぜ会うのか？　利用していたのだ、もちろん。結局のところ、愛しているのはディエゴだった。その愛がいつ消えるのかはわからなかったが。こうして、夫の態度に長らく感じてきた苦しみに加え、浮気そのものとジェラールを傷つけたこと、その両方に対する罪悪感までが、両肩にずっしりとのしかかってきた。しかも、それから数か月もせずに娘が誘拐されたのだ。今ではあの子だけが朝ベッドから起きるたった一つの理由だったのに。そして今度はディエゴが正義の天使みたいな顔で私を裁こうとしている。私も私なりの地獄で暮らしてきたことも知らずに。この十二年、僕は君を騙したことなどない、と言わんばかりに。

信頼こそが大事なんだと言わんばかりに。

そんなことはもうどうでもいい。今大事なのは、アリが戻ってくることだけ。ジェラールでも誰でも、無事なアリを抱いて玄関に現れてくれたらそれでいい。多少は引っかき傷があり、恐ろしい体験をして怯えてはいるかもしれない。でも、成長を歪ませるようなトラウマにならないことを祈ろう。そうして普通の暮らしが戻れば、私自身のことを振り返り、ディエゴとの関係について考える余裕ができるだろう。

そのとき携帯電話が鳴った。ジェラールだ。今彼と話す気分ではなかったけれど、電話に出た。事件に何か進展があったのかもしれないのに、無視することはできない。

「はい」ラウラは囁き、アレナが小さなリビングに広げたソファーベッドの上でかろうじて体を起こした。

「よく聞いてくれ。質問はなし。はい、か、いいえで答えること」ルカモラが重々しく言った。「いいね？」

「でも……はい」いやでも体が緊張する。

「今アレナと一緒にいる？」

「いいえ」

「相手に会話が聞こえそうか？」

「いいえ、それはなさそう……」声をさらに小さくする。

「よし。じゃあ彼女と君がそれぞれどこにいるか教えてくれ」

「私はリビングでソファーベッドに寝ている。アレナは寝室。どうしたの、ジェラール？

なんだか怖いわ」

「あとで説明する。最後にもう一つ大事な質問をする。今夜君とアレナが別々に過ごしたときがあったか？　夜十一時から十二時のあいだに、たとえ五分でもアレナが通りに出ることができたと思うか？　よく考えて答えてくれ」

ラウラは眉をひそめて記憶をたぐる。「いいえ。十時頃に電話で中華料理のデリバリーを注文して、リビングで映画を観（み）ながら食べた。終わると、二人でソファーベッドを出して、おやすみの挨拶をし、彼女は寝室に入った。それが十一時半頃だったと思う」

「寝る前にシャワーか何かのために浴室にこもらなかった？　だとしたら、君の知らないうちに外に出られたかもしれない」

「いいえ、歯を磨いたくらいよ。ジェラール、何なの、これは？」

「アレナが外に出るには必ずリビングを通る必要がある？」

「ええ。小さなマンションなのよ、ここは」ラウラは静かに立ち上がり、部屋の中を歩き始めた。「実際、どの場所からも玄関が見えるわ。ねえ、何があったの？」ラウラは今や懇願していた。

「いや、何でもない」ルカモラはほっとしたようだった。「アレナが外に出てないなら……」

「待って」ラウラは、リビングと台所を分けるカウンターのところでふいに足を止めた。「忘れてた。ゴミを捨てに行ったわ。中華料理の容器を台所に残しておいたら、夜私が匂いを気にするかも、って言って」

つかのま、張りつめた沈黙が落ちた。

「何時頃？」声を絞り出すようにルカモラが尋ねる。

「十一時半から四十五分のあいだぐらい……」

「戻ってきたのはどれくらい経ってから？」

「知らないわよ！」ラウラはつい声を荒らげた。「五分か十分か、それが何？　そういえば、息切れしてた。エレベーターがどうの、って言って。たいして覚えてない」

「ラウラ、今すぐそこを出るんだ」

「事情を話してくれないかぎり、一歩も動く気はないわ」

「オラーヤがアレナを逮捕しようとしている」

「え？」

「あとで詳しく説明する。今は俺を信じて、言われたとおりにしてくれ。頼む」

ルカモラの緊迫した声の調子に気づき、従う気になった。

「わかった」

「よし。アレナが犯人かもしれないと思わせる、前歴がいくつか見つかったんだ。彼女が危険かどうかはわからない。だが、君にはそこから離れてほしい。今すぐに。できるだけ自然に外に出る口実を探すんだ。俺もそっちに向かう。十分後には君をそこで拾う」

「どういうことかわからないけど、了解」

ラウラは電話を切り、ルカモラに言われたとおりにしようと振り返ったところで動きを止めた。暗い出入口のところでこちらを見ているアレナの大柄なシルエットが目に入ったのだ。電話に集中していたので気づかなかった。思わず声をあげそうになってこらえる。

「どうしたの、ラウラ？」

「いえ、べつに……」ラウラは無理に笑った。「ジェラールと話をしてたの」

馬鹿みたいに携帯を示し、手が震えていることに気づいて、慌てて素肌の腿に下ろす。

アレナが近づいてきた。

「アリアドナのこと、何かわかったの？」とやさしく尋ねてきた。

「ううん。別の話。様子はどうか訊いてきただけ。ほら……彼とは前に、ね？」

「まったく男たちときたら！」アレナは両手を掲げた。「そんなことで電話してきたの？　アリのことかと思ってびっくりしたよね？　かわいそうに。人の気持ちってものを考えないのよ、あいつらは。電話を貸して。私が預かっててあげる。大事な電話が来たら教えるよ。そうすれば、ゆっくり休めるでしょう？」

ラウラは電話を胸に押し当て、本能的に後ずさりした。「いいのよ、べつに……」

アレナは驚いた表情をした。「どうしたの？　ずいぶん顔色が悪いけど」

「大丈夫、ほんとに」ラウラはうつむいて唇を嚙み、落ち着きを取り戻そうとした。「ちょっと眠れなかっただけ。三通目の手紙がまだ来てないから心配なの」

「変ね。でも取り越し苦労だよ。いい兆しなのかも」

「そうね……そう思おうとしてるけど。でも心配事だらけで……。ディエゴのこともそう。一人で家にいるかと思うと……」申し訳なさそうに肩をすくめる。

「お兄さんが付き添ってる」

「ええ……私たち夫婦には未来がないと日に日に思える、そう話したわよね。だけど、やっぱり今は一緒にいるべきだとも思うの。少なくともアリが戻るまでは。夫婦で乗り越えるべきだし、アリもそう望んでると思う。わかってくれるわよね？」

アレナは、わかるわというように微笑んだ。

「ほんとにやさしいよね。あなたみたいな人、初めて。じゃあ五分だけ待って。そしたら車で送るから。あの男、また半狂乱であなたを追い返すかも」

「やめて！」ラウラの言葉にアレナは目を丸くした。「いえ、じつはジェラールが迎えに来るの。たまたま近くにいて……あなたは寝てると思ったから。それに、彼ときちんと話しておきたくて。すべてが終わったら、私はしばらく一人になるつもりだけど、ジェラールに変な期待をさせたくないの」ラウラはアレナの太い腕に手を置いた。「一人と言っても、娘と、親友はそばにいてくれると思うけど」

最後の部分でラウラがへつらうように微笑むと、アレナもついに折れた。

「今夜は二人の男のどちらとも会わないほうがいいと思うけど、あなたがそう言うなら……」

「ありがとう、私なら大丈夫。ほんとよ」

浴室を貸してねと言って、寝る前に脱いだ服を手に取る。アレナは唇を嚙んでこちらを見ている。

ラウラは笑みを浮かべたまま浴室に入ったが、ドアを閉めたとたん真顔になった。鏡に映る引き攣った顔を見る。蛇口をひねり、顔を洗う。頭をはっきりさせなければ。アレナは何か勘づいた？　自然に振る舞おうとはしたが、自信はない。尋常ではない勢いで心臓が鳴り響いている。

アレナが怪物なんてことがあるだろうか？　とても信じられなかったが、ジェラールはそうほのめかした。私が騙されてきたってこと？　初めて会った日のことを思い出す。同じ靴を買おうとして譲り合ったあと、近くのカフェでコーヒーを飲んだ。テーブルについたとたん、アレナはつらかった幼少期について話し出した。ラウラは驚かなかった。昔から、人は自分といると、悩みを打ち明けたくなるらしい。だからラウラはそういうときの最善の対処法を試みた。同級生にいじめられていた少女の話にひたすら耳を傾けたのだ。その見ず知らずの女性が話し終えたとき、ラウラは彼女の友人になろうと決めた。友だちになってと彼女の目が大声で訴えていたからだ。全部計画的だったということ？　アレナは偶然を装ってラウラと同じ靴を求め、悩み多き哀れな女性を演じた。すべては恐ろしい計画を実行するために、ラウラに近づくことが目的だったと？

ラウラは首を振った。まわりくどいし、無意味だ。考えすぎだと思う。だが警察はアレナを逮捕するためこちらに向かっているという。もしアレナが犯人なら、警察が来る前に正体が知れたとわかったら、どんな行動に出るかわからない。怖いのは自分のことより、アリの身の安全のほうだった。どこに監禁されているかわからないが——この小さなマンションでないのは明らかだった——もしアレナを出し抜いて、先にそこにたどり着いたら……。

ラウラは一瞬、はらわたが煮えくり返った。もしアレナが本当に犯人だったら、絶対に許さない。でもすぐに、キッチンにあるナイフをひっつかんで彼女を脅し、娘の居場所まで案内させようか。でもすぐに、背も体格も自分よりはるかに大きいアレナ相手では、たとえナイフを振りかざしても勝ち目はないとあきらめた。下手をすれば、そのあとアリが報復としてひどい目に遭うかもしれない。やっぱりジェラールの指示に従って、相手にこちらの意図を気取られないようにしながら脱出しよう。あとは警察の仕事だ。そもそも、アレナは犯人ではないかもしれないし。すっかり頭が混乱して、どう考えていいかわからなかった。蛇口を閉め、急いで着替える。

リビングに戻ると、アレナはソファーベッドに座っていた。足元にはバッグがある。ラウラに気づいたとき、こちらを悲しそうに見た。

「荷造りをしてくれたのね……ありがとう」自然な態度を心がけながら、それを持った。

アレナは何も言わず、不穏なまなざしをただこちらに向けている。ラウラは何を言っていいかわからず、バッグを胸に抱いた。

「じゃあ、行くわね。ジェラールがそろそろ下に来ていると思う。明日電話するわ」

アレナはまだ黙っており、今こんなふうに嘘をつくのはまずいのではないかとラウラは思った。それに、アレナは無実かもしれないのだ。いつもよくしてくれたし……。そのときアリのことが頭に浮かんだ。これはすべてアリのためだ。だから犯人でないにせよ、アレナにはわかってもらわなきゃ。そのまま玄関に向かおうとしたとき、背後からアレナの声が聞こえた。

「で、どこに電話するつもり？　警察署？」

「え？」思わず振り返る。

アレナは立ち上がり、何かを手に近づいてきた。自分の携帯だとラウラは気づいた。

「あなたが浴室にいるあいだ、ルカモラから山のようにメッセージが届いたんだ」抑揚のない声で言う。「あなたに伝えようとしたけど、水の音で聞こえないみたいだった。急がないといけないと思ったから、読んだんだよ。これ、どういう意味？《もう下にいる。くれぐれもアレナに勘づかれないように。五分もすれば警察が彼女を逮捕しに来る》」

「アレナ、私……」と口ごもる。

「どういう意味かと訊いてるの！」アレナは携帯を壁に投げつけた。「あたしが怪物だと思ったわけ？　あんたの娘を誘拐した犯人だと？　本気で信じたの？」

「違うの、アレナ。私は……」ラウラはドアに背中を押しつけ、アレナを落ち着かせようとした。

「これだけ尽くしてきたのに！　勝手な女だね、ほんとに。あんたらはみんな同じだ」吐き捨てるように言う。「ちょっと美人だからって、お姫様気取りで人を見下してるんだ。召使いみたいにあたしを利用する。でぶで醜い哀れなアレナ、同じ空気を吸ってるだけでもありがたいと思えってね。でもあたしにも気持ちってものがあるんだ！」

アレナは腕をさっとひと振りして、小テーブルに置かれた趣味の悪い装飾品を一掃し、ガラクタは床に落ちて粉々に壊れたり、四方に転がったりした。ラウラはアレナの突然の怒りに怯え、いっそう身を縮ませた。

「この恩知らず！」アレナは壁に掛かっていた絵を叩き落とし、さらには部屋の隅にひっそりと置かれた棚にずかずかと近づいた。「あんたらみんな最低だ。本当に自分を愛してくれる人間をちっとも大切にしようとしない！　全員同じだよ」

アレナがそうして怒りにまかせて室内にあるものを次々に破壊するのを見て、ラウラはその隙に逃げることにした。ドアを開け、部屋を走り出る。

「ラウラ！」アレナが怒鳴った。

エレベーターを待っている余裕はなかったので、階段に向かい、全速力で駆け下りた。

肩越しに背後を見ると、アレナが玄関から出てきてラウラを追ってこようとしていた。背後数メートルのあたりで足音が聞こえる。暴走するサイのような、あるいは悪夢から這い出してきた怪物のような轟き。

「どこに行くつもり、ラウラ？」

ラウラは一段飛ばしで階段を駆け下りた。心臓が狂ったように胸に打ちつけ、邪魔なバッグがスローモーションで背後をついてくる。

「ジェラール！　助けて！」アレナがしだいに近づいてくるのがわかる。

そのとき片足を踏みはずし、がくりとよろめいた。勢いは止まらず、体が前に投げ出される。少しでも衝撃をやわらげようと手を前に出そうとしたが、バッグが引っかかって出せず、次の瞬間、制御もできないまま体がごろごろと階段を転がり出した。段の縁が体にぶつかって肋骨が折れ、右肘が砕け、最後に頭が壁にもろにぶつかった。ぼんやりする意識に闇が迫ってくるのを感じながら、数メートル上方で自分の名を呼ぶアレナの声と、下方でやはり名前を呼んでいるルカモラの声、そしてそのすべてを凌駕（りょうが）する騒々しいサイレンの音を聞きながら、ラウラの意識は暗闇へと引きずり込まれた。

28
心細い解毒剤

ディエゴはにこにこしながらバス停のベンチに腰かけていた。こんなふうに笑うのは久しぶりだった。いや、実際初めてのことかもしれない。少なくとも、心から幸せだと感じて微笑むのは。完全な幸福など存在しないと思っていた。人間はいつも不満だらけで、ときおり幸せな瞬間が閃光のようにひらめくのがせいぜいだ、と。でも今、ディエゴの顔は笑みで輝いている。一点の曇りもない幸福に包まれ、明るく照らされ、トランプの束から一枚だけ抜かれたカードのごとく際立っている。この幸福は数日前からのものだ。そう、怪物が捕えられ、アリが家に帰ってきたその日から。

顔を上げ、鳥が青空に輪を描くのを眺める。心は軽く、あの鳥と一緒に飛べるような気さえする。目を閉じて首を軽く右に傾け、停留所を照らす日の光を浴びる。厳しい課題をやり遂げたことを祝って、神の手がやさしく撫でてくれているような気がする。あれが単なる神の気まぐれだったにせよ、神が定めた運命の一部だったにせよ。心が軽いとこんなに気分がいいものなのか。十歳のときからずっと内側に巣食っていたあの恐怖が消えた人生は、こんなにもすばらしいのか！

座ったまま脚を伸ばし、体をさらにそらす。コウノトリに締めつけられていたおかげでまだあちこち少し痛むが、すべてが終わった今、あの拷問道具に七時間耐えることができてよかったと改めて思う。今後はどんな痛みにも毅然と対処する自信ができたのもあるが、ついに娘のヒーローになれたからだ。そのためならどんな犠牲だって払う価値がある。

また目を開けて、時計を見る。バスの到着が遅れているのがわかり、ふと不安になる。一時間後にラウラとアリと会う約束をしていて、できれば遅れたくなかった。せっかく二人の信頼を取り戻したばかりなのだ。二度とがっかりさせないと妻と娘に約束した。こんな馬鹿げた遅刻のせいで、ラウラの瞳に戻ってきた光がまた曇ってしまうなんて悲しすぎる。

ふいに、約束の場所にルカモラのほうが先に到着するかもしれないと気づいた。あの男はいやになるほど時間に正確なのだ。それに、いざとなれば、サイレンを鳴らして車の波を切って走ることだってできる。そう考えたとたん、ディエゴの顔が曇った。自分が着く前に、ラウラとアリにあいつと過ごさせたくなかった。ディエゴがいないのをいいことに、あいつはきっと娘の前で勇猛果敢な刑事を演じてみせ、あまつさえ妻にキスしようとさえするかもしれない。

今バスはどこだ？　ディエゴはしだいにいらいらしてきた。こんなに遅れるなんて、おかしいではないか？　ここはバルセロナの目抜き通りだし、しかも今は通勤ラッシュ時だ。バスは少なくとも五分おきに来るはずだった。立ち上がり、次の角まで行って様子を見たが、バスらしき影はまったく見えない。それどころか、車が一台も走っていなかった。そんな馬鹿な……。まわりを見まわしても、何も変なところはない。右側には子供の頃よく遊んだ広場がある。広場正面の歩道にあった石造りの自宅一階の店の窓から、いつも母に注意深く見守られていた。ほかにも薬局、煙草屋、以前は宝飾店だった長髪の男がやっているカフェ、陶器やフクロウ人形を売っている派手な色の店、角の宅地の壊れかけた塀が見える。ディエゴは驚いて口をぽかんと開けた。気づくとそこはディアグナル通りではなく、子供時代を過ごしたパニャフォール村だった。

　そして、自分は路線バスを待っているわけではないと知り、ぎょっとした。その瞬間、咆哮が長々と響き、あたりの空気を震わせた。驚いて振り向くと、通りの奥に遠足のスクールバスの巨体が見えた。猛々（たけだけ）しい獣のように荒い鼻息を吐き、血の凍りそうなきしみ音を響かせて近づいてくる。それは暗いオーラに包まれているように見え、その周辺七、八メートルを黒く染めている。ディエゴは逃げたいのに、体が動かなかった。塗りたてのコンクリートに靴が半ば埋まり、歩道が溶けつつあるかのように、少しずつ沈んでいく。そうして逃げられないまま、禍々しいバスが悪意を撒き散らし、あたりの色を奪いながら接近してくるのを待つ。いずれにせよ、逃げようとしても無駄だとなんとなくわかっていた。

あのバスには目的地があり、ついに隠れていたディエゴを見つけたのだ。長年かわし続けてきたが、もう逃げきれないらしい。とうとうバスに乗るときが来たようだ。

バスは停留所に到着すると、巨大な魚が獲物をのみこもうとするかのように、湿った音をたててドアを開け、ディエゴをいざなった。ディエゴは運命に従った。ふと気づくと、足をとらえていたコンクリートが魔法のように消えている。運転手は、ディエゴが乗り込んでもこちらに顔を向けようともしなかった。帽子を目深にかぶっているせいで顔が陰になり、表情はわからない。うんざりした獣のようなため息を漏らしてドアが閉まり、すぐにバスは発車した。ディエゴはよろめきながら通路を進んだ。車内は子供たちであふれ、おしゃべりしたり笑ったり金切り声をあげたり、騒々しい。全員の顔を知っていた。昔の同級生だ。だが彼らが当時のままだということに、なぜか少しも驚かなかった。自分はすっかり大人だというのに。たぶん、だからこそ子供たちはこちらを見もしないのだろう。少年時代の習慣で、幽霊のようにふらふらと奥へ進み、当時いつも友人たちと座っていた最後列をめざす。近づくにつれ、そこが何か黒っぽい、うっすらと嫌な臭いのする靄（もや）に似たものに包まれているのがわかった。それ自体生きているかのように沸き立ち、脈動し、天井や壁にぶつかっては小さな渦を巻いている。そこを中心として闇が広がり、バスの窓や接続部から黒い靄が漏れ出して、べたべたする邪悪な汚物が後方に撒き散らされていた。その奇妙な現象のせいで、ディエゴには後部座席に座っている生徒たちの靴しか見えなかった。友人のセルジ、カルロス、マテウの運動靴だろうか。だがふと、三人がこのバスが崖から転落したときに無残にも首を切断され、死んだことを思い出した。彼らは生まれてわずか数年の命だったのだ。怪物が彼らの未来という煙草を吸ってそのままにした、悲しき吸いさしのように。そこにあるのは、禍々しい靄の経帷子（きょうかたびら）に包まれて旅する友人たちの遺体なのだろうか。たちまちディエゴの胸に恐怖がふくらんだ。

そのとき、すぐ横の通路側の座席が一つ空いていることに気づいた。窓側にはひどく痩せた若者が座っていて、窓の外をぼんやり眺めている。横顔の一部しか見えないが、どことなく見覚えがあった。そこは空いてますかと尋ねたが、若者はこちらに目も向けなかったので、隣に座った。最後列に座るはめにならずに済んで、ほっとしていた。あの靄の向こうにどんな恐ろしいものが隠れているかわからなかった。ところが、ほんの数列しか離れていないせいか、最後列の乗客の話し声が聞こえてくることにまもなく気づいた。三人の若者たちの声だ。間違いなく聞き覚えがある。だが三人の友人たちではなく、しかも一人は女性だ……。とたんに鳥肌が立った。元教え子のビエル、ルベール、ジュディだ。

「かわいそうなサンティ……」やけにおどおどした甲高い声がそう言うのが聞こえた。ルベールの声だとすぐにわかった。「気づいてやらなきゃいけなかったんだ……僕らは友だちだったんだから！」

「まだ信じられない」ジュディはすすり泣いている。「なぜあんなことを？　どうして私に何も言ってくれなかったの？　恋人だったのに」

「おいおい……」今度はビエルだ。「あいつが何を考えていたか、僕らにどうしてわかる？　サンティがどういうやつか知ってるだろう？　どんなに悩んでいても、気持ちを外に出さなかった」

「それでも……またアルサ先生と話をしてみないか？」ルベールが口ごもった。「先生なら理由について何か思い当たることがあるかも……とにかく、何かしら意見をくれるんじゃないかな」

「もう何度も電話しただろう？」ビエルが冷ややかに言った。「家まで訪ねたのに、居留守を使われた。認めろよ。先生は僕らを見放したのさ」

「そんなことない」ジュディがかすれ声で言った。「先生は私たちのことを大事に思ってる。きっと体調が悪いのよ。そうに決まってる」

「僕らと会うと、悲しいことを思い出してしまうからだと思う」ルベールの声は、ジュディと同様、確信に満ちていた。

「それで気が済むならそう思えばいいさ」喉の奥からこみ上げてきたようなグロテスクな笑いが聞こえた。ディエゴの背筋に悪寒が走る。

「何が言いたいの？」ジュディがもごもごと尋ねる。

「君の大好きな〝先生〟は僕らのことなんか何とも思ってない、ってことさ」

「思ってるさ！」ルベールの声はひどく震え、今にもわっと泣き出しそうだ。「『リテラマ』ウェブマガジンのインタビューを読んだだろう？　そこで僕らのことを、これまでの人生であんなにすばらしい思い出はないと言っていた。小説がベストセラーになったことよりはるかに」

　ビエルがまた笑った。

「馬鹿だな、その記事、まだ公開されてないぞ。おまえに読めるわけないじゃないか。未来の話だからね。今の僕らには知る由もない」見下すように言う。

「ああ、そうだった……」ルベールはつぶやいた。

「いいか、ディエゴ・アルサは単に怖気（おじけ）づいてるんだ」

「どうして怖気づかなきゃならないんだよ」

「僕らに対してひどい仕打ちをしたから」ビエルの声が急に冷ややかになった。「本物の怪物みたいな態度だった。いつかその報いを受けるとわかっているからさ」

「怪物は模倣犯が嫌いなんですよ、先生」

　その最後の言葉は最後列からではなく、隣の席から聞こえた。どこか悲しく、妙にくぐもった耳障りな囁き声で、暗い地下室の蜘蛛（くも）の巣のように右耳をかすった。怯えながら声のするほうにゆっくりと顔を向ける。さっきまで窓の外を見ていた横の若者が、今はこちらをじっと見据えていた。口と顎の大部分がなく、熟して崩れた果物のようにじゅくじゅくと輝く血まみれのクレーターと化している。しかし傷一つない瞳には、運に見放された詩人特有の憂鬱が今も暗く膿(う)んでいる。ディエゴにはすぐにそれが誰かわかった。父親の猟銃を口にくわえてその命をみずから絶ったこの一団の殉教者、サンティ・バヨナだ。彼は顔の半分を無残に失い、家族は葬儀を出すとき、棺の蓋を閉めるしかなかった。

「怪物は模倣犯を忌み嫌います」サンティはそうくり返す。かつては口だった肉のかたまりの奥から苦労して言葉を絞り出し、しゃべるたびに湧き出す鮮血が首を伝う。「怪物は目覚め、その力を踏みにじろうとする者たちに罰をくだします。そして、血と琥珀の借りを返させようとする」

ディエゴは無言で首を横に振り、背筋の凍るその幻から少しでも離れようと、無意味だと知りながら通路のほうへ身を引いた。そのときバスがトンネルに入り、サンティの背後の窓が即席の鏡に変わった。そこでこちらを見返していたのは、血飛沫(ちしぶき)の跳ねたマスクと手術着姿の怪物だった。だが次の瞬間バスはトンネルを出て、鏡像は消えた。

「嘘だ、違う……」ディエゴはぞっとして、顔に触れて確かめた。そんなこと、ありえない……あれが僕だなんて。

サンティは同情の目でこちらを見ている。鼻の下に父の猟銃が穿った穴から、相変わらず血があふれ出ている。そのとき突然彼の顔がみるみる腐り出した。血にまみれた肉がぼろぼろと落ち、しゃれこうべがしだいに露(あら)わになっていく。眼球もぽろりとはずれ、脚の上に二つの白いサクランボのように転がった。ぽっかり空いた眼窩から蛆がぞろぞろと這い出し、笑顔の仮面という思いがけず出くわした新たな地形にとまどっている。

「走れ、先生！」

サンティ・バヨナの声が突然周囲で鳴り響き、強い腐臭とともにディエゴを包んだ。その声に押され、彼は弾かれたように立ち上がると、反対側の列の椅子に激突した。その拍子につい最後列に目が向かい、いつしか消え失せていた靄の向こうに、首のない三体の骸から鮮血が激しくほとばしっているのが見えた。急いで目を逸らしたディエゴは、バスが空っぽになっていることに気づく。騒々しかった子供たちは影も形もなく、そこにいるのは今や自分のほかには四人の死人だけだった。バスはしだいに速度を上げ、右に左に大きく蛇行しながら道を突進していく。ディエゴは倒けつ転びつ運転席に走り、止めてくれと叫んだ。

「頼む！　降りたいんだ」

運転手は答える代わりにからからと笑い、さらに強くアクセルを踏み込んだ。倒れないように近くの椅子の背にしがみつきながら、ディエゴはフロントガラスの向こうを見た。二十メートルほど先で道が突然途切れ、切り立った崖になっている。

「やめろ、やめてくれ！」運転手に懇願する。「頼む、止めてくれ！」

ディエゴは切羽詰まって運転手に飛びかかり、ハンドルを握ろうとした。二人はぎこちなく揉み合っていたが、そうこうするうちに運転手の帽子が落ちた。その顔を見た瞬間、驚きのあまり顎ががくりと落ちた。ふいにすべてを理解して体が凍りつき、ただ前方を見据える運転手の重々しい表情を眺めることしかできなかった。そのあいだも、バスは貪欲な愛人さながらの切迫感で、死に向かってひた走る。そう、運転手は自分だった。自分の運命を操っていたのはディエゴ自身だったのだ。そのとき、タイヤがアスファルトから離れたのを感じた。突然体がふわっと浮き上がり、肺から空気という空気が抜け、飛んでいるのだとわかった。次の瞬間、バスの前部が前にのめった。ディエゴは近くの座席にしがみつき、落下するのを感じながら悲鳴をあげた。

そこでいきなり目覚めた。まだ胃のあたりに気持ちの悪い浮遊感が残っている。そこがバスの中などではなく自分のベッドだと気づいたとき、ディエゴは心底安堵した。両手がシーツをぎゅっと握りしめている。ただの悪夢だった。いつものとは中身が違っていたが、自分の無意識領域も、その気になれば創造的になれるらしい。顔を撫でて冷や汗を拭う。机の上の時計を見ると、午前二時半だった。悪夢の断片がいくつかまだ頭の中に漂っていて、それが少しずつまとまって、それなりの形を取り出した。雲を眺めるうちに何かの形に見え始めるように。元教え子たちの言葉を思い出す。ひどく打ちのめされた声だった。実際にもそうだったのだろうか？　自分が一人立ち去ったことが、あそこまで彼らを苦しめ、寄る辺のない不安な気持ちにさせたのか？　思い過ごしかもしれないし、本当に傷つけてしまったのかもしれない。自分が臆病にこそこそ逃げ出したことが彼らのまだ柔らかい純粋な心に絶望の毒針を刺し、その毒に今も汚染されているとしたら？　だが、もう恨んではいないはずだ。病院に見舞いに来てくれたとき、ビエルがそう言っていただろう？　ディエゴが四人について懐しく語ったあの『リテラマ』マガジンのインタビューを、彼らは心細いとはいえ解毒剤にしたのだ。だが、あんなわずかな、今さら遅すぎる言葉で、本当に彼らは許す気になったのだろうか。そして、夢の中のもう一人のビエルのことを思い出した。夢に出てきたビエルは、ずいぶん意地が悪かった。ラウラの裏切りを彼に耳打ちされて、僕はやはり腹を立てていたのだろうか。そうかもしれない。そもそもあの話も、うっかり口を滑らせたのではなく、ディエゴを傷つけるためにあえて口に出したのかも。ドジなお馬鹿さんに見えるが、じつはそれだけの人間ではない？　だが、見かけどおりの人間なんてどこにもいないのでは？　ディエゴはバスの窓に映っていた自分自身のことを思い出して悪寒を覚えた。怪物と同じ血飛沫の散るマスクと手術着を身につけた自分が、狂気の滲む目でこちらをじっと見返していた。「怪物は模倣犯が嫌いだ」と虚ろなまなざしでつぶやき、一瞬、横にいる誰かがそう言ったような気がした。

そのとき携帯電話が鳴り、ディエゴにはそれが、今もまわりで響いている恐怖の叫び声から逃げ出す、ありがたい助け舟に思えた。

ルカモラだった。一度大きく声を出してから、震える手で電話に出る。心臓が胸から飛び出しそうだったし、頭はぼんやりし、狂人が操る回転木馬に乗っているかのように部屋がぐるぐる回っている。

「俺だ」ぶっきらぼうにルカモラが言った。「署に来てくれ。今すぐに」

ディエゴは無言のままだった。覚醒しきれていないせいで、相手が本物のルカモラなのか、それとも夢の中の登場人物なのか、まだはっきりしない。

いきなり寝室のドアが大きく開き、パジャマ姿のエクトルが現れた。

「どうした、大声で叫んだりして？」

ディエゴは値踏みするように見た。本物の兄だろうか？　たぶんそうだ。自分の無意識領域があんな柄のパジャマを思いつくはずがない。

「ディエゴ、聞こえたか？」電話からルカモラの声がする。「できるだけ早く署に来てくれ」

「でも……どうして？」

自分は目を覚まし、現実に戻ってきたのだ、とやっと納得した。アリは依然として誘拐されたままで、兄はおかしな柄のパジャマを着て目の前にいて、ルカモラは真夜中の午前二時半に電話をしてきた。それらを全部考え合わせると、悪い予感しかしなかった。これまでに起きたどんな出来事より恐ろしいことが起きた予感。

「三通目の手紙が届いた。ほかにも知らせることがある……とにかくこっちに来てもらったほうがいい」

ルカモラはそう言って、こちらに質問する暇も与えずに電話を切った。

疲れたため息をつき、ルカモラは携帯をポケットにしまうと、取調室に戻った。そこでは映画のような光景が待っていた。二時間以上前から同じ椅子に崩れかけた姿勢で座っているアレナ・ルセイは、顔を泣き腫らし、彼女のまわりを歩きながら怪物の三通目の手紙を芝居がかった口調で読み聞かせるオラーヤを、怯えた目で見ている。ルカモラは手をポケットに突っ込み、ドア枠に寄りかかって、ただそれを眺めていた。口を出す気は毛頭なかった。正面の壁は鏡張りになっているが、その向こうには国内外のさまざまな組織のお偉方が群がっているはずだった。彼らのほうは、その必要があると判断すれば、口を出すだろう。事件はとっくにルカモラの手を離れているし、最近の出来事、とりわけアレナの家に到着したときに起きたことを理解しようとするので精いっぱいだった。

「《ディエゴ、知ってのとおり、君が第二の課題に成功した今、基準を下げるわけにはいかない。より高い目標をという前向きな気持ちがわれわれを奮い立たせてくれる。だから、前置きなどせず、私が考えた新たな課題をさっそくお知らせしよう。君にはスプーンで両目をくり抜いてもらう。そして、これまでと同様、君の偉業は世界中に生中継してほしい。条件は前回と同じだ。薬物やアルコールを使ってはならない。人の手を借りず、自分の手で実行すること。アリアドナのためにも、手が震えないことを祈る。視神経が完全に切断され、眼球が眼窩から取り出されたあとは、医療者による止血を許可する》」オラーヤはそこで足を止め、目を上げて、いかにも嬉しそうにアレナを見た。「おや、ここにあんたのやさしさが表れているな。あんたの目的はけっして殺人ではないということを強調しているわけだ。この点を考慮すれば、四十年以上の禁固刑になるところを、何か月かおまけできるかもしれない」

「あたしはこんな手紙、書いてない……」アレナは今にも崩れ落ちそうだった。

「だがこんな文もある」オラーヤは嘆かわしそうに舌打ちをした。「《十月六日、次の木曜日に私の指示どおりに目をくり抜かなかったら、どうなるかわかっているね、ディエゴ。君の娘の目をくり抜き、それから殺さなければならなくなる。あの美しい琥珀色の目をえぐるんだ。君は瞳を失った娘を埋葬することになるだろう》」顔を上げて悲しそうな表情を浮かべる。「アレナ、よくこんなことを書けたものだ。七歳の少女の目をくり抜いてから殺す？　これはやりすぎだろう」

「書いてないったら、書いてない」

オラーヤはうなだれ、ため息をついた。容疑者のいるテーブルに椅子をゆっくり引きずってくる。カウボーイ風にまたがって座り、前髪をかき上げると、にっこり笑った。まだ壁に寄りかかっているルカモラは天を仰いだ。いよいよ我慢ならなくなっていく。

「なあアレナ、下品なことは言いたくないが、あんたはクソだ。罪は重いぞ。誘拐、違法な監禁、殺人、恐喝、傷害……。それでもあんたはだんまりを決め込んでいる。協力してくれたら、こちらだっていろいろと手心を加えなくもない。われわれはアリアドナの居場所を知りたいだけなんだ」

「アリの居場所なんて知らないよ！」アレナは声を震わせてわめいた。「あたしがラウラやあの子を傷つけるようなこと、するわけがない」

「それはそうだろう。わかるよ、アレナ。あんたは少々ディエゴをいらつかせたいだけだった。それでこんな計画を思いついたんだよな？　ずいぶん気取っているが、みごとな計画だ。しかも、毎晩ラウラと家族を見張って、写真まで撮っていたとはね。自分で部屋を借りたのか？　それともあんたの清掃会社が契約しているどこかの会社で？　まあいい。請求書を調べればすぐにわかる」

「さっきも言ったけど、何の写真のことかわからないよ！」

「ジュリアン・バソルのパソコンに埋め込んだ写真だよ」オラーヤは辛抱強く微笑んでいる。「元恋人が疑われてるとラウラに聞いたのか？　それで、あんたは疑いをよそに逸らす好機だと踏んだ。看護師か患者かに化けて、病院に忍び込んだのか？　だがバソル先生に見つかって、たぶん強請（ゆす）られたんだろう。慌てたあんたは誤って相手を殺してしまった。正当防衛なのかもしれない。そのあと次々にいろいろなことが起きて、もう止められなかったんじゃないのか？」

アレナは相手の顔を見て、激しく首を横に振った。

「違う！　何もかも間違ってる。そりゃ、ディエゴのことは嫌いだけど……だけどこんな残虐なことするわけがない。その医者だって知らないし、殺すなんて、まさか。アリの誘拐のことだって、どうしてあたしがラウラにそんな仕打ちを？　ラウラを愛してるの」あっさりそう告白し、頬を涙が流れた。「彼女を苦しめるようなこと、絶対にできない。あたしは怪物じゃないし、何もしていない。ねえ、弁護士はどこ？　弁護士を呼んで」

「まあ落ち着いて。あんたの弁護士はこちらに向かってる」オラーヤは小さな子供をなだめるように言った。「悪いけど、証拠は充分揃ってるんだ。たとえばあんたの前歴だ。学生時代の先生の証言、あんたにストーキングされた同級生たち。とくにアラセリ・マヤールには少々怖い思いをさせたようだね」

「あたしをいじめたのはあの子たちのほうだよ！　デブだとか何とか言って、あたしを笑い、馬鹿にした。そのアラセリって子のことは覚えてないけど、いじめっ子の一人だよ、きっと」

「アラセリのほうはあんたを忘れてないはずだがね」オラーヤは生真面目な顔になった。「だがそれだけじゃない。怪物の手紙は、あんたの会社が清掃を請け負っているブックカフェから送られたことがわかってる。とくに最後の手紙はあんたの家のすぐ近くの店舗からだった。そのうえ送られたのは営業時間外で、あんたが店の鍵を持っていることもわれわれは知っている。さらには、あんたはラウラの家の鍵も持っていて、誘拐の晩も、ジュリアン・バソルが殺された夜も、アリバイがない。そして最後に、ほんの数時間前、あんたはラウラを階段から突き落とした」

最後の非難を耳にしたとたん、アレナは激しく食ってかかった。

「嘘だ！」机を力まかせに叩いて怒鳴る。「あたしは押してない。ラウラがよろけたんだ」

「だとしても、あんたから逃げるあいだによろけた。どうしてラウラは逃げた？　命の危険を感じたからだろう？」

「もう説明したよね？　どうしてラウラ本人に訊かないのよ」

オラーヤがちらりとルカモラを見た。ルカモラもさすがにもう黙っていられなかった。

「ラウラには何も訊けない」部屋の隅から動かずにぼそりと告げる。「昏睡状態なんだ」

「え？　まさか……本当に？　でも目覚めるんだよね？　よくなるよ、きっと！」

「ごまかしはもうたくさんだ！」ルカモラもテーブルのほうにつかつかと近づいた。「なぜラウラは助けを求めて逃げた？　俺はこの耳で聞いたんだ。転落した彼女のもとに駆け寄ったとき、あんたが走ってやってきた」

「それはもう説明したよ」アレナはルカモラを正面から見据えた。「ラウラの携帯にあんたから来たメッセージを読んだの。ラウラがあたしを怪物だと思うなんて、信じられなかった。ついかっとなってわめき散らし、いくつか物も床に投げつけたと思う……だけどラウラを脅したり、危害を加えようとはしてない。彼女が走って逃げるのを見て、あたしはすぐに後悔し、謝ろうと思って追いかけた。本当だよ……」唇を歪めて、また呻いた。「お願いだから信じて。あたしは無実だ。怪物なんかじゃない。怪物はまだどこかにアリアドナを隠したまま、のうのうとしてる。早く見つけないと大変なことになるよ」アレナはそう言って、再び大声で泣き出した。

二人の刑事はまた目を見交わした。同時にオラーヤは椅子を優雅に立ち、ルカモラは踵を返して無言で戸口へ向かった。

「で、どうする？」廊下に出るとすぐ、ルカモラが尋ねた。

「どうするって？」上司は肩をすくめた。「アレナはクロだ。ラウラが悲鳴をあげて彼女から逃げていたのを、あんた自身、その目で見ただろう」

「あのときはそう思ったが、その前に何があったのか正確にはわからない」

「ラウラに話が聞けるようになるまで待つしかないな。いつになりそうかわかるか？」

ルカモラは首を振り、口元がこわばるのを感じて顔を逸らした。

「何日かかかりそうだ……経過が順調ならの話だが。かなり重度の脳内出血を起こしてる。炎症が収まるまで眠らされてるんだ」眉をひそめてコーヒーマシンのほうをなんとなく見る。

「心配だな。ディエゴには伝えたのか？　三通目の手紙についても？」

「ここに来るように言った。詳しいことは電話では話したくなかったからね」

「まあ、そんな顔をするなよ」オラーヤが励ます。「少なくとも怪物は捕まったって報告はできる」

「それはどうかな。それにアレナが犯人だったとしても、もしこのままだんまりを続けたら？」

オラーヤは肩をすくめた。「白状するさ。時間の問題だ」

「時間の問題？　俺たちにはその時間がないんだ！　もしアレナが犯人で、ここに勾留を続けていたら、アリアドナは水も食事も与えられないままだ。水分が取れなければ三日で死ぬ」

「三日もかからないさ。今、犯罪精神医たちがアレナについて大急ぎで診断を進めていて、人格診断が適切に終われば、それを使って自白を強制できる。数時間で終わるよ」

「だが、木曜になってもまだ自白してなかったら、ディエゴはどうすればいい？　おまえの考えを信じて、挑戦は無視するのか？　それとも万一ほかに真犯人がいる場合に備えて、やっぱり目をくり抜くのか？　バソル医師のときみたいにアレナが犯人だとそこまで信じているなら、ディエゴにどうアドバイスする？」

オラーヤは鼻を鳴らして前髪をかき上げた。

「三日もかからないと言っただろう? いずれにせよ、そのときになってから決めるさ」

「そのときになったら決める?」ルカモラはかっとなった。「ふざけるな。目をくり抜くんだぞ? ディエゴの命を助けるため医師や専門家たちと相談しなきゃならないし、いろいろ準備が必要だ。もし……」

「わかった、わかった」オラーヤが遮った。「今はそういう話をしてる時間はない」そのとき取調室の隣室のドアが開き、パラルタ判事の赤らんだ丸顔が覗いた。トイレットペーパーがない、とでも訴えそうないらだちを浮かべている。「今行きますよ!」オラーヤは相手を安心させるように微笑んだ。「ジェラール、もう行かないと。内務省で海外派遣の捜査チームと会わなきゃならないんだ。わかってくれ、これも仕事だ。次の課題のことはあんたにまかせるよ」能天気に言う。「実際その必要はないと思うが、準備しておくに越したことはない」そのとき電話が鳴り、オラーヤはポケットから急いで電話を取り出した。「また『ニューヨーク・タイムズ』紙からだ」そう言ってルカモラにウィンクして、唇だけでよろしくと伝え、電話に応答しながら立ち去った。

ルカモラは眉をひそめた。内心では自分だって、三番目の課題の準備などして貴重な時間を無駄にしたくなかった。できれば捜査を続行したい。

「オラーヤ、本当は別の線で捜査を続けたいんだが……」

しかしオラーヤはすでに判事を従えて部屋の中に入ってしまっていた。廊下に一人取り残されたルカモラは「くそ」とつぶやき、目をつぶって鼻梁を揉んだ。そして再び目を開けたとき、まるで鼻梁を揉む魔法で召喚されたかのように、にこにこ顔のリエラ刑事がそこに立っていた。

「班長……」

「俺はもう班長じゃない」

「わかってます。ディエゴ・アルサとその兄が到着したと知らせたかっただけです」

ルカモラはため息をついた。

「今行く。五分くれ」

リエラは靴をじっと見つめ、まだそこでぐずぐずしている。

「五分だけ一人にしてほしいと言ったんだ」

リエラは顔を紅潮させた。

「承知してます。ただ……話したいことがあって」

「なんだ？　話してみろ」

「じつはカフェで働いている友人がいるんです」

リエラはルカモラを見て、しばらく口をつぐんだ。警部はゆっくりうなずいた。

「その友人が僕にある話をしてくれました。でも、彼の名前は伏せておきます。何か問題になるとまずいので」

「わかった。安心しろ」

「はい。彼はたまたまオラーヤ警部補とミレイア・ルジャス情報捜査官の話を小耳に挟んだらしいんです。どうやらオラーヤは……あなたとディエゴの奥さんの関係に気づいたようで」

ルカモラは眉を吊り上げた。

「すみません」その必要はないような気がしたが、リエラは謝った。「でもそれだけじゃない。オラーヤとルジャスは、もし状況が悪くなったら、この情報を利用しようと話していたそうです」

「状況が悪くなる？　どういう意味だ？」

「友人によれば、オラーヤは国際的なプレッシャーに参っているみたいで、この事件の結果に自分の将来がかかっているんだと話していたそうです。するとルジャスが、この情報を使って班長をスケープゴートにできると言った。捜査の邪魔をしたと訴えろ、と」

ルカモラは目を丸くした。

「なぜ俺がそんなことを？」

「ディエゴの妻に関心があることが根拠です」リエラはわかりやすく説明した。「捜査がうまくいかなくなったら、オラーヤは、あなたが最初から捜査を妨害していたせいだと訴える。恋のライバルであるディエゴが苦しむのを内心では喜んでいたから。たぶん、自分でも気づかぬうちに、夫を排除しようとしていたのだ、と。もちろん、友人が正しく聞き取っていたかどうかはわかりません。それに、あなたがこのことを証明しようとしても、友人は証言しないでしょう。ただ、あなたの耳には入れておいたほうがいいと、僕が思っただけです」

ルカモラは重々しくうなずいた。

「ありがとう」

「いいんですよ、班長」

そのまま立ち去ろうとしたリエラを呼び止める。「どうして俺を助ける？」

リエラは肩をすくめてにっこりした。

「あの若者たちを調べに行ったとき、言いましたよね。オラーヤ警部補は目的が多すぎる。でもあなたの求める目的は真実だけです」

ルカモラは渋い顔でうなずいた。

「求めても、見つかるとはかぎらない」

リエラは無言でしばらくこちらを見ていた。

「あきらめないでください、班長。真実は道の突き当たりでじっと待っているだけじゃなく、道を歩きまわります。あなたなら怪物を見つけますよ」そう言って、おずおずとルカモラの肩を叩くと立ち去った。

「あるいは怪物が俺を見つけるか」ルカモラは一人になると、暗い声でそう囁いた。ララバサーダ・カジノの廃墟で、黒い影に見張られているような気がしたときに感じたあの不安がまた襲いかかってきた。何か邪悪なものが自分の内側に忍び込み、思考を支配しようとする、そんな感覚だった。いらだって、首を振る。精神にしろ魂にしろ、何かに操られることなどない。リエラの言葉に動揺しただけだ、と気持ちを落ち着かせる。

リエラが聞いたという――カフェで働いている友人など存在しないことは明らかだった――オラーヤとルジャスの会話について振り返り、得心した。不安になったのはオラーヤの行動のせいではない。あいつは出世のためならどんな汚いことでもすると、重々知っている。自分とラウラの関係について、オラーヤが警察上層部に告げ口したこともまず間違いない。そうではなく、彼らの言葉の中に一瞬真実が垣間見えたことが不安の原因だった。ディエゴが苦しむ姿が見たいという病的な欲求のために、無意識のうちに捜査を妨害していたということはないだろうか？　客観的に自分の行動を振り返ってみて、真剣にそして誠実に仕事に取り組んでいたと結論する。だがその裏で、ごくわずかとはいえ、ディエゴが犬の糞を食べるのを見て、拷問道具に拘束されて悲鳴をあげるのを聞いて、喜んではいなかったか？　あれこれ思い返す。オラーヤと議論しては、逆らった。二番目の課題の練習のためにラウラに付き添ったり、捜査のわずかな進展についてもわざわざ家に出向いて報告したりすることに、長い時間を費やした。本当ならその時間をもっと有益なことに使えたのでは？　そして、何度もおのれの直感を疑い、それを抑えつけようとしたこと。こんなふうに感じたのは初めてだ。直感の灯りのスイッチをオフにしてわざと頭の中を暗くし、自分を乗っ取ろうとする怪物から目をそむけようとしていたとしたら？　アリの誘拐犯を捕まえるため、本当に全力を尽くしていたと言えるか？

　首を振った。どう答えていいかわからなかった。背中を冷たい汗が流れる。吐き気がしてきた。壁に手をついて寄りかかり、目をつぶる。そんな馬鹿な。俺はずっと正しい行動をしてきた！　ラウラを愛するがゆえ、苦しむ姿を見るのが耐えられなかった。だからこそ、やはり心から大事に思っているアリを救おうと、できるかぎり手を尽くしてきた。これからもそのつもりだ。なぜなら、この世でいちばん大切なのは、ラウラの幸せな姿を見ることだから。だから、ジュリアン・バソルは犯人じゃないとわかっていた。同じ意味で、アレナも違う。ラウラを愛する者は、彼女を苦しませようとはけっして思わない。あの美しい琥珀色の瞳に涙が浮かぶところなど見たくないのだ。そうとも、誘拐事件も挑戦ゲームも全部ディエゴに対する復讐だ。間違いない。刑事の勘がそう告げている。

　再び、ディエゴの元教え子たちのことが頭に浮かぶ。ルカモラの直感は、結局いつもそこにたどり着いた。やはりすべての震源がそこにあるような気がしてならなかった。そうでもなかったら、オラーヤはどうやってラウラと自分の関係について知った？　マルトレイ家が関わっていることは明らかだ。ビエルのやつは、ディエゴにこのことを知らせに行ったただけでなく、父親にも話したに違いない。そしてマルトレイ家の家長は、オラーヤに同僚の情事の相手について知らせておくべきだと考えた。何しろ、誘拐された少女の母親なのだから。ビエルがディエゴの病院でこの爆弾を落としたのは、うっかり口を滑らせただけだとか、男同士の団結心による告げ口だとかで片づけてしまうのは、浅慮すぎる。どう考えても、ルカモラを現場から遠ざけるための意図的な行為だ。それはつまり、彼が真実に近づきすぎたからではないだろうか。

だが、オラーヤにそう話しても、耳を貸さないだろう。実際、三番目の課題のための医者の手配といった、手間暇のかかる余計な仕事を押しつけられた。ふと、これもまた、そういうところにはやけに機転が利くオラーヤの抜け目のなさの表れだと気づいた。いつか、捜査を妨害していたとルカモラを非難することになったとき、課題実施の手配をいつも自分からやりたがったとでも言うのだろう。ディエゴの苦痛を最大限引き出そうと、みずからあれこれ指示を出したとか、何とか。

第三の課題……ディエゴはまだ、三日後に両目をくり抜かなければならないと知らないのだ。ラウラが昏睡状態だということも。これ以上ぐずぐずするわけにはいかない。だからチームの部屋のほうへ向かった。こうなれば、早いほうがいい。

激しい疲労感に押しつぶされ、足を引きずるようにして廊下を進む。突然、年齢が倍になってのしかかってきたかのようだ。到着したとき、遠くにディエゴの姿が見えた。プラスチックの椅子にぎこちなく座り、兄はその横に立って携帯電話に没頭している。近づくにつれ、ディエゴの憔悴ぶりが明らかになった。顔色は蒼白で、熱っぽい目は焦点が合わず、手が震えていることに本人も気づいていない。そのうえ独り言をつぶやいていた。眉をひそめて何事かぶつぶつと唱えていたかと思うと、今言ったことを反芻するようにしばらく考え込み、聞き取れない声でそれにまた答えて、満足げにうなずく。その悲惨な様子を見て、ルカモラは胸を揺さぶられた。そうとも、こんなディエゴを見て、喜んだりするものか。そして、その前で足を止め、同情に満ちた目である意味冷静に観察し、思う。妻の状態と三番目の課題について今伝えたら、この男は完全にどうにかなってしまうのではないか。人間は、頭がおかしくならずに、これほどの不幸に耐えられるものなのか。

29 雨降りの三日間

　信じられないことだが、いつだって最初の一滴がある。その一滴に続く何百万という雨粒によって、雨という現象になる。それがどこに落ちるか？　天の蒸留器で濾過(ろか)されたその最初の一滴は、エンドウ豆ほどの丸い水滴で、時速二十九キロメートルの速度で落下し、誰かの額にぶつかることになった。その額がたまたま選ばれたのか？　さあ、それは神のみぞ知る。とにかく、今回その雨粒は、私たちの知っている誰かの額を標的とした。エクトルは、人生の荒波が皺を刻んだその額に何気なく手を伸ばし、指で水滴を拭った。二粒目は一秒も経たないうちにそこから百五十メートルほど離れたところに、そして三粒目はもっと遠くに落ちた。それからはもうとても追いきれない。

　大事なのは、自分の額にその最初の雨粒が落ちたということも、世界にはほかにも無数の不幸があるということも知らずに、エクトルが顔を上げて、その日十月三日月曜日にバルセロナに迫る、縁を銀色に染めた黒雲を眺めた、ということだ。いつものコートを着てきてよかった、と彼は普段以上に喜んだ。ありとあらゆるところに秋の気配が見え始めていた。光線がほんのり弱くなり、木々の葉の色が変わり、ときどき思いがけない冷え込みがある。

　雨が降り出し、エクトルは、マタルニダー公園の脇を通るメジア・ラケリカ通りに面した質素な建物を垣根越しに覗き込んだ。ため息をついて、コートにくるまる。ひどく疲れていた。昨夜はいろいろあったから、それも当然だ。手配しなければならないことが山ほどあった。第三の課題を目前にして、まだまだ仕事は山積みだ。気をしっかりと保たねばならない。やるべき数ある作業の中でも、それが最も難しい。

　遠くから聞こえる街の雑踏を聞きながら、どうしても甦ってくるのは、ネウスに離婚を切り出されたときのつらい思い出だった。長年のあいだに積もり積もった、エクトル自身はまるで気づかなかった憎しみが声に滲んでいた。ほかに好きな人がいるの、とネウスはずけずけ言った。そして妻は去り、エクトルはパソコンだらけの部屋に一人残された。弟の娘の声を除けば、子供の笑い声が一度も響かなかったその部屋に。

　突然の離婚のあと、何か月ものあいだ、ネウスとその新しい手品師の夫をあの手この手で残虐に殺す想像をすることに慰めを見出していた。だがそのうち、殺すのはこちらの負担が大きく、子供っぽいと思え始め、車椅子暮らしにさせる方法を考え始めた。とにかく、そんなふうに鬱憤を溜め、真夜中に突然目覚めて「制裁を！」と叫んだ日々が過ぎ去ってくれて、本当によかったと思う。今もネウスが許せないが、気持ちはもう落ち着いている。

不幸を願っているとはいえ、自分で手をくだそうとは思わない。つまり、怒りを乗り越えたのだ。

だが、それ以上にみごとに乗り越えたのは、弟に対してずっと感じていた憎悪のほうだ。思えば自分も大人になったものだ。幼い頃、あいつのせいで夜は一睡もできなかったし、あいつは母さんの愛情を独り占めし、俺は人より早く子供を卒業しなければならなかった。そうとも、あいつは両親の血を平気で搾り取り、感謝さえしなかった。そのうえ、つまらない小説を書いて一躍大金持ちになり、俺はといえば、このざまだ。そうして運命の不公平さを思い知らされたわけだ。

だが今は切っても切れない仲だ、とエクトルは胸を張って思う。最初からそうあるべきだったのだ。アリの誘拐が二人を結びつける結果になったのは残念だが、事件は間もなく解決するだろう。彼自身、兄として貢献しようとしている。それに、こうして弟のために力を尽くせば、借金返済のために手を貸してくれるかもしれない。それが兄弟ってもんだ。

エクトルは顔を上げて、雨を口に含んだ。自由で穏やかな気分だった。恨みや憎しみは何の役にも立たない。肩にのしかかるそういう腐った感情は捨てなければ。そのためなら、ちょっと過激なやり方で気持ちを解放しても、かまわないんじゃないか？

ふいに、手品師が家から出てくるのが見えた。一瞬であいつだとわかった。シルクハットも、赤い裏地の黒いビロードのマントも、数珠つなぎになった色とりどりのハンカチやら何やら、いかがわしい場所で披露するさまざまな道具も身につけていない今、ただの勤め人にしか見えない。公園を離れ、十メートルほど距離をあけて尾行を始める。そうして手品師の後ろを歩きながら、重荷を下ろせ、心の中を片づけろ、生まれ変われ、と呪文のように唱え続ける。つらい感情から解放されるためにすべきことはただ一つ。

男がお得意の手品をやってみせるように傘をさすのを見たとき、またぞろ憎しみがむらむらと湧いた。こちらは帽子さえかぶらず、しだいに強くなる雨をコート一枚でしのいでいるというのに。今エクトルが渡っているグランビア・ダ・カルレス三世通りを雨は激しく叩く。そこから東へ数区画行ったところにあるラス・コルツ地区の警察署の四角い建物にも、雨は狂ったように降りかかり、まるで共鳴箱にでもなったかのように音をますます大きく響かせた。

ルカモラは、窓に映る会議室の残念な様子を眺め、そんなふうにただ時間を無駄にしている現状を前に無力感をこらえるのに必死だった。室内には全チームメンバーに加え、バルガヨ署長、パラルタ判事、内務省代表者、アメリカのクワンティコ本部から直々にお出ましのFBIの専門家二人、それにアレナ・ルセイの人格分析を担当した精神科医四、五人が、缶詰のイワシさながら詰め込まれていた。オラーヤが前髪をかき上げ、タクトを持たない指揮者のしぐさで精神科医チームに発言を促すと、ゼンマイを巻かれた人形のように担当者がしゃべり出した。専門用語をふんだんに交え、容疑者に嘘発見器をはじめさまざまなテストをおこなった結果、当人は嘘をついていないか、少なくともそう信じていることが確認された。統合失調症その他の精神疾患とも診断できないと言いながら、あくまで急いでおこなった分析なので誤っている可能性はあると予防線を張った。結局、容疑者の言葉に嘘はないように見えること、自白を頑なに拒んでいることから、引き出せる唯一の結論として、容疑者は多重人格者、専門用語を使えば解離性同一症と考えるのが妥当である。あるいは無実だとも言えるし、そう考えたほうがずっと簡単だ、とルカモラは思った。

次にバルガヨ署長が口を開き、マッチ売りの少女さながらのか細い声で、捜査のほかの可能性についてもおろそかにしないように、と告げた。ルカモラはそれを聞いて驚き、会議に意識を戻した。バルガヨは、ＦＢＩの専門家たち——ドラマに登場するようなスーツ姿だ——が誘拐当日の現場周辺の防犯カメラの映像を最新技術を駆使して再分析する、と語った。情報捜査官のルジャスには、パソル医師のパソコンにあった写真が撮影された部屋の特定を引き続き頼むと告げ、ルカモラのことはひらりとかわして、オラーヤ警部補に言葉をかけた。

窓の向こうでは、土砂降りの雨が建物に、傘に、車に、この世のすべてに激しく叩きつけている。その向こうではディアグナル通りを混乱に陥れ、さらに視界を広げれば、パドラルベス地区のどの通りでも水がごうごうと流れている。

ディエゴは、リビングの窓の向こうを見ていたが、雨を見ているわけではない。ぼんやりしたその目を見れば想像はつくが、彼の心はそこにはなかった。通りに沿って流れていくパラフィン紙の小さな船を黄色いレインコート姿の子供が追いかける姿も、ディエゴの目には入っていない。

「誰もが怪物を信じている」リビングにいるのはディエゴ一人だったが、そうぼそりとつぶやいた。「誰もがあいつは実在すると思っている」ふうっとため息をつき、頭をゆっくり揺する。「だからやはり現実なんだ」

ヒステリックな笑い声をあげる。頭に浮かんだ恐ろしい考えにぎくりとしたかのように唐突に窓から離れ、体を震わせ、髪を手で乱暴に乱しながら、ふらふらと室内を歩き始める。

「復讐のために僕の小説から脱け出した」歯のあいだから絞り出すように囁く。「また閉じ込めなければ。それができる方法は一つしかない」

等身大の鏡の前で立ち止まり、自分の目を見返す。

「世の中に真実を見せてやる」鏡像に向かって告げる。

ぶるぶると震えるだらしのない男が鏡の向こうからこちらを見ている。その表情を観察する。熱っぽいまなざし、不安定な笑み、右に左に揺れる頭……気がふれているかのようだ。正真正銘の狂人。頭のねじがはずれていると人が言う、まさにそれ。怖かった。人前に出たら、みんなそう思うだろうか？

また窓に近づく。雨音がリビングを満たし、家全体に広がる。今やどこにも人の気配のないこの家に。アリのにぎやかな笑い声がどこからも聞こえなくなって十日が経つ。そして今度はラウラがたてるやさしい物音まで消えた。静寂がたち込め、聞こえるのはときおり雨が窓にぶつかるリズミカルな音だけだ。ディエゴは携帯を取り出した。早朝にラウラの見舞いに行き、計画について話した。ラウラの意見が聞きたかった。賛成なら指を動かしてくれと頼み、ギプスをしたその手を注意深く見ていたが、ラウラはぴくりとも動かなかった。だがそれは、自分が狂人みたいに見えるからだとはかぎらない。鏡に映った狂人はじつに堂々としている。それに、もしかするとラウラには聞こえていなかったのかもしれない。頭を強打して今は意識のどこか暗い片隅に閉じ込められ、現実世界の音はそこまで届かないのだ。それでも、妻が賛成しようとしまいと、計画を実行しなければならない。息をつき、番号を押して携帯を耳に押し当てる。相手が電話に出たとき、ディエゴはこう告げた。

「怪物の真実を世間に明らかにしたい」

外では土砂降りの雨で通りがほとんど見えないほどだった。でも、雨はやみそうにもない。その後も何時間にもわたって飽かず容赦なく街を叩きのめし、夜が昼を呑み込む頃、むしろ勢いを増したかのようにさえ見え、世界は霧に沈み、幻灯のような様相を帯びていた。

問題はやまないことなのだ。バルセロナの町に雨は滝のように降り注ぎ、音楽を奏でる水の呪いに覆われているかのようだった。ダクセウス大学病院にも雨は降る。その病室のベッドには、腕にギプスをはめ、たくさんの機械につながれて、自分自身の闇に沈んだラウラが横たわっている。昏睡状態でも夢を見るのだろうか？　考えたり、思い出したりするのか？　彼女は本当にそこに存在するのか？　ディエゴの声ははたして聞こえたか？　わからない。雨音が聞こえているのかさえも。その雨は病院じゅうに、そしてバルセロナじゅうに叩きつけて轟音を響かせ、人々の眠りをその轟きで包み込む。それは夜を貫いて何時間も続き、やがてしぶしぶ夜明けが訪れてあたりがぼんやりと明るみ、火曜日の到来を告げる。

とはいえ、なかなか信じがたいことではある。これほど分厚い雨のカーテンが下りていては、その向こうで新たな一日が始まろうとしているとは思えなかった。こんな日に外に出ていつもの習慣をこなす気にはなれないから、今日はジムはパスだと、寝室の窓から外を見てオラーヤは思った。一日ぐらいさぼっても腹が出るようなことはない。部屋の隅にある小さなデスクでパソコンを開け、しばらくネットを眺める。新聞を見たり、メールを確認したりするうちに、体が緊張し始めるのに気づく。今日も署で厳しい一日が待っている。アレナは相変わらず無実を主張し、三番目の課題の日が近づいている。早く自白させなければ、職場で物笑いの種になる。仕事を始める前にジムで発散してリラックスしたいが、この雨じゃ……そのとき妻がベッドで伸びをする音がして、オラーヤはそちらを振り向いた。別の運動のことが頭に浮かぶ。

妻にのしかかるオラーヤの尻は、ルジャスが想像していたそれとは違っていた。体のほかの部分と同様にブロンズ色に焼けて、きれいに脱毛された完璧な尻を想像していた。でもこの数か月、すっかりおなじみとなったその尻は生白くて、脱毛処理もされておらず、にきびだらけだ。でもかえって人間的だと思えた。

去年のクリスマスにメールで送ったカードに、相手にはまずわからないウィルスを仕込んだのだ。オラーヤはノートパソコンをどこにでも持ち歩くので、今やルジャスはオラーヤの私生活をほぼ完璧に把握していた。食事の好みからセックスの作法まで、何もかも。妻とのセックスについては今まで四度目撃し、その都度急いで録画した。ルジャスはそれを宝物のように大事にし、何度も見返している。

今画面では、オラーヤはいつもの手順で事を進めている。今回は四つん這いスタイルにしたようだ。終わったとき、オラーヤは妻に愛してるよとか何とか二言、三言言ったあと、シャワーに向かった。ノートパソコンを消しに近づいてきた彼の顔には、今しがたの行為の痕跡はまったく残っていなかった。頭の中はすでに仕事モードに入っていた。たぶん、今度こそアレナに白状させるにはどこを責めればいいか、考えているのだろう。

ルジャスはパソコンの電源を切り、立ち上がった。彼女にも難しい仕事が待っている。署長直々に写真が撮影された部屋を特定しろと命じられた。署長をがっかりさせるわけにはいかない。それにもう遅刻しかけていた。でも、こんなふうに体の奥をほてらせたまま職場に行くのは気が進まなかったから、ベッドで急いでマスターベーションをする。目を閉じて思い浮かべるのはもちろん、警部補だ。

終わると急いでシャワーを浴び、不気味なメイクをしてアパートを後にし、地下鉄のサン・マルティ駅に向かった。もっとも、シャワーは省略してもよかったかもしれない。駅の出入口に到着したときには全身ずぶ濡れになっていたからだ。地下鉄に乗り込んだあとも、彼女の服装に向ける乗客たちの好奇や非難のまなざしをよそに、ルジャスはオラーヤとの真昼の情事の空想に専念した。

地上に出ると、雨は相変わらず、バルセロナの六十三地区すべてに延々と降り注いでいた。ゴシック地区の路地という路地を霞(かす)ませ、ラ・ブカリーア市場の金属製の屋根を速記者のキーボードよろしく激しく叩き、礼拝堂のファサード上方に住まう一角獣やライオンたちの喉からどっと流れ落ちる。強風にあおられてランブラス大通りから観光客が一掃され、店じまいした新聞や花の売店だけが、霧に霞む奇妙な小要塞のように取り残されている。そして海のほうに目を向ければ、今もまだアメリカの方角を律儀に指さしているコロンブス像のタイツもしとどに濡れている。港にひしめく白鳥のようにスマートな白いヨットの群れにも雨は叩きつけ、バルセロナ湾の水面に雨粒がぶつかるときには、どこか寂しげな、くぐもった穏やかな音を響かせた。

夜ともなると、もはやノアの洪水のような様相を呈していた。少なくとも、渋滞にはまり込み、駐車場までのろのろと車を進めているパラルタ判事の目にはそう見えた。助手席には、ひどく緊張した面持ちのバルガヨ署長が座っている。判事が彼女を家に迎えに行ったのは二十分前のことで、親切に傘をさしかけてエスコートしたおかげで、署長はまったく濡れていなかった。かたや判事はびしょびしょで、今しも顔をティッシュで拭い、丸めて灰皿に捨てたところだった。

「お腹が空いたなあ」と明るく言う。「あなたもそうだといいんだがね。何しろ今夜の夕食のメニューは格別だから。グルメ雑誌でも絶賛されていた」

「それはよかったわ」しかしその声はちっとも嬉しそうに聞こえない。「でも忘れないで。これは仕事よ。ビジネスディナー」

「もちろん。われわれがこうして何とか時間を合わせたのは、仕事の話をするためだ」判事はいたずらっぽく笑った。

「当然よ、リカール」さっと判事のほうを向く。「ほかのことを話す気はないから」

「だが、少しは気晴らししてもいいんじゃないか？　マドリードで二人のあいだに起きたことを考えれば……」

「あれはただの過ち！　そう話し合ったでしょう、帰り路に」

「ああ、わかってる。だが三日前にもまた起きた」判事がおずおずと言った。

「だから？　あれも過ちよ。あるいは、不満の捌け口と言ってもいい。すごくストレスの溜まる事件だから、何かでリラックスする必要がある、ただそれだけ。そんなこと話し合うまでもないと思ってたわ。愛と打算の違いぐらいわかるわよね、大人だから」

「もちろんだよ、シモーナ」

「よかった、同じ考えだとわかって。一瞬、あなたが勘違いしてたような気がしたから」

「まさか」判事は大笑いした。「おたがい気安い関係のつもりだった。それでおしまい」

　判事は大急ぎで計算した。まもなく駐車場に着いてしまう。レストランまではそこから歩いて五分もかからない。もし計画を中止にするなら、今止めなければもうチャンスはない。ポケットからこっそり携帯電話を取り出すと、通りから極力目を離さないようにしながらレストラン支配人のアンドレウのSNSアカウントを探した。そして《中止しろ！》と打ち込んで送ると、すばやく携帯をポケットに戻す。よかった、シモーナに気づかれなかった。あのままレストランに着いていたら、どんな騒ぎになったか……。

　車を駐車場に停め、出口に向かう。判事は署長のおしゃべりを聞きながら機械的にうなずき、雨が涙を隠してくれるのを待った。食事をしたら、それぞれ別々におとなしく自宅に帰る。彼を待つのは孤独。まあ、それでいいのだろう。いつだって彼は額面どおりに物事を受け取りすぎるのだ。

レストランに入ったとき、中止したにもかかわらず計画どおりに真っ暗な店内で突然ブルーノ・マーズの『あなたと結婚します（マリー・ユー）』が鳴り出すとは、もちろん判事は夢にも思っていなかった。そして支配人による派手な演出がひととおり終わったあと、パラルタ判事はバルガヨ署長に怒りの炎のたぎる目で睨みつけられる。彼のプロポーズ大作戦中止のメッセージは、支配人ではなく、妊娠がわかったばかりの妹アンドレアのアカウントに誤って送られていた。「中絶しろ（アボルタ）！」

人々のとまどいをよそに、雨は降った。夜間ずっと、町はザーザーと弾ける透明な経帷子に包まれていた。翌朝のニュース番組でもこの集中豪雨について報道していた。これまでのところ、一平方メートルあたり九十リットル以上の降雨量にのぼっており、平均降水量が最も多くなる初秋だとはいえ、年間平均降水量が六百ミリメートルの町にしては異常事態だという。淡々としたデータ情報のあと、この雨が町にもたらしつつある災害の様子が次々に映し出された。あふれる下水道、商店や建物一階の浸水、雨のせいで普段どおりの生活ができないと訴える巷（ちまた）の声、気候変動について解説する専門家……。

ルベール・ラバントスは、会社の休憩室の奥にある、大勢の同僚たちが群がっているテレビから目を逸らし、コーヒーマシンが小さなプラスチックのカップにコーヒーを注ぎ始めるのを見た。抽出が完了すると、二本の指でつまむようにしてカップを持ち、仲間たちのほうに向かおうとしたが、テレビの画面に突然ディエゴ・アルサの顔が現れたのを見て、足を止めた。

アルサ先生の娘が誘拐されてからというもの、どのテレビ局もニュースや情報番組で〝怪物事件〟の最新情報を大々的に取り上げたが、ちびちびとしか情報は開示されなかった。

「次に、アリアドナ・アルサの誘拐事件についてお知らせします」元教師の顔が消え、キャスターが語り出す。「関係者によりますと、警察の担当捜査班は容疑者を逮捕した模様です。容疑者の名前はまだわかっていませんが、同じ情報提供者によりますと、すでに何日か取り調べを受けているということです。さまざまな証拠が犯行を裏付けているようですが、何が逮捕の決め手になったのかについても公式にはまだ発表されていません。今のところわかっていることは以上ですが、また新しい情報が入りましたらお知らせいたします。警察が怪物逮捕を正式に発表するのは時間の問題だと思われます。ちなみに、第三の課題は明日正午に実施される予定です」

このニュースに同僚たちは色めきだった。ルベールは、あれこれ議論する彼らを遠くから眺めていた。自分とジュディがディエゴ・アルサの元教え子だったことは誰も知らないし、単なる事情聴取だったにせよ、事件について警察から話を聞かれたことについてはなおさらだ。当初から、このことについては他言無用にしようと二人で決めた。もし話したら一気に注目を浴び、事件が解決するまで質問攻めにされるだろう。ただの傍観者を装って進展を眺めるだけにしたほうがいい。心のどこかで、自分は特別観覧席にいるのだという興奮を抑えられないとはいえ。

キャスターは、今日夕方五時からラモン・ダル・バーヤによるディエゴ・アルサへの特別インタビューが放送されることを視聴者に知らせたのち、別の話題に移った。とたんに人々は関心をなくした。

「ということは、アルサは目をくり抜かなくても済むのかな?」経理部のジョルディが尋ねた。

「さあね。今のところ、課題の中止は発表されてないぞ」マーケティング部のフランが答えた。

「インターネットにもとくに情報はない」名前のわからないほかの誰かが言った。

ルベールは寂しく笑った。同僚たちはみな、三番目の挑戦が中止になる可能性を残念に思う気持ちを隠しきれていなかった。誰もがこの事件に憤慨し、恐怖を覚え、警察の無能ぶりをけなし、少女の運命を嘆いてはいたが、あくまでそういうふりをしているだけで、それは倫理観の最後のかけらであり、政治的正しさへの譲歩でしかない。同僚たちをはじめみんなが、犯人逮捕のようなありきたりな解決策で、人が自分で自分の目をえぐり出すような、のちのち孫に話して聞かせられる珍しい見世物が見られなくなるなんてあんまりだと思っているのだ。

ルベールは紙コップを握りつぶすとゴミ箱に投げ捨て、事件についてどう思うかと誰かに話しかけられる前に、急いでオフィスへと逃げ出した。絨毯敷きの廊下を歩きながら、ジュディが彼の勧めに従って二、三日休暇をとってくれてよかったと思う。元先生について同僚たちがあんなふうに話すのを聞いたら、耐えられなかっただろう。あの頃彼女は先生に少し惹かれていたのではないかと、ルベールは思っていた。

そのあいだも雨は絶え間なく降り続けていた。むしろその勢いは強くなり、ムンジュイック城にも激しく叩きつけた。そこに今も響くアナーキストや聖職者、ファランへ党員や共和派の叫び声をかき消そうとするかのように。サグラー・ココル教会では、キリスト像の頬をまるで涙のように雨が滑り落ち、大きく広げた腕の先で曲芸師さながら垂れ下がる。サグラダ・ファミリアの未完の大聖堂の複雑な造形のあいだを流れ落ちていく雨粒もある。色とりどりのステンドグラス越しに見える堂内に散らばる光も今は色褪(いろあ)せ、鬱の虫に取り憑かれた自殺者を誘い込む。

この雨、永遠に降りやまないんじゃないか？　リエラ刑事は水滴の滴る傘を手に、署の大部屋に向かって歩いていた。入口付近にオラーヤとルカモラがいて、何か言い争っているようだった。というか、容疑者はまもなく自白するとルカモラを説得するオラーヤに対し、ルカモラがうわの空で淡々とうなずいているように見える。リエラは二人に軽く会釈してから部屋に入った。すでに〈リスベット〉――リエラは心の中で、親愛の情をこめて、〈ミレニアム〉シリーズの主人公の名でルジャスを呼んでいた――はそこにいて、エンジン全開で仕事に集中していた。アルサ家の写真が撮影された場所の特定を署長から命じられたが、彼女なら死ぬ気で探し出すはずだった。ヘッドホンとマイクをつけ、伝説のピアニスト、ジェリー・リー・ルイスさながらの狂乱の手さばきで、キーボードを叩いている。

リエラが挨拶をしても軽く頭を揺らしただけだった。

リエラは肩をすくめて席についた。そして今日の仕事の準備を始めたその直後、ルジャスの突然の大声でびくっと跳び上がった。

「マルク、マルク！」ルジャスは派手に手を振ってわめいた。「はい、奥さん、ちょっと待ってください。今上司を呼んできますから」

「どうした？」すぐに警部補がドアを開けて言った。

「これ、聞いてください」ルジャスは息せき切って言った。

ヘッドホンを取って、机の上のボタンを押すと、八十代と思しき女性の声が室内に流れ出した。ルカモラも近づいてきたのでリエラも立ち上がり、一同に加わった。

「もしもし？」

「はい奥さん、聞いてますよ。今の話をもう一度お願いします」ルジャスは電話にかがみ込んで言った。「上司にも聞こえるようにスピーカーをオンにしました。写真の男性をご存じなんですね？」

「ええ、間違いなく借家人のバドッサ医師です」通話口の女性が言った。「あたし、ドラマとワイドショーしかテレビは観ないんだけど、たまたまニュース番組を観たとき、その写真が映ったの。怪物かもと思われていたけど、そのあと自宅で殺されたって……。恐ろしい話ね。でもふと、警察に電話して、この人、うちの借家人ですって話さなきゃと思ったの。うちの猫のニンファに相談したら、そうしろって。あたし、何でもニンファに相談するの。あの子の直感を信じてるから。間違ったことが一度もないのよ」

「部屋はどこにあるんですか？」

「娘さんが誘拐された作家さんの家の、真ん前の建物。でもね、思いもよらなかったの……バドッサ先生は真面目そうで、感じがよかったから。元奥さんとトラブルになってて、銀行の口座を監視されてるから、現金で払うと言ったのよ。あたしとしてはありがたかったわ。だって、税金対策になるでしょ？　ずっと税金を払い続けてきたのに年金は年々減らされるばっかり。ニンファに好物の高級ツナ缶だって買ってやれないくらいなのよ。とにかく、バドッサ先生はすごく真面目な人で、半年分の家賃を前払いしてくれたの。

きちんとしているように見えたわ。でも実際は……」

オラーヤは電話のスピーカーボタンを押して老婦人の声を消し、受話器を取った。

「奥さん、マルク・オラーヤ警部補です。お電話どうもありがとうございます。とても助かりました。お部屋を調べさせてもらうために、このあとすぐこちらからご連絡します」

そして電話を切った。室内に沈黙が降り、全員が今の老婦人の熱弁について考えを巡らせているようだった。リエラはオラーヤを見て、心の中の声を想像した。「つまり、あの医者のパソコンにあった写真は、誰かに仕込まれたものじゃなかったってことか。今のばあさんに借りた部屋で自分のカメラで自分で撮った写真をパソコンに保存しただけ。バソルが怪物なのか？　じゃあ誰がやつを殺した？　三通目の手紙を送ったのは誰だ？　医者の血で『私は生き、存在する、現実だ』と書いたのは誰なんだ？」混乱を隠せず、ぱちぱちと目をしばたたかせるオラーヤを見ていると、頭の中でそんな疑問がぐるぐる回っているのが手に取るようにわかった。近くの建物からアルサ家の写真を撮るアレナ・ルセイのイメージがしだいに消えていく。看護師に化けて医師のオフィスのパソコンに写真を埋め込もうとしたのを見つかって、彼を刺し殺したという推理も一緒に。そんなことを考えたこと自体、今では馬鹿げて見える。くそ、と思っているに違いない。くそ、くそ。今朝早く、怪物事件の容疑者を確保したとメディアに公式声明を出した。それは容疑者の氏名の発表に先立つ、いわばドラムロールだ。記者会見を開いてそこで勝利宣言し、そのあと祝杯をあげる予定が実現しないことはもはや明らかだった。アレナは今もまだ自白を拒み、彼女の有罪は刻々と怪しくなる一方だった。

しかしリエラは、彼女が犯人だと思ったことは一度もなかった。ルカモラに目を向けると、謎めいたまなざしを返してきた。だから最高の笑顔を送った。怪物が誰か、充分すぎるほどわかっていた。そうとも、火を見るよりはっきりしている。そして今夜ついに捕まえに行くのだ。

外では、まわりにおかまいなく、延々と雨が降り続いている。防空壕（ぼうくうごう）の避難民のようにホテルやペンションに身を寄せ合う観光客たちが、さまざまな言語で自分の運の悪さを嘆く一方で、グラシア通りはひとけもなく、ただ雨に濡れそぼっている。その雨はカサ・ミラの波打つファサードの上にも、雪山を思わせる青みがかった白い帯状装飾の上にも、バルコニーを覆う錬鉄製の蔓（つる）の上にも、兜（かぶと）をかぶったらせん状の煙突の上にも降りかかっている。

編集者のタジャーダは、カナル15局のスタジオの窓からその雨を心配そうに見ている。とはいえ、彼が心配しているのは雨ではなく、スタジオに現れたディエゴの惨状についてだった。

金メッキの施された腕時計にまた目を落とす。もうすぐ午後五時。ラモン・ダル・バーヤ司会の特別番組に生出演するまであと十分しかない。だが、何とか二語以上の文章がしゃべれるくらい、兄が彼をしゃきっとさせられるかどうか、まだわからなかった。

去る月曜日にディエゴから電話があり、ダル・バーヤの番組でインタビューを受けると言ってきたときには、本当に驚いた。ずっと拒み続けてきたというのに、今になって「怪物の真実を世間に明らかにしたい」とは、にわかに信じがたい。言葉の意味はよくわからなかったが、チャンスを逃すつもりはなかったし、それはカナル15局のお偉方も同じだった。すぐに水曜日の番組編成に変更が加えられ、怪物事件の特別番組が組まれた。番組最大の目玉はディエゴ・アルサのインタビューだ。こうして、罠にはまった子イノシシさながらコウノトリの拷問に耐え、恐ろしい第三の課題を翌日に控えた男がテレビ局にひょっこり現れた。独占インタビューのホスト役は、相手の懐に深く切り込み、辛辣なコメントをし、魅力的な話を引き出す天才人気インタビュアー、ラモン・ダル・バーヤだ。視聴率はうなぎ登り間違いなし。

そして、当のディエゴは目を開けていられないほど泥酔し、風呂に入った様子もなく、髪はぼさぼさ、皺だらけの服という風体で現れた。だが、それはいい、とタジャーダは自分を励ました。大事なのは、彼が現れたということだ。ほかの人間なら家で酔いつぶれていただろう。明日の課題実行を警察が阻む可能性は刻々と少なくなっている。今朝、容疑者確保という声明が出されたが、その後はいっさい発表がなく、課題の中止についてはそれこそ何の情報もない。じつは世界中がゲームの継続を望んでいるのではないか、とタジャーダは思った。誰もが大団円を見たがっている。この事件で得をした者は多く、とりわけ彼は大儲けした。この十日ほどで『血と琥珀』は爆発的に売れ、過去十年間のあらゆる書物の売り上げ記録を塗り替えた。まだ集計はできていないが、聖書と比べても見劣りしないはずだ。おかげでディエゴの次回作を求める声が、所属出版社からだけでなく、世界中から殺到していた。二十年以上にわたる編集者生活で、こんな経験は初めてだった。『血と琥珀』は今話題だというだけでなく、歴史的にも唯一無二の本だ。だが、この不幸な事件を利用しているのはタジャーダだけではない。全世界のあらゆるメディアが、目が無傷で済むにしろ失うにしろ、娘が生きていようといまいと、この哀れな父親を巡って争奪戦を繰り広げていた。

　タジャーダは、この状況に虫唾が走ると同時に魅了されてもいた。警察は怪物を必死に捜しているが、藁の中で針を見つけるようなものだった。あの頭のおかしな怪物ファンクラブの連中が言うように、人は誰もが怪物なのだから。怪物は、古地図に描かれているような地上のはるか彼方、空想でしかたどり着けない場所にいるわけではない。わが家のすぐ隣に住んでいるのだ、とタジャーダは詩人を気取って思う。ごく普通の人間の心の中で身を潜め、倫理観という鎖につながれているが、一瞬の隙をついて逃げ出そうと待ちかまえている。

廊下の奥に兄と一緒にディエゴが姿を見せたとき、タジャーダは安堵のため息をついた。ついに限界かと心配し始めていたのだ。怪物は獲物の忍耐力を読み間違え、さすがのディエゴも力尽きてしまったのでは、と思い始めていた。だが、ディエゴは現れた。どちらかというと死人のように見えるとはいえ。足を引きずり、目の隈はメイクでも隠しきれず、そのまなざしには背筋の寒くなるような不穏な光が宿っている。近くまで来たとき、なかなか目の焦点が合わないかのようにしばらくこちらをじっと見つめ、やがて麻酔から覚めた患者さながら弱々しく微笑んだ。

「ディエゴ、具合が悪そうだな。本当に大丈夫か？　インタビューはやめてもいいんだぞ？」心の広いところを見せて言う。だが本気だった。今さらインタビューをテレビで流しても遅すぎると思えた。

「いや……みんなに真実を知ってもらわないと。僕は……」自分で自分の話がわからなくなったかのようだったが、すぐにわれを取り戻した。「本当のことを全部話すつもりだ」

タジャーダが説得する暇もなく、プロデューサー風の男がどこからともなく現れて、音声係がマイクをつけるので、と説明しながらディエゴをさっさとセットに連れていってしまった。エクトルと彼は小部屋に案内された。そこにあるモニターでインタビューの一部始終を見られるらしい。細長い部屋で、奥に窓があり、雨が降り続く外の様子が見える。家具類といえば、少しもおいしそうに見えないカナッペがお盆の上に並ぶ小卓と、座り心地の悪そうなしゃれたソファーがあるだけだ。タジャーダはソファーの片端に深々と座り、エクトルはプラスチックの皿にカナッペを山のように盛ってから反対側の端に腰を下ろした。大丈夫ですね、と問いかけるようなつもりでちらりとそちらに目を向けたが、エクトルのほうはタジャーダを無視し、むしゃむしゃとカナッペを齧りながらモニターを睨んでいる。タジャーダはなんとなく気分を害してうつむいた。ドブネズミか何かみたいにこちらを見下すエクトルの態度に、だんだん腹が立ってきた。なんでそんなふうにないがしろにされなきゃならないんだ？　私が何をした？　たしかに誘拐事件のおかげで大儲けしたかもしれない。だが、仕方がないじゃないか、チャンスが勝手に舞い込んできたんだから。不幸というのは飯のタネになると相場が決まってる。たとえば戦争が起きれば、平時に比べて大金が動く。世界中の誰もがそう知っている。それに、自分がその金を拒んだところで、少女が救えるわけではない。だいたい、儲けたのは私だけじゃないだろう。まずディエゴ自身、懐にどんどん金が転がり込んでいる。エクトルだって、何日か前に同じスタジオでインタビューを受け、お相伴にあずかった。だから、高潔の士みたいに振る舞うのはよせ！　タジャーダはまたちらりとエクトルを見て、相手がこちらをじっと睨んでいるのに気づき、ぎくっとした。そのまなざしから滲み出る強い、揺るぎのない軽蔑の色に耐えきれず、うつむいた。

「最近、どうだい？」ぎこちない沈黙を破るため、タジャーダは言った。そのとき、エクトルの右手のひどい怪我に気づいた。「おい、どうしたんだ、それ?」

「爛れたんだ……ええと、酸で」急いで袖を下ろして隠しながら、エクトルが答えた。

「酸? 何の酸で?」そんな答えが返ってくるとは思わず、驚いて尋ねる。

「何でもいいだろ」

「まあ、でもすごく痛そうだな。だが、ネットカフェでそんな危険な酸を使うなんて、知らなかった」

「ああ、いや、俺はアレルギー持ちなんだよ」エクトルはしどろもどろになっている。

「パソコンを掃除するのに使う薬剤に反応して……」

「手袋をしろよ」


そのとき戸口から誰かが顔を覗かせ、まもなくインタビューが始まると知らせた。十秒ほどでオンエアだという。タジャーダはほっとしてモニターに目を向けた。つまらない会話にうんざりしていたからだ。

ところが画面に映るディエゴの顔を見たとたん、がっくりした。彼は椅子の端に腰かけ、ぼんやりした顔でゆらゆら体を揺らしている。これじゃうまくいきっこない、と思ったが、そのとおりになった。ディエゴはダル・バーヤを見ていなかった。質問されても、相手が五十メートル以上離れたところにいて声がよく聞こえないかのような反応だ。もどかしい無言の時間がしばらく続いたかと思うと、一言だけ、あるいは呻き声だけが返ってくる。

もう少し長く返事をしたとしても、意味不明で、聞いていてぞっとした。五分も経つと、先行きが不安になってきた。ダル・バーヤの困惑した表情がすべてを物語っていた。彼がプロとして何とかうまく進行させようとするものの、ディエゴは従わない。タジャーダは汗をかき始め、担当作家のこの錯乱状態が自分の今後の収入に吉と出るか凶と出るか、見極めようとした。

彼の思惑をよそに、ディエゴはいらだたしそうに鼻息を漏らすと背筋を伸ばし、ダル・バーヤの目を見据えた。タジャーダは、ディエゴが不気味な笑みを浮かべるのを見て、たまらなく不安になった。

「怪物は存在する」ディエゴは言い放った。

ダル・バーヤもぞっとしたように眉を吊り上げた。

「それは象徴的な意味で……だよね？」

「違う。本当にいるんだ」ディエゴは大真面目だった。

ダル・バーヤは目を丸くした。唾をごくりと呑み込み、しばらく無言でゲストをまじまじと見つめる。生放送で沈黙は厳禁だとふと気づいたらしく、気の利いた反論か、お得意のぴりっとした一言を返そうと知恵を絞ったが、何も思い浮かばないようだ。イヤホンからも、同じような沈黙が彼のもとに届いているはずだった。調整室でも、スタッフ全員がぼうっとしていたからだ。

「確認していいかな、ディエゴ」ダル・バーヤはかの有名な笑みを浮かべた。何と言っても彼は一流のテレビスター、ラモン・ダル・バーヤであり、どんなにあまのじゃくなゲストでも、相手に気づかれないように上手に操って思いどおりにしてしまうのだ。「つまり、あなたが最初の小説で創り上げた怪物が、本当に存在する、ということ？　街を歩きまわり、呼吸し、食事し、水を飲み……下品で申し訳ないが、トイレにも行く、と？」

ディエゴは重々しくうなずいた。ダル・バーヤの冗談めかした物言いに、明らかに憤慨していた。

「あなたや私みたいに？」司会者ははっきりさせたくて、念を押した。

ディエゴは急に敵意をこめて相手を睨んだ。ダル・バーヤこそが怪物だと言わんばかりだ。

「そうだ」くぐもった声で答える。

「ふむ……では、あなたの小説のキャラクター、つまりあなたが創造したフィクションの人物が、何かの魔法によって現実になり、肉体を手に入れて、娘さんを誘拐したわけか」

ディエゴは無言でしばらく相手を見ていたが、やがて首を横に振った。

「いや、そうじゃない」

ダル・バーヤは、とまどいと安堵の入りまじる目でディエゴを見ている。「じゃあ……」

「アリアドナを誘拐したのは別の誰かだ」ディエゴは相手を遮り、ゆっくりと嚙みしめるように続けた。「模倣犯だ。だがそのあと、人々が怪物の存在を信じるようになった。誰もがこのマントラを唱え始めた。『私は生き、存在する、現実だ』……」

「うん、そうだ」ダル・バーヤは片手を持ち上げた。「怪物フリークの一団のスローガンだよね。グループ名、何だっけ?」メモを確認し、首を振り振り言う。「そう、『われわれ誰もが怪物だ』。この話をあなたとしたいと思ってたんだ。一部のメディアやSNS利用者たちは軽薄すぎる。娘さんの誘拐について……」

「ただのスローガンじゃない」ディエゴが軽蔑も露わに遮った。「マントラだ。言葉には力がある。軽々しく使っちゃいけない。言葉は、この世界において、とてつもないパワーを持っている」それを聞いたタジャーダはゆっくりと首を振った。ディエゴはまた頭がどうかしてしまったらしい。「言葉には計り知れない魔法の力が宿っている。言葉がなければ、何も存在しないも同然だ。机は、そう名づけられなければ、机じゃない。言葉がそれを机にするんだ。言葉は創造し、破壊する。世界を動かすエネルギーなんだよ。怪物は存在すると人々が言えば、それで怪物は存在し始める。だからやつは存在するようになったんだ」きっぱり言った。

ダル・バーヤはうなずき、考え込むように顎を撫でた。

「そのマントラが怪物を目覚めさせたのか」

「そうだ」

「つまり、あなたの小説から怪物が脱け出して……この現実世界に現れた、と?」ダル・バーヤは眉をひそめ、作家の恐ろしい言葉を理解しようとした。「でも、娘さんを誘拐したのが怪物でないなら、何のためにこの世界に来たんだろう?」

タジャーダは、ディエゴが震え出した体をぎゅっと抱きしめ、その目が激しく揺れ始めるのを見た。

「偽の神たちを罰するためだ」

「偽の神? 申し訳ないが、意味がわからない」ダル・バーヤは慎重に言った。

わからないのはあんただけじゃない、とタジャーダは思い、地平線の向こうで彼を待っていた札束の山が、ディエゴが一言発するたびに小さくなっていくのを眺めていた。

「模倣犯たちだよ。怪物は模倣犯を忌み嫌う。そのために現れたんだ。連中を罰するために。どこに隠れていても、怪物は必ず捜し出し、叩きつぶす。誰も助からない。怪物の真似をしていた連中は全員死ぬ! 生き延びたと思っても、それは幻想だ」ディエゴは身の毛のよだつような、正気とは思えない笑い声をあげた。「実際、やつらはもう死んでいる。歩く死体なんだ。それから……」また生真面目な表情になり、恐ろしげに顔を歪める。「怪物は挑戦ゲームを終わらせる。ゲームに幕を下ろすことができるのは、怪物だけだ。あのゲームは、彼自身が編み出した復讐のやり方だ。それを連中が盗んだ!」

そうしてまくしたてたあと、ディエゴは息を切らして口をつぐんだ。タジャーダは、今聞いたわけのわからない世紀末的な話が信じられず、口をぽかんと開けた。「でも、どうやってそんなことがあなたにわかるんだ、ディエゴ？　勘違いってこともあるのでは？　怪物自身のお墨付きが必要だと思うんだが」そこで無理やり笑ってみせた。「とにかく、彼はそんな気の滅入るような目的で現れたわけじゃないかもしれない。ちょっと散歩して、冷えたビールでも楽しむか、程度で。異次元世界に現れた者なら、余計な騒ぎは起こしたくないと思うのが普通じゃないかな……」

ダル・バーヤは視聴者に同意を求めるように、カメラに向かって皮肉めいた笑みを見せたが、ディエゴに血走った目でじっと見つめられているのに気づき、青ざめた。

「本人に聞いたから知ってるんだ」妙に間延びしたしわがれ声でディエゴは答えた。「あいつは僕に夢で話しかけるんだよ。僕が子供の頃からずっと」

ダル・バーヤは相手を不安げにしばらく見つめた。タジャーダはダル・バーヤの心の声を聞いた――こいつは気がふれている、ひょっとして危険じゃないのか。もし襲いかかってきたときには、警備員がすぐに取り押さえてくれるだろうか？　だがその一方で、これは大スクープだとも思っているはずだ。ごみくずのようなほかのワイドショーとは一線を画す、真面目で感動的なインタビューではないかもしれないが、だから何だ？　視聴率は雲をつく勢いで伸びているに違いない。今や時の人となった目の前の男は、娘を誘拐されて以来さまざまな艱難辛苦（かんなんしんく）を経て、ついに頭がおかしくなってしまったということが、今明らかになりつつあるのだ。ディエゴ・アルサは気が狂ってしまった。インタビュー中に話の方向が何度もわからなくなったとはいえ、スクープを伝えていることは間違いない。

タジャーダは、ダル・バーヤが心の中で揉み手をしているのが目に浮かぶようだった。

「あなたが子供のときから？」ダル・バーヤは、声に驚きと関心をちょうどよくまぜながら、打ち明け話を聞くような口調で尋ねた。「つまり小説を書くよりはるか前に、『血と琥珀』の悪役を創造していたということか！　すごいな」

ディエゴは相手をちらりと見て、きしむような声で笑った。ぞっとする笑い声だった。狂気の笑いだ。

「僕が創造したんじゃない。怪物は実際にいたんだ。大昔、この世界で生きていた。十九世紀の終わりに亡くなったが、僕らが召喚した。僕らのせいで、静かな眠りを邪魔されたんだ」

「僕ら？」ダル・バーヤがとまどったように尋ねる。

ディエゴは身を乗り出した。目が血走り、眼窩から飛び出しそうだ。

「友人たちと僕が」かすれ声で囁く。「ウィジャ盤で黄泉の国から呼び出した。それでやつの怒りを買ったんだ」

何を馬鹿なことを言ってるんだ！　タジャーダとしては、こんな茶番はもうたくさんだった。じっとしていられず、思わず立ち上がる。エクトルに目をやると、無表情でモニターを眺めている。タジャーダは首を振り、ため息をついた。落ち着かなければ。ディアグナル通りを走りまわるか何かして、鬱憤を発散したかった。だが窓辺に近づくだけにとどめた。そうして、再び話の主導権を握ろうとするダル・バーヤの声を聞いていた。

「つまりこういうことかな。あなたが子供のとき、友人たちと一緒に怪物を呼び出した……」

「僕は怪物を創造してはいない」ディエゴはもどかしげに相手の話を遮った。「あいつのための話を書いただけだ。ふさわしい世界を創って、そこにあいつを閉じ込めた。自分を救うために。友人たちみたいに、あいつに殺されないように」

タジャーダはまたモニターに目を戻し、ダル・バーヤがごくりと唾を呑み込むのを見た。何の話かさっぱりわからないのだ。だが、誰が責められるだろう。やがて画面にはディエゴのクローズアップが映し出され、タジャーダは、ディエゴの頬に涙が流れているのに気づき、驚いた。彼はそれを拭おうともしない。やがて、恐怖と同情にまみれたまなざしを無言で作家に向けているダル・バーヤの顔に切り替わった。

「だが、今やつは、紙の牢獄から脱出してしまった」ディエゴが言った。「僕にはわかってる。あいつが夢でそう言っていたから。世間が彼を信じる心が彼に力を与え、僕が何年も前に封印した原稿からどうにかして逃げ出したんだ。やつは今、自由に歩きまわっている、われわれのすぐ隣を!」彼は叫び、いきなり立ち上がったかと思うと、カメラにずかずかと近づき、錯乱した様子の顔をレンズにぐいっと寄せてわめいた。「わかるか? われわれのすぐ隣にいるんだ。自分が考え出した復讐ゲームをわが手に取り戻そうとしている!」

そこで映像がぷつんと切れた。タジャーダはしばらくそのまま呆然としていた。エクトルを見ると、相変わらず無表情でモニターを眺め——今はカナル15局のロゴが映っている——口に運ぶ途中のカナッペを持つ手が中途半端に宙に伸びている。狂気の淵から真っ逆さまに転がり落ちた弟のことをどう思っているのか、まるでわからなかった。タジャーダはため息をつき、また窓に顔を向けてガラスに額を押しつけた。これでディエゴの作家としてのキャリアはおしまいなのか? 自分もその道連れになるのか? そのときふと、雨がやんだのに気づいた。遅れて落ちてきた雨粒が一つ、窓ガラスにぶつかり、ジグザグに滑り落ちていった。それは雨降りに終止符を打つ、最後の一滴だった。信じられないことだが、最後の一滴もまた、必ず存在するものなのだ。

30 怪物が来るぞ！

夜の帳が下りて、すでに数時間が経っていた。インタビューの途中でようやく雨があがり、今あたりを包む穏やかな静寂を破るのは、木の枝から車の屋根に滴が落ちるにぎやかな音だけだ。

「怪物は模倣犯を忌み嫌う」ディエゴは言った。

バックミラー越しに、怪物がうなずくのを見た。

「そのとおり」マスクでくぐもった甲高い声で言う。「そして、私の真似をした者は全員殺す。私の目は何も見逃さないとおまえも知っているだろう」

鏡に映る邪悪な目のきらめきにうっとりしながら、ディエゴは傍から見たら気づかないほどかすかに首を横に振った。

「いや、もし僕が何とかできれば……」独り言のようにつぶやく。

後部座席の怪物は肩をすくめ、身を乗り出した。彼が発する強烈な臭いがディエゴの鼻を突き、咳が止まらなくなる。

「こんなことが本当に役に立つのか？」どこか心配そうな、聞き覚えのある声が言う。

ディエゴはうなずき、ぎゅっと握っていたハンドルから手を放して車を降りた。怪物には目も向けず、通りの向こう側にそびえたつ屋敷に向かって歩き出す。「怪物は模倣犯を忌み嫌う」まるでマントラのようにぶつぶつとそうくり返しながら、近づいていく。モデルニスモ様式のドラゴンを掲げた錬鉄製の巨大な門扉の前で立ち止まり、監視カメラに注意深く見守られながら、塀のインターホンに執拗に呼びかけた。

「開けろ、ビエル！　ディエゴ・アルサだ。君と話がある！」

応答はなかったが、ディエゴはしばらく待った。あきらめずにまたボタンを押そうとしたとき、彼を導くように門がゆっくりと開いた。小径の敷石でつまずきながらも広い庭を大股でつっきり、屋敷の玄関口にたどり着いたとき、呼び鈴を押す前にドアが開いた。だが、ドアの向こうにいたのはビエルではなく、男女のカップルだった。顔を見るのは十数年ぶりだが、すぐに誰かわかった。

「ルベール、ジュディ……」ディエゴは目をぱちくりさせた。アルコールの靄越しに相手に何とか目の焦点を絞る。

二人はこちらを驚きと不安の入りまじった目で見ていた。

「アルサ先生」ルベールがジュディをちらりと見てつぶやいた。「ここでいったい何を？」

ディエゴはすぐに、二人が顔をしかめるのがわかった。きっと、自分にまとわりついているウィスキーと汗の饐えた臭いのせいだろう。堂々と部屋に入ろうとしたが、たちまちよろけて、派手に膝をついた。

「申し訳ない……」床で四つん這いになったまま、ルベールの脚をつかんで呻く。「君たちを救いに来たんだ……怪物が君たちを襲いに来る」

「ええと、いったい何の話ですか？」ルベールはその手をよけて一歩後ずさりしたが、幽霊のように顔が真っ青だった。

ディエゴはバランスを崩してうつ伏せに倒れた。両手をついたからよかったものの、危うく歯を床にぶつけるところだった。

「わかるよ……本当にわかる……」ディエゴはすすり泣いた。「君たちにひどいことをした。臆病だったんだ……だが、どうか許してくれ」

ルベールは困ったように恋人を見た。ジュディは震えながら自分の体を抱き、ディエゴを不安そうに眺めている。

「心配しないでください……先生」ルベールはどう呼びかければいいかわからず、言葉に詰まりながら言った。「謝る必要なんかありません」

「いや、あるよ」ディエゴは膝をついた。「君たちが僕をいちばん必要としていたときに、放り出して立ち去った。君たちを裏切ったんだ。だがわかってくれ。僕は怖かった……いつだって、何もかもが怖かった。怪物のせいで、つねに恐怖を抱えて生きなければならなくなった。あいつが僕を今の僕にしたんだ」

「先生、謝らなくていい……」

「だが決めたんだ。もう恐れない、と。僕はずっとあいつから逃げてきた」ディエゴは苦労して立ち上がろうとした。「だが、それも終わりだ。僕はもう逃げない」

いざ立ち上がると、あたりをぼんやりと見まわした。

「ビエルはどこだ？　ここにいるのか？　彼とも話をしないと」

「はい、キッチンにいます」ルベールが答えた。「じつは、食事に招かれたんです。もしよければ、一緒に行きましょう」

「頼む。彼にも話を聞いてもらわないと」ディエゴはもごもごと言った。「先日、入院中に、彼のおかげで大事なことに気づかされたんだ」

「ビエルが病院に？」ルベールは驚いたようだった。

「『リテラマ』マガジンの僕のインタビュー記事を読んだと聞いたよ」ディエゴはルベールに顔をぐいっと近づけた。しかしルベールのほうはできるだけ離れようとした。「僕の話に君たちみんなとても心を打たれたそうだね。だからこそ、君たちを救いに来たんだ。いろいろあったが、君たちを死なせるのは忍びない。怪物にどうしたら勝てるか、教えに来た」ディエゴはふらふらしながら怒鳴った。

ルベールは、ディエゴが倒れないように支えなければならなかった。ジュディと一緒に元教師を抱えて長い廊下を進んだ。そのあいだも先生は意味の通らないことをしゃべり続けている。やがて小部屋に突き当たった。ルベールから、先生に水をあげてくれ、と頼まれたジュディは、隅にあるミニバーに夢遊病者のように近づき、ミネラルウォーターのボトルを手にすると、ディエゴに差し出した。

「先生、飲んでください」ルベールが伝えた。「少しは落ち着きますよ」

ディエゴはボトルには見向きもせずに、ジュディの腕をつかんだ。

「君たちを許す」突然そう厳かに告げた。「僕は君たちの罰を受けて当然だ、ジュディ。甘んじて受けよう」

ジュディは怯えたように彼の手を振りほどいた。ルベールを見たが、彼が何か言おうとしたとき、戸口から興奮した声が聞こえた。

「アルサ先生！」

ビエルが腕を大きく開いて近づいてきた。珍妙なエプロンをつけ、いつものまぬけな笑みを浮かべている。気づくと、ディエゴはもう大げさなしぐさでハグされていた。

「大丈夫ですか、先生？　いやいや、あまり元気そうに見えないな。じつはあなたのインタビューを三人でテレビで観て、とても心配していたんです、なあ？」ビエルはまだディエゴの肩を抱いている。

「もうやめるんだ、ビエル」ディエゴは顔をしかめ、懇願するように言った。「僕の娘を返さなきゃだめだ」

　重くねっとりとした沈黙が降り、三人の元教え子はとまどった顔でディエゴを見つめた。

「は？」ビエルが唐突に声を出した。

「頼む、否定しないでくれ！」ディエゴは一人ひとりに順に目を向けた。「もう時間がないんだ。怪物はすぐそこにいる。君たちのために、娘のために来たんだ！　あいつはまず君たちを殺し、そのあと僕に借りを返させようとするだろう。血と琥珀の借りを！　だが心配しなくていい。僕はやつを退治する方法を知っている」考えをまとめようとするかのように首を振る。「君たちが警察に自首すれば、怪物など存在しなかったんだと誰もが認めるしかなくなるだろう」突発性の引きつけでも起こしているかのように体を震わせ、髪をいらだたしげにかきむしりながら、部屋の中をうろうろ歩き出す。「ネットのあちこちでマントラをくり返し唱える声も消えるはずだ。やつに力を与えた言葉が、今度はやつに背を向ける。怪物は衰弱し、僕の手でまた原稿の中に封じ込めることができるだろう。一度そうしてやったように」

　三人は愕然とした表情で、元教師を見つめた。最初にわれに返ったのはビエルだった。

「でも先生、僕らは娘さんを誘拐なんかしてません」冷静に告げる。

「いや、君たちのところにいる」ディエゴは引き下がらない。「怪物が僕にそう言った」

「怪物が？」ルベールの声は震えていた。

「完全にどうかしてる」ジュディが半泣きで言った。

「すみません、先生……」ビエルが割って入った。「やっぱり具合がよくないように見えますね。発作か何か起こしてるみたいだ。医者に診てもらうべきです。どうか……」

「ああ、大変だ！」ディエゴは目をかっと開け、口を歪めて、ぞっとするような表情であたりをきょろきょろ見まわした。「やつが近づいてくる。感じるんだ。怪物が僕らを襲いに来る！　娘を奪いに！　もう時間がない。やつを倒すのを助けてくれ。さもないと全員殺される！」

ルベールとジュディの形相が変わり、すっかり青ざめていた。一方ビエルは唇に皺を寄せ、不快そうに顔をしかめた。

「残念ですが、警察を呼ぶしかないですね」きっぱりと言う。「僕もゲストたちも怯えています。それに、その状態ではお気づきではないかもしれませんが、あなたは僕らにとんでもない濡れ衣を……」

ディエゴがからからと笑った。「警察を呼べば助けてもらえると思うのか、ビエル？　あの怪物から？」

「わかった、もういい」ビエルはもどかしげに鼻を鳴らし、ズボンのポケットから携帯電話を取り出した。「すみませんね、先生。でもそうするしか……」

そのときジュディが人間の声とは思えないような金切り声をあげ、庭に面したガラス戸を指さした。呆然とした彼女の視線を全員が追う。闇の奥に、朱色の光が震えていた。篝火（かがりび）のように見えたが、しだいに大きくなっていく。それが何にしろ、こちらに近づいてくるのがわかった。近くに来るにつれ、長く伸びる揺れる炎がしだいに人間の輪郭をとり始めた。全員が息を呑んだ。数秒もすると、幻めいたそのシルエットはすらりと背が高く、血飛沫の散る手術着を着ていることが見て取れるようになった。そして燃えていた。オレンジ色に輝くマントさながら炎に覆われているにもかかわらず、人影自体は何の影響も受けておらず、まるで炎と一体になっているかのようだった。怪物はガラス戸の前で立ち止まると、四人をじっと見据えた。キャップとマスクに挟まれた底知れぬ黒い瞳には、自分の存在を踏みにじった彼らへの激しい怒りが滲んでいた。

第二部

怪物

映画の価値は、悪役で決まる。

――アルフレッド・ヒッチコック

31
悪いのはただ一人

ジュディはランブラ・ダ・カタルーニャ通りに数あるテラス席の一つに座り、後ろめたいと同時にわくわくしながらベルモットを飲み干した。こんな気まぐれは許されないとわかっているが、だからこそそうやってサンダルと帽子姿の観光客のようなふりをしてくつろいでいる。彼らは、まるで枕の下からお金がいくらでも湧いて出るかのように、ためらいもせずに散財している。私だって同じように、いい天気に恵まれた六月のバルセロナをのんきに楽しんだっていいはずだ。

数日前から昔の不安が舞い戻ってきた。じつは今までも消えたことはないが、以前に比べればだいぶやわらぎ、忘れていられた。でもどんなきっかけでも――悪夢、テレビで見た悲しいニュース、上司の心ない返事――それはまた頭をもたげ、するとまたすべてが始まった。何日ものあいだ、肺が空気を拒むかのように、呼吸をするのも難しくなった。とくにその日は不安が最高潮に達した。もちろんルベールには言えない。自分でも自分がわからないのに、彼にどうしてわかる？　そこそこ面白い仕事をし、愛してくれる恋人がいて、若く、きれいで、健康だ。つまり未来は明るかった。恐ろしい過去ははるか後方に置いてきた。二十七歳になった今、子供の頃彼女を虐げた連中はもう姿が見えないくらい遠ざかっている。なのに、なぜこんなに気がふさぐのか。わからないけれど、おまえは楽しんではいけないのだと何かが彼女を妨げ、倉庫に忘れられたパーティグッズのように、心の奥にあるはずの陽気さを封じ込めているのだ。

ひりひりする痛みをやわらげようと、無意識に腕をこする。暑いのに長袖を着ているのは、今朝ナイフを軽く滑らせたときの傷を隠すためだ。生々しい傷を見たらルベールがなんて言うだろうと思ったが、彼はいつもうわの空だ。彼の前でもうずいぶん服を脱いでいない。二人の関係はしだいに結婚五十年の老夫婦のようになりつつあった。

ウェイターに合図をすると、すぐに小さな皿にのせた勘定書きが来た。観光客価格だったけれど気にせずクレジットカードを渡し、逃げるように店を後にして、近くの地下鉄の駅に向かう。迎えに来てくれるリムジンも運転手もいないから、通勤客に揉まれながら帰宅するしかないのだ。

駅まであと数メートルというところで、こちらに近づいてくる男にふと目が留まった。好みのタイプだった。背が高く、ジムでしっかりと鍛えているのがわかり、整った顔立ちをしている。でも、何より彼女の心をとらえたのは、その黒い目のまなざしだった。人を震え上がらせるような危険な視線、そして颯爽（さっそう）とした足取り。誰の許可もなしに欲しいものを手に入れることに慣れている男。鮫を思わせる捕食者。一目見ただけで、久しくなかったくらい興奮した。最近、激しく犯されたいとなぜか空想してしまう。ニュース番組でレイプや誘拐の報道を見ると、浴室にこもってマスターベーションにおよぶほどだ。そして今、通りの真ん中で同じ欲求に駆られていた。彼がいきなりこちらにやってきて、通りの真ん中で自分を凌辱する場面を思い浮かべる。早く帰宅して、どこか邪悪なそのまなざしを、征服者の雰囲気を、浴室で思い返そう。

「ジュディ？　ジュディ・ルケかい？」

その見知らぬ男が目の前で立ち止まり、眉をひそめてこちらをしげしげと見ている。ジュディは驚いてうなずき、男の顔がみるみる輝き出すのを眺めた。

「そうだと思った！　うわ、でも変わらないな。僕が誰かわかる？」

ジュディはしばらく相手をじっと見た。

「ビエル？」

見知らぬ男は、そのちょっと人を小馬鹿にしたような笑みを顔全体に広げた。まさか、ビエルだったなんて！　太っちょでお人よしのビエル……。

二人は笑いながら挨拶し、カタルーニャ広場へ向かって流れる人の群れの真ん中で、この十年間について急ぎ足で話し始めた。いや、話していたのはおもにジュディで、少しでもみずからの存在に意味を見出したくて、自分を主張する必要に駆られているかのような性急さだった。ビエルは親身になって話を聞き、ときどき冗談を言ってはジュディを笑わせた。そんなに笑ったのは久しぶりだった。でも何より彼は何も裁かず、客観的に眺め、大仰に騒いだりもせずに、ただにこにこしながらジュディに自由に話をさせてくれた。ジユディは、自分が今ルベールと同棲していること、同じ大学に通ううちに恋が始まったことを話した。おじ夫婦はずいぶん前に亡くなったの。母と継父のことは今どうしているかも知らないので、話さなかった。ルベールの両親は、かなり高齢になってから思いがけず息子を授かったが、その子は先天的な重病を抱えている。今二人は同じ出版社に勤め、自分は総務部、彼は企画部に所属している。いいえ、ルベールはもう小説を書いてないわ。しばらくは努力していたけど、小説の概略を何社かの出版社に送ってみて見込みがないことを知り、あっさり見切りをつけたの。今はポブラノウに買った小さなアパートメントで暮らし、ときどき旅行にも行き、そこそこ満足のいく暮らしをしている。

旧友たちが恋人同士だと知ってビエルは喜び、ルベールに挨拶をして旧交を温めたいから、食事に招待してくれたら嬉しいと言い出した。気づくとジュディは、子供みたいにわくわくしながら、ビエルに従って彼の車が置いてある駐車場に向かっていた。ビエルといると、不思議とすべてが簡単になるように思えた。彼の横を歩くうちに、堂々としたその足取りに守られている気がして、不安が消えていった。駐車場の階段を下りながら、そうよ、息苦しい日常を壊す何か変化が必要だっただけよ、と思う。ぴかぴかの黒のポルシエ・カイエンを前にしたとき、思わずため息が漏れそうになった。さっきの想像よりはるかにすてきだわ、と思い、にやりと笑う。でもすぐに興奮を抑え込んだ。彼はもう見知らぬ男ではなく、ビエルだ。道半ばにして解散した仲間たちの三人目の生き残り。でも、そんなスマートで堂々たる姿になった彼を前にすると、とても信じられなかった。今を楽しもうと心に決める。こんな男性と一緒にこんな車に乗ることなんて、めったにないのだから。

車で自分の小さなアパートに向かいながら、ジュディはまた不安の発作を起こした。昔の友人が玄関口に現れたとき、ルベールはどんな顔をするだろう？　今までの諍い(いさか)の数々を思い出し、心配でたまらなくなる。きっかけが何にしろ、会話の中にビエルの名前が出てくるたびに、ルベールは激しくビエルを攻撃し始めた。二人のあいだにこれといって大きな衝突があったわけではないことを考えると、余計に普通じゃないと思えた。ルベールはきっと、気づかないうちに彼に嫉妬していたのではないか。おたがいもう大人なのだから、礼儀正しく振る舞ってくれることを願うばかりだった。

ところがそれはジュディの杞憂(きゆう)に終わった。ビエルの人好きのする愛想のよさのおかげで、ルベールの嫉妬心はすぐに抑え込まれた。ビエルには昔から、上手に人に悪く思われないようにする才能があったが、それをさらに磨き込んだのは確かで、今はそこに印象的な体型まで加わって、これなら彼の精神状態を心配して隔離病棟へ閉じ込めようと思う者はもうどこにもいないと思われた。

食事のあいだ、ビエルはしゃべり続けた。アフリカにサファリ旅行に行きライオンの出産を間近で見たこと、つい先日、有名レストランで父の顧客とシャンパンを一ダース空けたこと、最近クスリでハイになっていたときに愛車のフェラーリを大破させる事故を起こしたが、父親のおかげで大ごとにならずに済み、今は仕方なく姉のポルシェに乗っていること……。金持ちならではの逸話ばかりだが、妙に謙虚なので自慢には聞こえなかったし、むしろ父の財産のせいで背伸びをしなければならず、ある種の苦行に耐えているようなものだと言い、君たちだってもっと成功してしかるべきだと憤慨した。学生時代にいつも成績がよく、知的だったジュディがただの事務員だということが信じられないし、ルベールほどの才能があれば今頃作家として大成功していてもおかしくない。僕は昔、君の短編を読んで涙を流したほどだ。編集者の目が節穴なんだ。ルベールが一冊も本を出版できないというのに、アルサ先生は一冊出しただけで億万長者だ。僕の聞いたところでは、批評家たちには酷評されたそうじゃないか。読んでないから何とも言えないが、批評家が駄作だと言うなら……。

ジュディは皿を洗いながら、興奮気味にしゃべるビエルの話にルベールがすっかり惹き込まれ、うなずくのをこっそり見ていた。ルベールはまた、『血と琥珀』はやけに奇を衒(てら)った、ひどく血なまぐさい小説だと話した。ネガティブな意見を口にするのはつらいんだけど、と言いたげな苦しそうな声だった。ジュディはくすりと笑った。じつはルベールはずっと、元教師には才能のかけらもないとあけすけに悪口を言い続けてきたからだ。ジュディ自身は文学には疎いので同意したことはなかったが、ルベールはついに、一緒にディエゴを悪し様にこき下ろす仲間を得たようだった。ジュディがコーヒーを持って現れたとき、ディエゴ・アルサは何百万部も本が売れるような作家ではないと二人は最終的に結論づけたようだった。

するとビエルはコカインの包みを取り出し、目を見張る二人の前で慣れた手つきで三本のラインを作った。ルベールは少しためらってから、そっとそれに身をかがめた。倫理的に抵抗があるわけでも、好奇心がないわけでもない。ただ心気症の気があるため、試すのはせいぜいマリファナ程度で、強い薬は避けてきたためだ。でもジュディは躊躇しなかった。五十ユーロ札を渡されるとそれを丸め、ビエルを真似して世慣れたふうにドラッグを吸い込んだ。とても気に入ったと認めなければならない。そして、ルベールが顔をしかめてもいないところを見ると、彼もこの新生ビエルの魅力にすっかり圧倒されてしまったらしい。サンティに傾倒していたあの頃のように。

次は自分が二人を招待するよと約束したビエルは、すぐに実行した。それからというもの、何でも許してくれる陽気な案内人の導きで、二人はそれまで知らなかったバルセロナの別の一面を思う存分楽しんだ。ビエルのクレジットカードはどんなドアでも開け、どんな気まぐれも認めた。ジュディは、こんなに毎日がいきいきと感じられるのは初めてだった。贅沢という名の回転木馬が楽しくて仕方がなかった。高級レストランでの食事、一流ディスコでのシャンパンとダンスのめくるめく一夜、背中を焼きながらヨットで向かうコスタ・ブラバ。そして何よりコカイン。今ではビエルから何袋でも提供された。それはジュディをずっとなりたかった女にした。明るくて大胆で、解放された女に。ルベールとのセックスを初めて楽しめたのもそのおかげだ。

そんなふうに想像を超える快楽にふけるあいだ、ビエルはいつも、君たちにはもっと豊かな暮らしがふさわしいと二人に吹き込み続けた。想像していた君たちの未来とは違う。サンティ、ルベール、ジュディ、いつも君たち三人のことを崇拝していた。ほかの連中とは違って知的で教養があった。しぶしぶ授業をし、生徒たちを見下してさえいた、月並みな教師たちよりはるかに特別な存在だった。すばらしい成果をあげ、誰より成功すると信じていた。家族揃って頭が悪い、僕とは違う。なぜ運命がよじれてしまったのか、とよく考える。答えはいつも同じ──サンティの死だ。親友の恐ろしい自殺が僕らの心に深い傷を残した。あの自殺の原因がアルサ先生だということは間違いない。だいたい、あんなに傷つきやすい鬱の気がある生徒の前で、社会に適応できない芸術家やら、自殺した魅力的な作家やらについて、よく話せたものだ。アルサ先生がサンティの口に猟銃を突っ込んだも同然だ。

あの早すぎる死が彼らの残りの人生を台無しにした、そうビエルは確信しているようだった。なぜなら、自分のせいだと三人の誰もがあのとき思ったからだ。だって、彼らはサンティの唯一の友人だったのだから。しかもジュディは恋人でさえあった……。手を差し伸べてやれればよかったけれど、彼らはサンティの死の兆候に気づけなかった。だからその華奢(きゃしゃ)な肩にサンティの死という重荷を背負った。みずから責任の一端を引き受け、その重荷を軽くしてやれたはずの唯一の大人は、途中で姿を消した。師として彼らを支え、どうしたら乗り越えられるか道を示してやるべきだったアルサ先生は、三人を置き去りにしたのだ。そうして彼らは友情に、大人の世界に、自分自身に、幸福に幻滅した。ルベールとジュディが平凡でつまらない暮らしをしているのはそのせいだ。すべては偽物で、いつ消えても不思議ではなく、一生懸命やっても仕方がないと、知ってしまったのだ。そして、そうは見えないかもしれないが、ビエルの人生もやはりよじれてしまった。金持ちなのは彼が成功したからではなく、単なるマルトレイ家の財産だ。家族はビエルを役立たずと見なし、自分でもそう感じていた。だから、世間向けに能天気で自由奔放なもう一人のビエルを作り出した。そのカムフラージュで表向きは楽になったが、本物のビエルは父の前で相変わらず神妙にうつむき、本当はもう必要のない眼鏡と従順な微笑みで身を守っている。空っぽな毎日だった。本物の自分になれたのは、学校で彼らといるときだけだ。彼らと一緒にいるあいだは、お金や家柄とは関係なく、本当に面白い人間になれる気がした。ところがサンティが死んで何もかもおかしくなり、グループは崩壊し、よりよい人間になれるかもしれないという希望は幻となった。なのに、いちばん責任のあるやつがのうのうと罪を免れているんだ！　逆にディエゴ・アルサは作家になる夢をかなえ、金持ちになり、理想の女性と結婚し、かわいい娘まで授かった。完璧な人生だ。

そう、彼らから奪った人生だった。

32　死の瞳

それからというもの、かの有名作家のことが彼らの会話の中心を占めるようになった。高級レストランの個室で酔っ払って、さまざまな復讐の方法を考えた。シャンパンを飲み、コカインを吸いながら、空想の世界で元教師をあれやこれやで懲らしめるのはとても楽しかった。

ルベールはこれをきっかけに眠っていた創造力を呼び覚まし、とんでもない懲罰をいろいろ考案してみんなを笑わせた。一方ビエルは創造力の点では劣っていたが、残酷さでは負けていなかった。実際、三人の中で誰より彼が、サンティの自殺というつらい出来事から先生がまんまと逃げ出したことに憤慨しているようにルベールには思えた。学生時代にも、悪者は罰するべきだ、弱い者を守るのが正義だと熱心に主張していた。ビエルのことは、みそっかすとしてしぶしぶグループに受け入れたようなものだったが、思いがけず彼はすぐにいじめっ子退治に乗り出した。ビエルがどうやってやつらを退けたのか本当のところはわからなかったが、とにかく、おかげで彼らは平和に過ごせるようになったのだ。

まさに今も、自分の人生はどうやったって変わらない、とルベールは内心で思いつつも、アルサにこの借りを返さないかぎり腹の虫が収まらない、とビエルがきっぱり言うのを、高い酒を飲みながらぼんやりと聞いていた。そうして初めて世界の秩序は回復し、僕らは灰燼(かいじん)から再起できる、と。

ジュディもルベールもビエルの言葉を信じたわけではなかったが、聞いていると妙に心が安らぐのは確かだった。悪者が夢をかなえた一方で、自分はしがない出版社でくすぶっているのは、不公平だと思えたからだ。ビエルの公明正大な独白は、ある意味、心の傷を癒してくれた。ただあれこれ想像して笑い合えればそれで充分だった。

だからある晩、実行の時が来たとビエルが言い出したとき、驚いたのだ。空想しているだけじゃだめだ。恨みを溜め込んでいちゃいけない。心の健康のために吐き出さないと。僕らを飛べなくしている重しを下ろさなければ。

「アルサの家に忍び込んで、ちょっとしたいたずらをしてやるんだ」

ルベールはアルコールの霧の中でビエルの提案を聞き、驚いて体を起こすと相手を見た。

「頭がどうかしたのか？　どうやって家に忍び込むんだよ？　第一それは不法侵入だぞ？　犯罪じゃないか」

「捕まったらな」ビエルはにやりとした。「考えてもみろよ、あいつ、びっくりするぞ！　家に忍び込んで、湯気で曇った浴室の鏡にメッセージを残すんだ。墓から甦ったサンティが書いたメッセージさ。たとえば、《先生、どうして僕を自殺する気にさせたんですか？死にたくなんてなかったのに！》とか。きっとしょんべんを漏らすぞ」

ジュディはその思いつきに笑い声をあげた。

「賛成」驚いたことに彼女はそう言って、ビエルがテーブルに作ったコカインのラインを思いきり吸い込んだ。

どうせ本気じゃない、あんな状態ではジュディは何にだってうんと言う、とルベールは自分をなだめた。だが、そう考えるうちに、この数日胸を占める不安にいやでも目を向けることになった。ジュディはコカインをやりすぎている。それは事実だった。僕だって酒の飲みすぎだ。惨めな現実に鈍感になりたくて酔いたがっている、そんな感じがした。ビエルと会ってから、ますます惨めに思える現実。こんなに自分が凡庸に思えたのも、そしてまた、こんなに生きる実感を味わえたのも、初めてだった。まるで、今まではずっと植物人間だったかのようだ。不協和音だらけだったはずなのに、今はまわりと波長がぴったり合っている。でも、こんなのは自分の人生じゃないとわかっていた。少なくとも、身の丈に合っていない。現実を無視して、こんなことが続けられるはずがない。二人とも有給休暇を使い果たし、この数週間、欠勤をくり返して、使う口実もしだいに常識はずれなものになってきた。何とか出勤できた日も、ジュディはコカインのせいでまともに勤務できず、仕事にもぼろが出た。ああ、僕だっていっぱしのクリエーターだと自負していたのに！　頭が鈍って、いいアイデアが浮かんでもそれがいいアイデアだと認めることすらできなくなった。このところ彼の企画はすべて上司のゴミ箱行きだ。注意されるのは時間の問題だった。いや、下手したら解雇されるかもしれない。支払いは溜まっているし、貯金もない。今の若者のご多分に漏れず、その日暮らしなのだ。もし会社を叩き出されたら、どうやって生きていけばいい？

ルベールは首を振り、忌まわしい考えを払いのけようとした。何とかなるさ。これはつかのまの休暇なんだ。どうせビエルはすぐに彼らに飽き、姿を消すだろう。気楽な贅沢もそれで終わり。ビエルは彼らの空を一瞬横切った彗星だ。消えれば、いつもの平穏で……つまらない日常が戻る。だからあえて二人に反対もせず、話を変えた。あんなビエルの提案は、魅惑の日々の霧の中に消えてしまうだろう。

だがビエルは彗星ではなかった。地球を破壊しようと襲いかかってきた隕石だった。落下場所はもう決まっていた。ディエゴ・アルサが家族と暮らすパドラルベス地区の自宅だ。

数日後、ルベールとジュディがすっかり忘れた頃になって、ネット検索して住所を探り当てたとビエルが言った。すでに昨日の午後、周囲を下調べに行ったという。そのあと正面にあるバルでコーヒーを飲んでいると、奇跡が起きた。これこそ天のお導きだと感じたとビエルは言った。自分たちの復讐は天に望まれたことなのだ、と。なんとその店にアルサ先生の妻で医師のフォルチ先生その人が入ってきたのだ。ビエルは驚きを隠せなかったが、初めて見る、あまり美人とは言えない友人らしい女と一緒だったので、先生はこちらの様子には気づかなかった。先生は、熟成したワインのように、パニャフォール村時代よりむしろ美しくなっていた。とにかく、二人が窓際の席に座ると、ビエルも急いで隣のテーブルに移動し、会話を盗み聞きした。復讐計画を練るのに充分すぎるほどの情報を、その会話は与えてくれた。まるで向こうから便宜を図ってくれたみたいだった。この幸運が信じられず、最後の賭けに出ようと決めた。二人の女が席を立ったとき、フォルチ先生にわざとぶつかってみたのだ。もしそれでフォルチ先生にビエルだとばれたら、計画は取りやめだ。だが彼女は気づきもしなかった。無情にも、これで運命は決まった。

ビエルはコカインの用意をしながら、計画について話した。まずジュディがフォルチ先生の通うジムに入会する。もちろん偽名で。費用はビエルが持つし、偽の身分証明書も手配する。父がときどきこの手のちょっとした仕事を頼むルーマニア人がいるのだ。フォルチ先生に気づかれるとまずいので、鬘（かつら）と眼鏡を身につけること。何日かアルサ家を監視して、先生がジムに行く曜日は把握したので、ジュディには折を見て彼女のロッカーを開けて自宅の鍵のコピーを作ってもらう。できれば、ついでにアレナのバッグにあるマスターキーについても。何かのときに役に立つかもしれない。ロッカーは壊れているし、例のルーマニア人が型を取る道具を用意してくれる。鍵が手に入れば、先生の家に入るのは簡単だ。ディエゴは毎週土曜日にラジオ番組に出演する。フォルチ先生を土曜に何度か尾行したところ、その時間を利用して、タラゴナにいる祖父母の家に娘を連れていくことがわかった。だから土曜の五時から九時まで家は留守になる。土曜は管理人もいないし、ディエゴの住むマンションは蜂の巣みたいに大勢の人間が住んでいるから、エレベーターに誰が乗っていてもおたがい気にしない。じつに簡単だ。鍵をこじ開けることもなく家にこっそり侵入し、ディエゴをびくつかせる軽いいたずらをしてさっさとずらかり、あとはお祝いだ。やつの愕然とした顔を想像して、乾杯しよう！

ジュディはいたずらっ子みたいににやりとして、すぐに任務を引き受けた。事の重大さにちっとも気づいていないみたいだ。もちろんルベールは気づいていた。馬鹿な、と叫んですっくと立ち上がり、まともな人間として、できれば理路整然と二人を説得したかったが、非の打ちどころのない計画をこうして披露されてみると、反論する気力が湧かなかった。どうせ急流に呑まれてしまうなら、身をまかせたほうがずっと楽だ。考えてみると、たしかに天がビエルに味方しているみたいだった。こんなにいろいろ偶然が重なるなんて。たまたまビエルのすぐそばでフォルチ先生とその友人がおしゃべりをしたこと。長年疎遠になっていた三人の友人が再び出会ったこと。天がアルサ先生に報いを受けさせようとしているのか？　もし運命がそう決まっているなら、自分が賛成しようとしまいと、なるようにしかならないのでは？　だとしたら、わざわざ興を削ぐ必要はないだろう。勝てないなら仲間になれ、だ。ルベールは土曜日までの五日間、たいしたことじゃない、ただの冗談じゃないか、と自分に言い聞かせることにした。それにビエルは、全部手配は済んでいる、何の危険もない、と請け合った。だからルベールに必要なのは良心と闘うことだけだったし、有名作家の家を覗き見する興奮には結局勝てなかった。

バルセロナの夏らしい、蒸し暑い土曜の午後、三人は影のようにこそこそと元教師の家に忍び込んだ。指紋を残さないよう、ラテックスの手袋を用意してあった。中に入ると、ビエルはまずリビングにある音響機器に近づき、ディエゴが出演しているラジオ番組に周波数を合わせた。元教師が時事問題についてありふれたコメントをするのを聞きながら、そのわが家を蹂躙（じゅうりん）するのは、いっそう冒瀆的にルベールには思えた。でも、三人で室内を歩きまわるあいだ、不本意ながらやはり申し訳ないと感じる自分がいて、たいして何もさわらなかったのはたぶんそのせいだろう。ほかの二人は、ありとあらゆるものを詮索した。ビエルは冷蔵庫の中を覗き、ジュディは浴室の化粧品を一つひとつ手に取って、アンチエイジングに励む四十代の女性たちを馬鹿にした。いたずら盛りの子供のように興奮した二人は、夫婦の寝室にも入り、フォルチ医師の洋服簞笥の中を探ったが、バイブだのボンデージだのといった面白いものは見つからず、がっかりした様子だった。

ルベールはそういうことにはまるで興味がなかったが、廊下の奥の部屋のドアを開けたときには胸が高鳴った。そこは作家の仕事場だった。ディエゴの創作拠点であり、聖域だ。いちばんの心臓部。ほかの二人に知らせようとしたが、すぐにやめた。彼らがいたずらに夢中でよかったとさえ思った。できれば一人でそこを探索したかった。

礼拝堂か何かのようにおそるおそる中に入り、あたりをうっとりと見まわす。壁を埋め尽くす書棚やファイルキャビネット、読書用の椅子、中央にどっしりとかまえた、引き上げられた沈没船のようにも見える巨大な書き物机。壁の一つは大ぶりの窓になっていて、薄手のカーテン越しに午後の澄んだ日光が差し込み、ディエゴがその柔らかいカラメル色の光の下で創作活動に没頭する姿が容易に想像できた。有名作家になったら手に入れたいとルベールが空想していた書斎そのもので、いや、想像以上と言ってもよかった。自分のアパートの居間の隅に作った、送り返され続けた小説の数々を書いた作業スペースとつい比べてしまう。世俗の騒音から守ってくれる魔法の力などない、完璧な光も静寂もない場所。

書棚の大部分は作家自身の作品で占められていて、彼の作品がさまざまな言語に翻訳されたことは知っていたとはいえ、抽象的な図形にしか見えない文字が実際に並んでいるのを見ると感心した。羨望と賞賛が胸の中でないまぜになっていたが、ウリオル・ナバド警部の二作目は諸外国の関心をあまり引かず、『深海魚』に至っては翻訳は一つも出ていない。そうやってしだいに批評家からも大衆からも見捨てられていったことを、ディエゴはどう感じていたのだろう？　実際『血と琥珀』を彼が書いたのは何年も前のことで、以来、成功からは遠ざかっていた。

ルベールは、ディエゴの小説にしろ記事にしろ、いやになるほど何度も読み返した。取り憑かれているとジュディは言うが、ルベールに言わせれば当然のことだった。有名になる前から知っていた元教師のディエゴを、同じ夢を持つ者として見本にしたとしても当然だし、どうしたってその動向を追ってしまうだろう。最初は、いつかは彼と同じ道をたどるのだと自分に言い聞かせていたが、何度も出版社に門前払いされると、こういう不公平な世界ではそれも仕方がないのかと思うようになった。しかし、ビエルと再会してから、自分がディエゴを追いかけていたのは彼を憎んでいたからだと確信した。けちな男なのに、あんなふうに運に恵まれるのはふさわしくない。つまり、あいつが失墜するのを待っていたのだ。

やがてルベールは大きな机に目を移した。その上には、遠い昔なら書見台やインク壺なんかがあっただろうが、今は最新モデルのマックやさまざまな電子機器が置かれている。気まぐれにパソコンに触れると、画面が明るくなり、ディエゴがアクセス用のパスワードを設定していないことがわかった。デスクトップにはバルセロネータの海岸で撮られた妻と娘の写真が壁紙に設定され、いくつものフォルダーが散在している。ルベールは興奮の絶頂を覚えた。自分の幸運が信じられなかった。過去に誕生日以外にもらったどんなプレゼントよりすばらしい。そこには、インタビューでも明かされたことのない先生のすべての秘密がある。書きかけの短編、書き捨てられた小説の冒頭部、私信、メール、写真……。

フォルダーの上でマウスをクリックすればいいだけだ。これ以上の冒瀆があるだろうか。何しろ、先生の心の襞のあいだを詮索することになるのだから。たぶん、妻でさえ知らないことが見つかるだろう。

興奮を抑えながら、メールのチェックを始めた。そして、ディエゴと、かの有名な編集者アルマン・タジャーダとの一連のやり取りを見つけた。ご多分に漏れず、原稿を拒絶されている。どうやら次の作品で怪物を甦らせろとしつこく迫られているようだが、ディエゴはおかしな言い訳を並べて、それを拒んでいる。同じようなメールがほかにもあり、編集者は時とともに作家を説得するのをあきらめていったように見えた。

そのとき、ディエゴが『リテラマ』というデジタル文芸誌のインタビューに答えているメールに出くわした。ルベールはざっと内容を読んでいったが、思いがけない言葉に思わず目を留めた。

「おいみんな、これを見てくれ」と怒鳴る。

友人たちはすぐに書斎に現れた。コーラの缶を手にしているジュディは、ディエゴの豪華な書き物机を見てヒューッと口笛を吹いた。フォルチ先生のパンティをもてあそぶビエルは、贅沢な家具には慣れている人間らしく皮肉っぽく眉を吊り上げ、乱痴気騒ぎを眺めるローマ皇帝さながら読書用の椅子にどっかり腰を下ろした。

「デジタルマガジンのインタビューの一部なんだ。そこで僕らのことを話してるんだよ」

ルベールは感動で声を震わせながら言った。こちらを見下すように見ている二人を前に、そわそわしながら咳払いする。「『最初の小説を出版する前、教職についていらっしゃいましたよね？　当時のことで何か思い出はありますか？』と尋ねられ、先生はこう答えている。『じつは、とても実りのある時間だったんだ。とくに懐かしく思い出すのは、放課後におこなった創作ワークショップのことだ。残念ながら、参加した生徒はそれほど多くなかったが、それでも充分だった。あの子たちに授業をしながら、人間としてどれだけ成長できたか。よく思い出すよ。彼らのあふれるエネルギー、純粋さ……残念ながら、今どこでどうしているか知らないんだ。もしこれを読んでくれたら、わかってほしい。僕にとってあの放課後の時間がどれだけ大きな意味があったか。彼らも僕を同じくらい懐かしく思ってくれていているならいいんだが』」

墓場のような静けさだった。ジュディは缶を口に運ぶ途中で止め、フォルチ先生のパンティは呆然としたビエルの指に力なくぶら下がっている。今の言葉のぬしの家に侵入している今、ルベールも何と言っていいかわからなかった。

「偽善者め！」ようやくビエルがそう怒鳴った。

催眠術師が指を鳴らしたかのように、全員がはっとわれに返った。ジュディはビエルに賛同し、さっそく元教師をこき下ろし始めた。最低なやつね！　そんなに大事に思ってたなら、なんで一度も電話に出なかったの？　ルベールは今のインタビューを読んで一瞬でも後悔したことを恥じ、ディエゴの不誠実さにみんなと同じように憤慨した。少しやさしいことを言えばそれでこちらの気持ちがやわらぐとでも？　腹を立てた勢いで立ち上がり、ファイルを漁り始めた。ビエルとジュディは笑いながら、フォルチ先生のパンティのゴムを引っぱっては飛ばしている。

　そのとき見つけたのだ、簡易製本した原稿の入った箱を。友人たちがまだ遊んでいるのをちらりと見て確認すると、ルベールは、泉を見つけた遭難者のように飛びついた。すぐにそれらはディエゴの小説の初期の草稿だとわかった。おそるおそる中身を調べる。『血と琥珀』のものはなかったので、好奇心は半減した。それでも、『深海魚』の草稿を取り出し、中を見るためにその場で座り込む。経験上、ヘミングウェイが言うように、小説の最初の下書きはクソだ。だがこのディエゴの作品のいわば胎児は、ここから数えきれないほどの手直しを経て最終稿になるのだと思えばまさに情報の宝庫であり、それを手にするなんて、こんなにわくわくすることはなかった。家に持ち帰れないのは残念だが、せめてちらりとでも中身を拝める恩恵に浴することにしよう。すぐに、原稿は消し跡や矢印、欄外のコメントであふれていることがわかった。まさにファン垂涎（すいぜん）のお宝だ。

　原稿をめくるうちに、この失敗作の中で多少はよく書けているわずかな登場人物たちの一人が登場した。いつか成功すると自惚れているが、才能のかけらもない若き作家だ。昔、彼とディエゴがよく馬鹿にした、批評されても平気な顔で、自分を過信している三文文士の典型として描かれている。「才能不足と自信過剰を兼ね備えると致命的だ。まさに悲喜劇だからね」とよくディエゴは話していた。ディエゴの家でよくそういう作家の小説を読み、自分たちの鋭い批評眼を誇りに思って、連帯感を覚えたものだった。それから何年も経って『深海魚』の中でまさにそういう登場人物を見つけたとき、ルベールは苦笑した。あの当時の二人の会話がこの人物を創り上げたことは明らかで、生徒の中でも最優秀だったルベールへの時空を超えた一種の目配せであり、プレゼントだとすぐにわかった。

　この人物にも延々と推敲(すいこう)するうちに変化があったのかどうか知りたくなって、熱心に読み返し、目当ての箇所を見つけた。そして、草稿では最終稿とはまったく別人のように描かれていたので驚いた。この人物は、歯が不揃いで出目の、髪のべとついた太った若者ではなく、目のあたりにチックがあり、痩せていた。《きれいな赤毛になりきれないのと同じように、作家にもなりきれない》と結ばれていた。

　ルベールの笑みがいきなり消えた。これは僕？　まさか。しかしその疑念は、欄外にあったメモのおかげできれいに消えた。《ルベール・ラバントスに見えないよう、この人物の身体的特徴に変更を加えること。万が一この小説を本人が読んだときに、自分だと気づかれてはよくない》

　ガラスが粉々に砕けるみたいに、まわりの世界が崩壊した。ルベールは原稿を閉じ、ふいに眩暈(めまい)を感じて壁に頭を押しつけて支えた。なんてことだ。これは僕だった。先生にはこんなふうに見えていたんだ。才能もなく何者にもなれない作家たちを一緒に笑ったとき、本当は僕のことを笑っていたのか……。

「ひどい。くそ、ひどいよ……」ルベールの内側で激しい復讐心がむくむくとふくれ上がった。

「どうした？」ビエルが不思議そうに尋ねた。

ルベールは今の発見について話そうと口を開いたが、すぐに閉じた。こんな屈辱を友人に話すことはできない。何か暗い大きな力が彼を押し留めた。目の奥に熱い涙がこみ上げた。幼い頃、髪の色や、不安になると出るチックについて、よくもこの世に生まれてきたな、と同級生たちにいじめられたときのように……。恋人やビエルに憐みの目で見られるのは耐えられない。これは先生と僕の問題だ。他人は知らなくていい。一対一の決闘なのだ。

「時間を無駄にするのはもうやめよう、と言ったんだ。親愛なる先生の心をどうしたらずたずたにできるか考えないと」

読んでいた原稿を急いで箱に戻すと、蓋を閉めた。ルベールの態度が急に変わったことに驚いて、ビエルがこちらを訝しそうに見ているのに気づく。だからいきなり立ち上がると、今の箱を詮索されないよう、机の抽斗をせっせと開けながらいかにも熱中しているかのように言った。

「何か役に立ちそうなものはないかな……」

ビエルが近づいてきて、眉をひそめて机の周囲をまわった。その机がじつは架空の動物で、雄か雌か見極めようとするかのように。

「抽斗に鍵がかかってる」ルベールは唐突に言った。友人の詮索するような視線が気になって仕方がなかった。

ビエルはその一言に興味をそそられたらしく、ふいに足を止めると、にやりと笑った。

「先生が何か隠しているとしたら、間違いなくそこだと思わないか？」

三人はしばらく鍵はないかとあたりを探していたが、見つからないので、ビエルがジュディにヘアピンを貸してくれと告げた。鍵穴にそれを突っ込み、少しのあいだガチャガチャと動かすうちに開いた。揃って歓声をあげ、中身を取り出す。

「なんだ」ビエルが吐き出すように言う。「また草稿か。手書きで、しかも酔っ払って書いたらしい。字が全然読めない」

無造作に机に放り出し、ほかの抽斗を探り始めた。しかしルベールは気になって、手に取ってみた。表紙には『死の瞳』とある。ディエゴが発表した作品にはそんな題名のものはない。これから出版される、編集前の作品なのか？　興味を引かれて、最初の数段落を読んでみたところ、『血と琥珀』の草稿だと気づいた。取り消し線や欄外への書き込みであふれ、場所によってはボールペンを何度も乱暴に走らせて、破れかけているところさえある。しかし、編集者の提案でぎりぎりになって変えなければならなかった題名以外は、出版されたものとほとんど同じだ。なぜほかの草稿とは分けて抽斗にしまい、鍵をかけているのか？

そのときふいに古い記憶が甦ってきた。学生だったルベールは、そのとき先生の家のリビングにいて、特別授業を受けていた。その午後、彼らは常套句（じょうとうく）の使い方について議論していた。「バケツを引っくり返したような雨が降り、主人公が泥のように眠り、地下室がいつも狼の口さながら真っ暗な小説には、読者は心を動かされないよ」と先生は言ったが、ルベールは、わざと使って皮肉をこめるという効果も期待できると反論した。いつものようにそれは白熱の議論に発展して、ルベールはその機会に自慢の文学論を展開し、先生を圧倒しようとした。

たしか議論の途中で、ディエゴはルベールをリビングに残し、水を飲みにキッチンに行った。水を飲むというのは単なる口実で、そこで先生は彼をやり込めるために自論を再構築していたのだと思っていた。だが、さっき見つけたメモからすると、キッチンで一人で笑い転げていたに違いない。

しかし、今はそれはどうでもいい。重要なのは、リビングで一人きりにされたルベールが、好奇心からついあたりをきょろきょろ見まわし、窓辺にある質素な机の抽斗に目を留めたことだ。今目の前にある机と比べればみすぼらしかったが、共通していることがあった。抽斗に鍵がかかっていたのだ。不釣り合いに大きな南京錠（なんきんじょう）が下がっていたが、なぜかそのときは半開きになっていた。先生が何を隠しているのか知りたくてじっとしていられず、ルベールはそろそろと立ち上がった。中には使い古された、ごくありふれたノートが入っていた。これがそんなに大事なものなのか？　いけないと思いながらも、開いて何段落か読んでみた。どうやら先生が毎晩のように見る恐ろしい悪夢の記録のようだった。どの夢にも、先生が怪物と名づけた悪魔的な外科医が登場し、先生を拷問したり手足を切断したりする。その禍々しい様子が事細かに描写され、日付けも振ってあった。日記形式になっていたが、ただの日記ではなく、頻繁に先生を襲い続けている悪夢日記だった。書き込みの最後には、必ず同じ一文が添えられていた。《言葉がわれに与えし力により、おまえをわが悪夢より引きずり出し、この紙に封印せり》

　そのときディエゴの足音が聞こえたので、急いで日記を元に戻した。その後サンティの悲劇的な自殺や何やらいろいろなことが起き、そんなことはすっかり忘れていた。十年後、初めて『血と琥珀』を読んだとき、やはり怪物と名づけられた邪悪な外科医と再会し、初めてそのときのことを思い出したのだ。そして、自分は誤解していたと思った。ノートの内容はだいぶ忘れてしまったが、あれは悪夢日記ではなく、構想していた小説のアイデア集であり、それが数年後に誰もが知っている題名のもと、ついに日の目を見たのだ。しかし今、ディエゴの贅沢な机を前にして、いやな予感に襲われていた。震える手で草稿のいちばん最後のページを開いたとき、やはりそこにあった。忘れもしない、あの一文が。

《言葉がわれに与えし力により、おまえをわが悪夢より引きずり出し、この紙に封印せり》

ルベールはそのすべてに筋の通る説明を考えた。やはりあの古いノートは悪夢日記で、『血と琥珀』こそが長年かけたその儀式の締めくくりだったのではないか。大発見に胸が高鳴り、その仮説を友人たちに何とか説明しようとしたが、込み入った内容をわかってもらえるか、そもそも興味を示してくれるか、わからなかった。

「つまり……」ピエルは眉をひそめ、ルベールの混乱した説明を理解しようとした。「怪物はわれらが親愛なる先生が創作したんじゃなく、子供の頃から先生の悪夢に棲んでいた魔物で、そいつを頭の中から追い出す唯一の方法が、小説の中に封印することだった、と?」

「そのとおり」ルベールはうなずいた。「まず日記を書き、それがうまくいったから、『血と琥珀』を書いた」

「でも……よくわからない。どうしてこんなことに意味があるなんて思うの?」ジュディは見下すように言った。

「芸術家は物事をありのままには見ない。そうするようになったら、もはや芸術家じゃない」ルベールはオスカー・ワイルドの言葉を引いて言った。二人の想像力の貧しさにいらいらした。「先生はこれを一種の悪魔祓いか魔術だと考えていたんだと思う。だから草稿の最後にこの一文を書いた――《言葉がわれに与えし力により、おまえをわが悪夢より引きずり出し、この紙に封印せり》」興奮に震える声で読み上げる。「日記でも、悪夢について書き込むたびにこの一文で締めくくっていた。わからないか？　先生は、この儀式こそが悪夢と闘う方法だと信じるようになったんだ。そしてある日いよいよ勝負に出て、怪物を完全に封印するために小説を書いた。だから続編にまた怪物を、と頼まれてもずっと拒否し続けた。この箱にやっと閉じ込められたと信じているから。ここから出したくないんだ」

ビエルはしばらく床を見ながらうなずいていた。顔を上げたとき、その目が輝いていた。

「もし怪物がその箱から脱け出して、現実世界に現れたら、親愛なる先生はどう思うかな？」

ルベールは大笑いした。

「驚いてそのまま昇天だ」

「最高！」ジュディははしゃいだ。「でもどうやってやるの？　もしかして、二人のどっちかが変装するとか？　公園で先生がジョギングしているときに、木の陰に隠れてわっと脅かす？」

ビエルは疑わしげに首を振った。

「それじゃあ、あいつの心をずたずたにできない。少しはぎょっとするだろうが、すぐに変装だと見抜かれて、ファンのおふざけか何かだと思われるのがオチだ」

友人たちの会話をよそに、ルベールはディエゴの机の上に飾ってあるアリアドナの写真を見つめていた。母親と同じ琥珀色の美しい目でこちらを見返してくる。幼いジュリア・ナバドと同じ目。血と琥珀。そのときルベールの頭に驚くほど自然にある計画が浮かんだ。先生の心をずたずたにする方法が見つかった。

33 人間の魂に関するちょっとした実験（その一）

　ビエルはマスクをつけ、鏡を見た。見えているのは目だけだ。幸い自分も瞳の色は黒だし、ディエゴの描写どおり、怪物の目に宿っているという邪悪な輝きで目をぎらぎらさせるやり方も心得ている。鏡から少し離れて、全身を眺める。手術着は、父が株主である病院で、ときどきボイラー室で関係を持つかわいい看護助手が手に入れてくれた。小説当時の古めかしさはないが、前掛けに赤インクの飛沫を散らしたらそれなりに不気味な感じになった。じつは怪物に変装する必要はないのだ。計画どおりに進めば、ベビーシッターも少女も自分を目撃することはない。しかし万が一を考えて扮装すると言い張った。シッターが浴室から脱出したり、少女が目を覚ましたりする恐れがないとは言えない。とはいえ、固執した本当の理由は別で、仮装をすることに異様な興奮を覚えたからだ。

　旧友と再会したことでこんな楽しみを味わえるとは思ってもみなかったが、実際、あの日ランブラス大通りでジュディと偶然出会ったおかげで、想像もしなかったようなことが起きようとしていた。かの有名作家ディエゴ・アルサの娘を誘拐するのだ。六月半ばのあの日、一日の幕開けはあんなにつまらなかったのに、まさかこんなことになろうとは。

会社の高級車に父と乗って通りを走っていたことを思い出す。二人きりで過ごさなければならないあいう移動時間が大嫌いだ。父はここぞとばかりに、人生やビジネスについて退屈なお説教を始め、自分はおとなしくうなずくことしかできないからだ。あの朝も例外ではなかった。

「愚かに見えることが悪いと言っているわけじゃない」父の重々しい声が車内に響く。「実際、ときにはとても有効だ。そのことは、今は亡きおまえの祖父もよく知っていた」

まだ朝早いのに、すでに二件ほど用事を済ましていた。慎重を要する案件は一日の初めに終わらせるべし、というのが父のモットーで、ビエルとしてはもう何時間か寝ていたかったが、逆らわなかった。父にはけっして逆らわない。せめてもの救いは、まだそれほど暑くなく、車も順調に流れていることだった。せっかく早起きしたんだから、何か〝三文の徳〟がないと。ほとんど耳に入っていないことを気取られないように気をつけながら、ビエルは父の話にうなずいていた。

「ああ、父さんが生き返ってくれたら」父が芝居がかった調子で嘆いた。「家業の方向を変えるべきだと考えたのは父さんだ。私の祖父や曽祖父は新しい波が近づいていることに気づいていなかった。その点、父さんの作ったビジネスモデルはじつによく考え抜かれていた。根はやはり密売人だったんだ」しかしそこで急に暗い表情になる。「だがふと気づくと、当時推進されていた〝大いなるまやかし〟に手を貸していたんだな。例の、人権だの平等だの正義だのだよ。そんなもの、昔から有力者たちが人々にばらまいて喜ばせた、サーカスやら、天国行きの約束やら、戦争の栄光やらと同じだ。連中はそうやって、結局は弱者を搾取しているんだ」父は苦笑を漏らし、窓のほうに目を向けた。「しょせん、人は上の人間が見せようとするものしか見ていない。人は見かけに左右される。おまえが愚かに見えても心配しないのはそのせいだ。だが本当に心配なのは、おまえの中身だ」そう言って、ビエルを険しい目で見つめた。

「そんな、パパ！」ビエルはおかしなふくれっ面をして抗議した。父の前で長年続けてきた馬鹿息子の演技はお手のものだった。

「だが、おまえには別の一面があるんだろう」また窓に目を戻す。「そうでなければ、父さんがあの秘密の地下道のことをおまえに明かしたはずがない。私が教えてもらったのは十八歳になってからだ。ところがおまえには、まだ赤ん坊と言っていい頃に伝えられた。おまえの中に何かを感じ取ったんだろう」息子のほうをちらりと見て、不満そうにため息をついた。「おまえの姉さんたちにはけっして話さなかったのに。だからお祖父ちゃんの家は幽霊屋敷だと言って怖がった」

ビエルはそのときのことを思い出し、にやりと笑ったが、すぐにまぬけな声で爆笑し始めた。

「あれは面白かった。お祖父ちゃんと部下たちが夜中にトンネルを使うたび、翌朝朝食の席で姉さんたちが、足音を聞いたし人影が壁に消えたと訴えた。僕とお祖父ちゃんは目を見交わしたものだったよ」また大笑いしてみせる。

「ああ、楽しそうだったな」父はぼんやりした目で記憶をたぐり寄せ、また厳しい表情に戻った。「だがあまりにも危険だった。われわれが方向転換したのは正解だったんだ。今もひそかに商っているものはあるが、当時とは違う。やり取りするのは影響力や特別援助や情報だ。倉庫も輸送も必要ない。地下通路はもうとっくに無用なんだ。だが、おまえにはきちんと管理してもらわないと困る。地下倉庫もだ。人に知られるな。必要になったときに壊れていてはまずいし、たった一つしかない通路のシステム故障は許されない」

「心配しないでよ、パパ。ちゃんと管理してるから」

「それならいいんだ。もうすぐおまえの継母さんとの新婚旅行だからな。これ以上先延ばしにしたらタマをちょん切られる」

そのあと父は黙り込んだ。しかしフンタネヤ通りの建物の入口に到着し、玄関前で車が停まったとき、上着から分厚い封筒を取り出して、ビエルに差し出した。

「持っていけ。あいつはもう納得しているから、あとはこれを渡すだけでいい。失敗するな。あいつにはわれわれの頼みごとを聞いてもらわなきゃならない、い、い、い、い」

「大丈夫だよ、パパ」ビエルは父をなだめ、革ジャンのポケットに封筒をしまった。

肩をぽんと叩いてさよならの挨拶とし、車を降りて体を伸ばした。ビエルは車が走り去るのを待ってからインターホンを押した。すぐにドアが開き、ひんやりとした暗い玄関ホールに入る。管理人が来る時間にはまだ早く、誰にも止められずに古めかしいエレベーターに乗り込んだ。上階に上がるあいだに札束から半分抜き、別のポケットに突っ込む。目的の階に到着すると廊下を進み、〈アドリア・サンペラ、公証人〉と書かれた金色の表札を掲げる扉の前で足を止めた。ノックもしないうちに、太った禿げ頭の五十代の男がドアを開けた。挨拶代わりにそっけなく顔をしかめると、男はビエルを中に通した。男に続いて無人の受付といくつもの廊下を抜けていくあいだ、少しもエレガントに見えないグレーの高級スーツを身につけながら汗をだらだらとかいている様子を眺め、不快感を募らせる。とうとう男のオフィスにたどり着いた。マニュアル通りの内装だ。マホガニーの大きなデスク、高価そうな木製の本棚、革装の古びた本、壁にずらりと並ぶ免状や賞状。知識と自信と権威を伝えるよう完璧に計算されている。だがビエルは吐き気を催しただけだった。

「さあ、さっさと済ませよう」サンペラは不機嫌そうに言った。「部下たちがまもなく到着する。受付嬢は八時半には来るし、九時には事務所が開く。遅刻じゃないか」男は額の汗をハンカチで拭いた。

ビエルは返事代わりにデスクの上に封筒を放り出した。公証人は人を見下すような笑みを浮かべ、封筒の中の札を数えた。

「冗談だろう?」初めてこちらを見て訊いてきた。「約束の半分しかないじゃないか。きちんと払ってもらわないと、こちらも契約どおりにはできないな……」

ビエルの行動はあまりにすばやく、男はパンチが来るのに気づかなかった。愕然とした表情を浮かべながら後ろによろめき、倒れないようにデスクにつかまらなければならなかった。苦労して手を鼻に運び、傷の程度を調べようとしたが、ビエルは放っておかなかった。猫のようにしなやかな動きで彼に飛びついてデスクの上に仰向けに倒し、公証人のしまりのない体にのしかかって、ネクタイをつかんだ。両手で結び目を締め上げると、男の顔が紅潮し始め、おそらく折れていると思われる鼻から血がぼとぼとこぼれた。

「よくわかってないようだな。僕を使い走りか何かだと思ってるんだろう」抑えた口調で告げ、無表情のまま、鍛えた筋肉で結び目を締め上げ続けた。一方、公証人のほうは必死に呼吸しようとしながら、その顔はどんどん鬱血し、目が今にも眼窩から飛び出しそうになっている。「だが違う。僕は父の伝言係じゃない。おまえは僕と話をするんだ。よく聞け。契約は変わった。この金額で契約どおりにやってもらう。殺されたくなかったらな」ビエルは、険しくも楽しんでいるような視線を相手に向けた。「これが新しい契約だ。わかったな? 何、聞こえないぞ?」

「わか……った……」サンペラはつかえながら慌てて答えた。目は血走り、顔は紫色に変わりつつある。

ビエルは満足して、最後にもう一度サンペラの首を絞めてから放した。だらりとした公証人の体を解放し、ネクタイを緩め、立ち上がるのを助ける。そして、ぜいぜいと喉を鳴らしながら必死に呼吸しようとするサンペラの禿げ頭をやさしく叩いた。

「これで一件落着だ。おたがい納得したよな？」相手が少しは回復したと見るや、ビエルは上機嫌で言った。「あんたはもう契約の自分の取り分を手にした。金と命をな。あとはあんたが約束を果たす番だ。忘れるなよ……さもないとまた押しかけるからな。ここか、あんたの家へ」

公証人はビエルを見ようともせずにくり返しうなずき、痛む首をこすり、鼻にハンカチを押しつけて流れる血を止めようとした。スーツもシャツも血まみれで、小便まで漏らしていた。ビエルはにやりと笑い、出口に向かった。エレベーターに乗り込むと、シャツのいちばん上のボタンをはずし、ズボンにしまっていたシャツを外に出して、髪を軽く何度かかき上げたあと、仰々しい眼鏡をしゃれたサングラスに取り換えた。鏡を見て自分の風貌に満足すると、手をピストルにして鏡を撃つ真似をした。

いやはや、楽しかった。しばらくして、カタルーニャ広場のほうに向かって歩きながら思う。とはいえ、実際にはたいしたことではない。最近、ちょっとやそっとでは刺激が感じられなくなってきた。なんで人生はこんなにつまらないんだ？

もちろん、今自分がしたことを父に知られたら殺されるだろう。パラーヨ・マルトレイは、たとえそれが欠かせない場面であっても暴力を許さず、懐柔策を好む。だが父に気づかれることはないはずだ。ビエルは獲物の選び方をよく知っていた。たとえば脅されてもびくともしない老練な客や、すぐに父に告げ口をしに行くタイプはだめだ。だが、完璧な獲物を見つけたときには創造力を総動員するし、サンペラは間違いなくその獲物だった。あいつなら父には絶対に話さないばかりか、ブリーフを取り換えたあと、大急ぎで約束どおりやるべきことをやる。つまり父は満足するし、自分は父の厳しい監視を出し抜いて、自由にできる金を手に入れたわけだ。

観光客ですでに混み合っているカタルーニャ広場を抜け、車の駐車場所に向かいながら、くすねた金で何をしようかと考える。娼婦を呼んでもいいし、ドラッグに使ってもいい。車に乗り込んだあとは何をしよう？　防寒帽をかぶり、バットを持って、また〝ゴミ掃除〟をしに行くか。最後は六か月前だった。ヤク中たちはもうあのときの恐怖を忘れて、巣窟に戻ってきているだろう。また怖がらせに行ってやってもいい。そして前回みたいに誰か一人、屋敷に連れ帰ろう。あのときは何日か拷問して、しまいにちょっと度を越したら、あいつ、息をしなくなってしまった。森に埋めたが、まだ誰にも見つかっていない。ものすごく刺激的な体験だったし、〝人間の魂に関するちょっとした実験〟と彼が好んで呼ぶものをもう一度やってみたいと最近思っていた。まだ実行していないのは、それにもまた飽きてしまうのが怖かったからだ。新しい経験が、新しい実験が必要だった。本当に自分を興奮させてくれる、心を震わせてくれる何かが。

そんなとき、こちらに歩いてくる若い女に気づいた。サングラスを取り、薄目で見る。見覚えのある顔だ。一度見た顔は忘れないほうだった。あれは……ジュディ・ルケ？　そうだ、間違いない。かつての同級生の姿がたちまち甦ってきた。学生時代、あの冷たい鎧を壊し、陰気でよそよそしい視線の陰にかすかに見えるほの暗い欲求を解放してやりたいと思ったものだった。だがまず標的にしたのは彼女の恋人のほうだった。女の化けの皮を剝ぐより、サンティの心を攪乱するほうがもっと面白かった。不安定で悩み多きあの男を幻惑し、心をねじ曲げて、ついに自殺させるまで追いつめたあの楽しさを思い出す。最高の暇つぶしになったから、それが続くあいだはほかの獲物は必要なかった。その後あのくだらないハブられっ子グループは解散し、ジュディとも疎遠になってしまった。だがその六月の朝、運命は彼の願いを聞き入れ、彼女をまたビエルの前によこしたのだ。蜘蛛の巣に飛び込んできたのんきなハエさながら、こちらにやってくる彼女を眺めた。

完璧な獲物。

いや、それ以上だった。なんと今の彼女の恋人はお馬鹿なルベール・ラバントスだとわかり、興奮がいや増した。まるでクレープにかける甘いシロップだ。このカップルをどう料理しよう。二人の質素な愛の巣を訪れたとき、ビエルは考えた。初めは、二人のあいだに割り込んで関係をきしませ、しまいに破壊するという、人間の魂に関するちょっとした実験をまた試そうかと思っていた。とても簡単なことだ。だが、はっきり言って、想像力はあまり刺激しない。そうして当てずっぽうにキーボードをいくつか叩いてみたら、たまたま金の鉱脈を探り当てた。長年熟成を続け、毒さえ持ち始めた、アルサ先生への恨みだ。それは十年間かけて栄養たっぷりになった培養地であり、ビエルの内側に潜む世にも恐ろしい致死的なバクテリアを待ち望んでいた。

そんなわけで七歳の少女を誘拐することになったわけだ、と外科医のマスクを取り、ビエルは思った。再び鏡に映った顔には満面の笑みが浮かんでいる。計画は複雑で、うまくいくかどうかはわからなかったが、それはどうでもよかった。こんなに興奮したのは久しぶりだった。それに、今自分の手の内にこれだけたくさんの獲物がいることが信じられなかった。そこには、学生時代にずいぶんマスターベーションのおかずにしたあのフォルチ医師までいる。もし最終的に失敗に終わったら、あの二人組にすべての罪を着せ、自分は無罪放免されるよう画策してある。そう難しいことじゃないと思っていた。あの二人はすっかりビエルを信頼し、あまりにも従順なので、ときどき歯がゆくなるくらいだ。

当初は少女には危害を加えない予定だった。父親は最低でも、子供に罪はない。最初の計画では、元教師にしばらく悪夢の時間を過ごさせるため、第一の課題だけ挑戦させ、そのあと娘を無事に解放することになっていた。しつこくそう言い張ったのはルベールで、ビエルは友人の倫理感の強さを称え、感動して賛成した。だがもちろんそれは見せかけだ。アルサ先生がこの先いつまで苦しむかは成り行きまかせで、ビエルにも、ほかの誰にも決められないだろう。結局のところ、少女を監禁している場所を知っているのはビエルだけなのだ。これについても、二人組を信用させるのは楽勝だった。正直、あの二人はどうしようもない馬鹿だ。

第一の課題を提案したのはルベールだった。「授業で、登場人物のキャラクターを設計する方法を教えてもらったときのこと覚えてる？　いちばん効果的なのは、その人物に恐怖を与えてみることだと先生は言った。人間は、恐怖で定義されるようなものだからだ、と。そして、例として自分が何に恐怖を感じるか話した。バイ菌、体の痛み、それから目が見えなくなることが怖いと先生は言った」ジュディとビエルはうなずいた。たしかに覚えている。実際ビエルにとっては、ワークショップの中であの授業がいちばんためになった。人がどんなことを恐れるのか調べ、それを自分の力にするんだと先生は言い、ビエルはこのくだらない文学理論を、人間の魂に関するちょっとした実験に取り入れた。しかし、先生に犬の糞を食べさせたらどうかとルベールが提案したとき、正直がっかりした。自分ならもっと残酷な課題をいくらでも思いつくのに。でもとりあえず、その案に賛成した。いずれもっと創造力あふれる課題が必要になるだろう。まずは二匹の子犬どもに血の味を覚えさせること。そうすれば、もっと欲しくてたまらなくなるはずだ。だから「もしアルサ先生が糞を食べられなければ、史上最低の父親として世界に名を知られることになる。そしてもし食べたとしても、そんな恥辱にまみれたあとでは、誰もが、本人でさえ先生を見下すようになる」というルベールの説明を聞き、拍手した。一生〝クソ食らい〟と呼ばれ続けるんだ、と言って彼は大笑いした。ばかばかしい、とビエルは思ったが、最初はまあ、それくらいでいいだろう。

鏡から離れ、衣装を脱いで、丁寧にベッドの上に置きながら、この数週間の誘拐の準備について思い出した。

まず、今回の計画には、例のカフェでは監視場所として不足なので、近くの建物の屋上を使うことにした。その建物には守衛もいないし、入口も屋上も、有能なルーマニア人のおかげで手に入れた最新式の解錠道具を使えばドアが簡単に開いた。そこからなら、作家のマンションの北側、つまりベランダと客用の浴室、リビング、ディエゴの書斎の窓がよく見えた。これが大当たりで、何晩か監視を続けるうちに、アルサ家の人々さえ知らないことを知った。娘のベビーシッターが隠れて煙草を吸っているという事実だ。娘を寝かせたあとベランダに出て、スマートフォンで何かしゃべりながら煙草を二、三本吸う。中に戻ると歯を磨くのだが、そのとき五分間ほど浴室の灯りがついている。毎回それが習慣になっているとわかったとき、その事実がたちまち計画のかなめとなった。その瞬間に家に侵入してシッターを浴室に閉じ込めれば、作家の家の中を自由に歩きまわることができ、誰にも怪我をさせずに落ち着いて舞台装置を設置できる。そこでルベールとビエルは、一家全員が映画を観に出かけたときにまた家に侵入し、浴室のドアノブに微細な糸を結びつける、ドアが必要なときに自然に閉まる仕掛けを施した。ＹｏｕＴｕｂｅで見つけたやり方だ。原稿から脱け出した怪物が触れもせずに浴室のドアを閉めたように見え、この誘拐事件をいっそう魔術的な雰囲気で包む役にも立ちそうだった。

そのあいだジュディは鬘と眼鏡をつけて、映画に行った一家を尾行していた。そのせいで、彼女のその変装姿がディエゴの撮った娘の写真に写り込んだ。前回家に侵入したときにディエゴのパソコンを調べていて、それを見つけた。変装したジュディが、ルベールとビエルに、侵入するタイミングを携帯電話で指示しているところが写真の後方に写っていたのだ。ビエルはすぐにＵＳＢにコピーした。すべてが終わって少女を解放したとき、本当にそれだけのことを計画して実行する度胸が自分たちにあった唯一の証拠になる、思い出の品だ、と彼が言うと、二人は誇らしげにうなずいた。内心大笑いした。あまりにもおめでたすぎるだろう？

それにまた例の万能ナイフ級に役立つルーマニア人の助けを借りて、作家の自宅周辺の防犯カメラの死角を探してもらい、誘拐時に使うルートを決めた。

最後に、小説の中で怪物が使っていたような黒い便箋と封筒を購入した。ルベールが、怪物の美文調を真似て手紙を書くことになった。さすが作家さんだ。すでに練習を始めたと彼から聞いて、ビエルは二重の意味でほっとした。一つは、手紙を書く興奮で、ルベールがつかのま良心の呵責を忘れているように見えること。もう一つは、いざというときには、これを証拠品として使えること。いつもと違う筆記文字をたとえ使っても、筆跡鑑定家が見れば、ルベールが書いたものだとすぐにわかるはずだ。

計画の輪郭ができると、あとは実行日時の選定だけだった。アルサ家の予定を見たところ、第十二回国際文学会議の閉会式というイベントがあり、夫婦で出席予定だとわかった。二週間先の九月二十三日の夜だ。

それなら計画を最終的に詰めるまでにまだ時間の余裕があるし、しかもその日はジュディとルベールが勤務している出版社でパーティがおこなわれる予定だった。あとは、誰にも気づかれずに二人がパーティを脱け出す方法さえ考えればいい。一方ビエルは、その数日前に設定していた家族の晩餐会をその晩に延期することにした。警察が捜査を始めたとき自分たちが疑われるとは、正直あまり思っていなかった。しょせん彼らはディエゴの元教え子でしかなく、しかも十年以上、何の接触もないのだ。だが完璧なアリバイを作っておけば、邪魔にはならないだろう。運転も誘拐も、用心と安全が肝心だ。

ビエルはため息をついて、怪物の衣装を眺めた。計画実行まではまだ二週間ある。本当に待ち遠しい！

34

常套句

九月二十三日の夜は、時間の神が日にちの数え方を間違えたかのように、思ったより早く来て、ルベールは今にも心臓発作を起こしそうだった。それでも食肉処理場へ向かう子羊さながら、計画どおりにおとなしくパーティへ向かった。おまえはまっしぐらに破滅へ突き進んでいるが、今ならまだやめられる、そう叫ぶ心の声は無視した。

目覚めたくても目覚められない夢を見ているかのように、彼は一張羅を着て、ジュディと二人で通りに出た。途中で彼女が自分の手を握り、「引き返そう。引き返せるうちに」と言ってくれればいいのに、と願う。もう充分楽しんだし、もっと冷静になって、ビエルに引きずられて馬鹿なことをするのはやめましょう。このままじゃ犯罪者よ、と。だがジュディはずっと黙り込んでいたし、いざ会社に着くと、ほかには選択肢などないかのように、計画どおりに行動した。彼女はドラッグでずっとハイだったから頭がまともじゃなかった、とかばうこともできた。だが自分はどんな言い訳ができる？

ほかの招待客や参加者たちとできるだけ会話して、万が一警察の捜査が入っても、同僚全員が二人はそこにいたと迷わず証言できるようにお膳立てした。やがてジュディが彼に近づいてきて、時間よ、と知らせた。ルベールはあきらめのため息を漏らし、体の曲線を強調したジュディがいかにも酔っ払った様子で、経理部のあまり冴えない同僚二人に近づいて、気を持たせるように寄りかかるのを壁際で見ていた。ルベールはグラスを置くとジュディに近づき、彼女と派手な喧嘩を始めた。二人の同僚はさっさと逃げ出したが、恋人たちの痴話喧嘩は終わらず、パーティ客の注目を集めた。それが目的だった。もう充分だと判断すると、ルベールはジュディを引きずって自分のオフィスに行き、そこにこもって大喧嘩を続けた。二人でたがいを大声で罵りながら、ルベールはUSBを取り出し、パソコンに挿すと、二時間余りのオーディオファイルをクリックした。そこには長い口論の様子に加え、仲直りの激しいセックスを思わせる呻き声や笑い声が録音されている。ルベールは危険だと主張したが、誰がどう考えても恋人同士が喧嘩の末やり始めたと思えるオフィスを開けようとする者などいない、とビエルは請け合った。しかもドアに鍵がかかっているのだ。二人は、誰も使わない非常階段に面した窓から部屋を出たが、その前にルベールはジュディがコカインを軽く決めるまで待たなければならなかった。彼は何も言わなかった。おのおので緊張をほぐすしかないのだ。

駐車場に向かいながら、ビエルは計画どおりに事を進めているだろうかと考える。今頃友人は晩餐が待つ父の家に到着し、泥酔したふりをしているはずだ。そこには父と継母をはじめとする、ビエルに言わせればクソつまらない一族郎党が集まっている。食事が始まったとたん、ビエルは父に恥をかかせるべくあらゆる手を尽くし、一同を徹底的にいらつかせたあと、よろよろと客用の寝室に引っ込んで眠りこける。部屋に入るとすぐドアに鍵をかけ、内側向きの部屋の利点を生かして配管を伝って中庭に下り、夜の闇に消えるという寸法だった。父親が部屋に呼びに来るとは思えなかったが、もし来ても、酔いつぶれた息子が返事をしないのは特段不思議なことではないだろう。

ディエゴの住む地区に到着すると、ジュディとルベールは別々の任務についた。ジュディは事前にレンタルして少し離れた場所に駐車しておいたワゴン車のところに行き、ルベールは監視場所へ上がった。屋上にほかに誰もいないことを確かめたとき、まだ引き返せるぞという声がこれまで以上に大きく頭に響いた。もしそのときビエルからワン切りの電話がかかってこなかったら、本気でそうしていたかもしれない。もちろん、足がつかないようにプリペイドの電話が使われていた。その呼び出し音は、ビエルがディエゴのマンション内に入り、守衛室のどこかに身を隠したという合図だった。ここまで来れば計画が中止になる可能性はなく、ルベールとしても失敗しないように自分の役割を果たすしかなかった。ディエゴの部屋のベランダを見据えながら、汗が流れ出すのを感じる。このままベビーシッターが出てこなければいいのに、と思う。そんな淡い希望を抱きながら、ルベールからの「行動開始」の合図である呼び出し音を守衛室で待つビエルを想像する。彼の小さなリュックには、外科医の扮装、赤インク、クロロホルムに浸したハンカチ、ナイフ、黒い封筒に封入したルベールが書いた怪物の手紙が入っている。それから、コカインの靄に包まれて、幸いにも現実感を失っているジュディがワゴン車に座っているところも想像した。

ベビーシッターが現れたとき、心臓が止まるかと思った。もう後戻りはできない。抗えない何か強い力で、自分は地獄へと引きずり込まれる。無力感の中、シッターがいつもどおり煙草を二本吸ったあと、悪行の痕跡を消しに中に戻るのを恐怖に痺れながら眺める。今だった。もし今「計画中止！」というメッセージをビエルに送ったら、まだ間に合うだろうか？　理由はあとでいくらでも考えればいい。シッターが外に出てこなかったとか、ルールを破って、シッターが恋人を中に引き込んだとか何とか……。今室内の様子がわかるのは自分だけなのだから、どうにでもできる。しかし浴室の灯りがついたとき、ルベールにできたのは、ビエルに電話をかけてワン切りすることだけだった。しばらく暗がりの中で、突然勝手に動きやがってと非難するかのように、手をじっと見つめていた。しかしそのあとまだやることがあると気づき、慌てて立ち上がった。

通りに出て自分の車に乗り込むと、全速力で会社のパーティに戻る。心臓が激しく胸に打ちつけていた。運転しながら、なぜ計画を止めなかったんだと自分に問い続けた。そこまで先生を憎んでいるのかといえば、答えはノーだった。正直に言って、先生の書斎で襲いかかってきた強烈な憎悪を保ち続けるのがどんどん難しくなっていた。最近では、かなり集中しないとかきたてることができず、心の片隅で徐々に消えつつある。それならなぜ電話をかけてしまったのか？　ビエルが怖いから？　そのとおりだった。恐怖は日に日に大きくなっていた。今も、彼があの血まみれの外科医の変装をして先生の家の中を忍び足で歩いているところを想像するだけで、心の底から恐ろしくなる。まずベビーシッターを浴室に閉じ込め、アリアドナの寝室に行ってクロロホルムで眠らせ、それから先生の書斎で原稿をめちゃくちゃにし、赤いインクで染める。そのあとどこかに黒い封筒を置き、少女を抱き上げ、ジュディにマンションの地下駐車場に来いと合図を送る。駐車場に入るためのリモコンは、前に部屋に侵入したときにコピーを作った。そして監視カメラに映らないルートを使って逃げる。ルベールは、ワゴン車のことは考えないようにしながら会社に戻り、自分のオフィスから出て、彼女のために水を取りに来たと言ってジュディの友人たちにわざと姿を見せ、またオフィスに戻ってジュディを待つ。

そのおよそ一時間後、すでにジュディも戻ってきたあと、ビエルから今度はルベール自身の携帯電話に待望のメッセージが届いた。《やあ、パーティはどう？　僕は親父の家にいて、眠ろうとしてるけど眠れない。親父と喧嘩した。つい飲みすぎて、もう最悪だ。明日会える？》それは、無事に少女を隠し、誰にも気づかれずに父親の家に戻ったという合図だった。ジュディはそれを読んでにっこりした。たぶん内容も理解できずに、心をどこかにさまよわせているのだろう。

さあ、始まった。ルベールは携帯をしまいながら思った。僕らはかの有名な作家ディエゴ・アルサの娘を誘拐したのだ。当のディエゴは今、国際文学会議で妻と楽しいひとときを過ごし、怪物が現実となってベッドで眠っていた娘をかどわかしたなんて夢にも思っていないはずだ。ディエゴがこれから彼を襲う人生の大異変について何も知らず、のんきにしていると思うと、嬉しくてたまらなくなった。今はまだディエゴは、自分は非の打ちどころのない安穏とした世界にいると思い込んでいるが、じつはそうではなく、ルベールはそのことを知っている。なんだか全能の神になったような気がした。すごい、僕らはやったのだ。しかし、誘拐がこんなに簡単だとは。一瞬、とてつもない力があふれ、世界とがっちりつながって、体に電流が走った。こんなに生きている実感を味わったのは初めてだ。

課題当日までのあいだ、ルベールの心は信じられないという思いと歓喜のあいだで揺れ動いた。やってしまったことを後悔しても仕方がない。今後戻りしたら、それこそ危険だ。計画どおりに進めて、あの卑しく臆病なディエゴ・アルサが苦しむのを見て楽しむしかない。ビエルがくり返し言うように、十二年前に彼らの夢を笑ったあいつのせいで、不当にもこんなに味気ない人生を送るはめになったのだから。

課題挑戦の日、三人は、世界中のほとんどの人々がそうしているように、ビエルがネットにつないだテレビの前に座った。アリアドナ・アルサ誘拐事件の話題は今やスペイン国内はおろか世界に広まっていた。さながらオリーブ油の鉢をテーブルに置くウェイターのように、ビエルはそこに何本もコカインのラインを引いた。にっこりするビエルと顔をしかめるルベールの前で、ジュディはすぐにそのうちの二本を吸い込み、その後も折に触れ吸っていたが、ルベールは今やそちらは見向きもせず、画面に目を釘付けにしていた。巨大な犬がかがみ込んで皿をいっぱいにすると、仮面をつけたアシスタントがそれをテーブルに置いた。やがてディエゴが青ざめた表情のない顔でその前に座り、顔をしかめないようにこらえながらおもむろにスプーンを手に取り……そして終わった。

ビエルとジュディは大笑いしながら拍手喝采したが、ルベールは一緒になって祝う気にはなれなかった。元教師は、全世界が見守るなか、犬の糞を食った。娘を誘拐されたうえ、そんな恥辱を味わわされるほどのことを彼がしたのか？　ルベールは胸のむかつきを必死に抑えようとした。

だが幸い、いたずらはここまでだ。明日少女を解放したら、ルベールはジュディとどこか遠くに行くつもりだった。ビエルやコカインから距離を置ける、あまり高くない小ホテルでのんびりして、この狂気の沙汰について忘れる。すべてただの悪夢だったかのように。

だがビエルには別の考えがあった。

「もっと続けよう！」癌の特効薬でも見つけたかのように声をあげた。「続けなきゃ。それが僕らの義務だ。今やめたらもったいないよ」

「そうよ、ほんと」ジュディが興奮気味に賛成する。

「何だって?」ルベールはぎょっとした。「君たち、どうかしてるよ。ありえない。ここで終わりだ」

「興ざめなこと言うなよ、ルベール」ビエルは今やじっとしていられず、室内をうろうろ歩き出した。「あんな課題は簡単すぎた。娘を救いたきゃ、どんな父親だってクソぐらい食うさ。もっと難しい課題を出して、親愛なる先生が愛する娘のためにどこまでできるか証明しなきゃ」

「だめだよ、ビエル!」ルベールは引かなかった。「明日あの子を解放するんだ。最初にそう決めたし、これ以上続ける必要はない。ここで終わりだ。話し合いの余地はないよ」

ビエルはまた腰を下ろし、楽しそうにこちらを見た。

「へえ? じゃあ誰があの子を解放する? 君はあの子がどこにいるかも知らないのに」

ジュディが、世にもおかしい冗談を耳にしたかのように、ケラケラと笑った。ルベールは鳥肌が立った。ビエルが本気だとは思いたくなかった。

「いいか……」口を開いたが、さっきほど自信がなくなっている。

「あの子は無事だよ、心配するな」いらいらする父親のようにビエルが彼を遮り、またコカインのラインを用意する。「至れり尽くせりさ。誰にも危害を加えさせないし、すぐに解放する。すごくおとなしくしてるよ。もう何日か閉じ込められても大丈夫さ。とにかく、先生にはもう少し苦労してもらわないと。ここまでさんざん危ない橋を渡ってきたんだ。あんなつまらない課題で終わらせたら、割に合わない」ジュディの笑い声、ビエルが準備するコカインを見つめるぎらぎらした目に、ルベールは歯ぎしりした。「もう一つだけ課題を与えようよ。体の痛みを味わわせるようなやつを。それもあいつが怖いものの一つだろう？」

ジュディはビエルに渡された紙幣を丸め、ドラッグを思いきり吸い込んだ。ルベールは喉のつかえをごくりと呑み込んだ。こんな馬鹿げたことを続けたがる彼らの気が知れなかった。その一方で、これでは終わらないと、どこかでわかっていたのも確かだ。だが、終わらせなければ。ジュディがすでに操り人形になってしまった今、何とかビエルを説得するしかない。決めるのはおまえじゃない、誰もおまえをリーダーに選んでない、そうわからせるのだ。だが、ビエルがネット検索しようと取り出したタブレットをちらりと見た瞬間、ルベールの喉元で言葉がつかえた。スクリーンセーバーが見えたのはほんの一瞬だったが、恐怖が胃をぎゅっと締めつけるには充分だった。それは、映画を観に行ったアルサ一家を尾行する、変装したジュディの拡大写真だった。ビエルの別の一面を見た気がして、その横顔を震えながら見つめる。これは遠まわしの脅しだろうか？　僕らを陥れる証拠をほかにもどれだけ隠し持っているんだ？

「それに、第二の課題として、最高の道具を見つけたんだよ」ビエルは画面を指でスライドさせながら言う。もう心は決まっているらしい。「〈コウノトリ〉って知ってるか?」

巨大な足枷か何かのように見えるものの写真を示し、どう使うか説明をするビエルを見ながら、ルベールは何とかして計画を止める方法を考えようとした。ディエゴにその拷問道具を使うことを、ビエルは今思いついたわけではないと、もうわかっていた。そうとも、アリアドナを誘拐したときからそう決めていたのだ。疑念が確信に変わるにつれ、ルベールの内側でゆっくりとパニックが広がっていった。じゃあ次は? 先生の視力を奪うのか? ルベールを恐怖が締めつける。だから少女をどこに監禁したのか言おうとしなかったのか? 場所を教えられないのは、それが祖父の遺言だからと言い訳していたが、今思えば馬鹿げた話だ。自分とジュディに罪を着せるため、ビエルはほかにどんな証拠を握っているだろう? ジュディの写真。事件当日に使った、彼らの指紋がたっぷりついたプリペイドの携帯電話。ワゴン車を借りるときも、ジュディがサインをした。偽のIDを使ったとはいえ、筆跡ですぐにわかるだろう。書類に貼付した写真だって、変装した彼女のものだ。彼女のDNAだらけのそのときの鬘も、保管しているのはビエルだ。マルトレイ家の人々にしても、まわりの人間にしても、ビエルの話を信じたら、彼らに勝ち目はない。あいつを怒らせないほうがいい。学生時代、まだあいつがへらへらしたデブだった当時、いじめっ子たちがいつの間にか彼らをかまわなくなったことを、ルベールはよく覚えていた。

ルベールは、その晩のうちに二通目の手紙を書くよう命じられて、ビエルの家から帰宅した。それを翌朝、アレナというフォルチ医師の友人の清掃会社が掃除を請け負っているブックカフェから、ディエゴに送ることになっていた。そのアレナの持っている鍵束も、運よくコピーしてあったのだ。ビエルが最初からそういうつもりだったことが、ここからもわかる。なぜ気づかなかったのか？　僕の目はまさに節穴だ！　アパートに戻ると、ビエルからコカインの効果を相殺する鎮静剤を与えられたおかげで気絶したように眠っているジュディを尻目に、ルベールはすべてを終わらせる方法を悶々と考え続けた。まるで、ブレーキのない車に乗せられて、坂道を下っているような感じがした。運転席に座るビエルは、三人とも不死身だと思っている。警察に出頭して洗いざらい白状するのがいちばん理にかなっているが、その勇気はなかった。それにサイコパスの画策で自分たちだけ刑務所に行くはめになるのは、あまりに不当だ。警察と取引する選択肢もあるが、殺し屋か何かに口封じされるかもしれない。たとえば例のルーマニア人に。ビエルに気づかれずにできることはあるだろうか？　父親のパラーヨ・マルトレイに匿名で密告したら？　ビエルの父親なら大ごとにせずにすべてを丸く収められるかもしれないが、ビエルは密告者をすぐに見破り、ルベールを殺すだろう。場合によっては自分の手で。やはり、何らかの方法であいつを脅かすのがいちばんだ。警察が偶然彼らを容疑者と見なすようになれば、捜査の手が伸び、さすがのビエルも怯えて計画を中止するだろう。だが、どうしたらビエルに気づかれずに警察にヒントを与えられる？

一時間近く知恵を絞り、ついに思いついた。ディエゴに自分たちを疑わせるのだ！　古い罪を思い出させ、かつて接触を断った教え子たちの名前を彼の耳元で囁く。ただし、秘密の言葉でこっそりと。作家同士にしか通じないやり方で伝えよう。そこでルベールは、前回と同じように怪物の文体を手本にして第二の手紙を書き始めたが、今回は〝狼の口さながら〟という表現を潜り込ませる工夫をした。十年ほど前、先生と議論したあの常套句だ。ほかから浮かないようにうまく溶け込ませたから、これが隠れたキーワードだとはビエルにもわからないだろう。だがディエゴが気づくかどうか確信はなかった。先生はあの午後の議論のことを覚えているだろうか？　わからないが、でももし気づいて、それが先生の記憶の扉をこじ開けたら、先生は彼らの名前を警察に伝えるだろうし、そうなれば早晩、警察が調べに来るはずだ。三人にはアリバイがあるから、警察はいくつかお決まりの質問をしたあと、すぐに解放するに違いない。だが、ジュディとビエルがようやく危険を理解し、この異常な計画を取りやめにするには充分だろう。

翌朝、ビエルが近所にある例のブックカフェに開店前に行き、二通目の手紙を警察に送った。そこに、彼らの正体をほのめかす一節が含まれているとも知らずに。

35　ココヤシの木々に囲まれて交渉する

　少女を誘拐してから六日が経過し、ビエルはもう飽き始めていた。二日後にある二度目の課題挑戦では先生が拷問道具で身をよじる姿を楽しめるはずだが、それまでどう退屈をやり過ごせばいいかわからない。せっかく誘拐事件を起こしたのに、こんなにつまらないなんて。実を言えば、何もかもうまくいきすぎて退屈なのだ。

　ところが昨日の午後、少しどきっとさせられることがあった。思いがけず、警察が訪ねてきたのだ。十年以上連絡も取り合っていない先生と自分たちを結びつける者がいるとは、正直思ってもみなかったのだが、ジェラール・ルカモラ警部は別の刑事とともに家に現れて、事件について尋ねてきた。しかしすぐに、二人は何を知っているわけでもなく、何一つ証拠もつかんでいないとわかった。仕事をしているふりをするための、ただの当てずっぽうだった。一方ビエルのほうは、この厳めしい顔の警官の秘密を知っていた。

　いずれにせよ、そこに父が現れたおかげで、なごやかな会合に終止符が打たれた。父は、マルトレイ家の名が汚される危険を察知するや、興奮したロットワイラー犬のようにがむしゃらになる。このときがまさにそうだった。こんな役立たずな馬鹿息子がそういう大それた事件に関わっているなんて考えもしなかったから、すぐに祖父の書斎に閉じこもってあちこちに電話をかけまくった。数分もすると、あの警部がこの屋敷や子供たちに金輪際近づくのを禁じるという確約を、警察上層部から勝ち取った。

とにかく、かの警部たちがタイミング悪く現れたことで、ビエルは危機管理をせざるを得なくなった。連中が来たとき、タッパーに入れて冷凍庫にしまってある夕食を、少女のところにまだ運んでいなかった。警官が姿を消し、父が書斎に引っ込むのを待って、ビエルはリュックにタッパーを詰め込むと、人に見られないうちに少女のもとへ急いだ。いつものように、屋敷とカジノの廃墟とをつなぐ秘密のトンネルを使う。このトンネルとカジノの地下室は、どうせ使うことはないと知りながら、父親がその管理をビエルにまかせたものだ。だから、ホームレスを使ったいろいろな実験のために地下室を利用するとなったとき、少しも困らなかった。その地下室に加え、家族が足を踏み入れない場所にある古い小屋も、バイク置き場として重宝した。ルカモラ警部がこの家を監視し始めた今はとくに、バルセロナに行くのにとても便利だった。

昨夜、いつものように街道に面した塀近くにある出口から地表に出て、地下室の入口に向かおうとしたとき、廃墟の前に車が停まっているのに気づいた。こっそり観察したところ、例の刑事たちの車だとわかった。警部が誰かと電話で話している様子からすると、上司からお目玉を食らっているようだった。こういうとき、父はじつに有能なのだ。だがそのときルカモラに見られたような気がして、ビエルは廃墟の中に逃げなければならなくなった。自分だと気づかれただろうか？　わからない。だが、地下室への入口をめざして走りながら、彼らが追ってくる足音を聞いた。慌てる必要はない。こちらは地下室の入口を知っているし、相手に見られずに姿を消せる。この暗さでは、どこに何があるか誰にもわからないと思うと、笑いがこみ上げた。きっと警部は幽霊でも見たと思うだろう。子供時代の姉たちを怖がらせたときと同じだ。

少女に食事を与えたあと、少し待ってから秘密の入口を使って地上に出た。そのあと忍び足でトンネルへ向かったが、刑事たちの気配はもうなかったし、車も消えていた。トンネルは山の地下をまっすぐ貫通しているが、街道はつづら折りだ。だから三十分後には誰にも気づかれずに厨房に戻った。継母はまだ庭でお茶を飲んでいたし、書斎から相変わらず父の声が聞こえてきた。

しかし父のそんな断固たる処置も実を結ばなかった。次の日の朝、朝食の席で観ていたニュース番組に、マルトレイ家の屋敷から現れた二人の刑事の姿が映し出されたのだ。記者の群れをかき分けて進む二人を見て、ビエルはにんまりした。キャスターが謎めいた口調で、かの名家が怪物事件とどんな関わりがあるのかと画面に向かって問いかけた。手早くネットを検索してみて、あのキャスターは、あらゆるメディアの論調を後追いしているだけなのだと知った。誰もが過去のアーカイブから、マルトレイ家に関する写真を次々に引っぱり出してきていた。交通事故で亡くなった母と寄り添い微笑む父。しかし、後妻に迎えた、二十歳以上若いゴージャスなコロンビア人美人女優と一緒に写った写真もあった。二人の姉クララとヌリア、それに虫も殺さないようなまぬけ面をした自分の姿も。さぞ父は激怒することだろう。

とはいえこの騒動で、ほんの少しリスクが加わると、悪徳はいっそう楽しくなるとビエルは気づいた。ビエルにとってそれはもはやドラッグだった。コカインなんかよりはるかにいい。

すると、まるで天上に住む誰かが彼の願いを聞き届けてくれたかのように、宅配業者が彼の家のドアを叩いた。ビエルは眉をひそめ、クッション素材の封筒を受け取った。天から遣わされた配達人が去ったところで封筒を開けると、つい最近撮られた自分の写真が現れた。実際、いつ撮影されたものかはすぐわかったが、撮影された覚えのないものだった。なぜならそれは、幼いアリアドナを抱いてアルサ家のリビングに立っている自分の写真だったからだ。血まみれの外科医の変装をしていたが、マスクを下ろしてカメラに顔を向け、にやりと笑っていた。だがもちろん、そこにカメラがあるなんて知らなかった。じつはそのとき、誰にも知られず有名作家ディエゴ・アルサの娘を誘拐しようとしている自分をベランダの窓ガラスに映し、確認せずにいられなかったのだ。すぐにマスクを戻して立ち去ったが、まさか誰かが、おそらく正面の建物のどこかからこの瞬間を撮影していたとは。望遠レンズで撮られたと思しき写真ははっきりと彼の顔をとらえ、誰が見てもビエルだとわかった。

写真の裏に短いメッセージがあった。

《カハラ・バー、二十一時、こちらがあんたを見つける》

ビエルは微笑んだ。どうやら自分たち以外にも誰かがアルサ一家を監視していたらしい。いやはや驚いた。本物の怪物だったりして、と思い、ほくそ笑む。相手が誰にしろ、ちょっと遊んでやろうじゃないか。こんなに楽しいことはなかった。

その晩、ビエルは新しい友人との待ち合わせ場所に向かった。警察の監視をすり抜けて、地下トンネルを使ってカジノの廃墟に向かい、バイクで山を下りた。カハラ・バーはディアグナル通りにある趣味の悪いトロピカル・バーだった。しかし、まるで水族館のようなブルーの照明で店内は暗く、秘密の会合にはもってこいだ。この時間、客はまばらで、いちばん暗い奥の席に座っていた男がそっと手を上げた。四十歳ぐらいの痩せたこぎれいな男で、派手なトロピカルカクテルを前に尊大なまなざしをこちらに向けている。ドクター・ハウスと名乗り、あんたが何をしたか知っている、と単刀直入に言った。さっき送りつけた写真のような証拠をいくつも所有しており、もちろんどれも安全な場所に保管してある、と。必死にこちらを脅そうとしているのがわかってなんだか微笑ましく思い、しばらくは怯えているふりをすることにした。途中で写真の値段を突きつけてくるとばかり思ったのに、金はいらないと言われて正直驚いた。薬の横流しなんかもして充分な稼ぎがあるし、よほどのことがなければ、事をおおやけにする気もない。自分もディエゴ・アルサを心底憎んでいるので、あいつの人生がめちゃくちゃになるのはむしろ嬉しい。だが自分はラウラを愛している。だから、彼女を取り戻すのを手伝ってほしい。

ビエルは眉を吊り上げた。ハウスはそれが冗談ではないことをわかってもらうために、大学時代にさかのぼるフォルチ先生との愛の遍歴を話し始めた。かなわぬ愛の物語なんてどうでもよかったから、ビエルはあくびをこらえなければならなかった。大まかにまとめるとこうだ。接近禁止命令を受けたあともラウラを忘れられず、彼女がパニャフォール村に引っ越したと知って、わざわざ出かけたりもした。だがそこで彼女がディエゴ・アルサという教師と付き合いだしたことを知り、散歩中の二人がキスするところさえ目撃した。傷心の彼は彼女をあきらめようとロンドンに渡ったが、やはり無理だった。夫が有名作家になったために二人の近況を追うのは難しいことではなく、とうとう我慢できなくなって、何としてもラウラを取り戻す決意でバルセロナに戻った。彼女の住所を調べ、正面にある部屋を借りて、じかに監視を始めた。私はべつに病気じゃない。ただ可能性を確かめたかっただけなんだ。夫婦関係は良好なのか、自分にもチャンスはあるのか。それでプロ用の望遠レンズとカメラを買い、北向きの窓から自宅で過ごす家族の写真を撮り始めた。もし夫が自宅に女でも連れ込んでいたら、悪事の証拠をつかんで、匿名で彼女に送りつけてやろうと考えていた。

だが、まさか娘が誘拐される場に居合わせることになるとは思ってもみなかったのだ。監視を始めてわずか五日目、ディエゴの最初の小説に登場する悪役〈怪物〉に扮した何者かが少女を運び出すのを目撃した。そして、そのとき撮影した写真の中に、警察を悩ますこの事件をきれいに解決する値千金の一枚があった。ハウスとしても、その写真をどうしていいかわからなかった。

事態を理解したとき、自分とラウラとの過去のいざこざが明らかになれば、警察に疑われるに違いないとハウスは思った。その場合、この写真が無実を証明してくれるだろうが、もし警察に渡したら、家を覗いていたことが最愛の女性に知られてしまう。それはまずい。匿名で警察に送ることもできるが、それではせっかくの幸運をみすみす手放すも同然だ。とにかく行動を起こさなければと思い、写真をＵＳＢに入れて安全な場所に隠し、アルサの小説やカメラや写真をすべて処分した。予想どおり警察が訪ねてきてあれこれ訊かれ、ハウスは昔の恋人のことなどもうすっかり忘れたふりをした。そのあとは事の推移を見守ることしかできなかった。何しろ、写真に写っている変装した男が誰か見当もつかなかったからだ。その写真は自分の切り札であり、使うタイミングを辛抱強く待つ必要があった。その一方で、この事件のおかげでおいしい思いをする自分を空想した。もし娘が死んで、夫が自殺でもしたら、絶望したラウラの前に颯爽と現れ、慰めよう。彼女が受け入れてくれるかどうかは別問題だが、そのときにならなければわからない。

ところが最初の挑戦のあと、困ったことになった。彼がアルサの本に関して嘘をついていたことに警察が気づき、パソコンや携帯電話を没収されてしまったのだ。幸いラウラの写真も誘拐現場の写真もUSBに移し、パソコンのファイルはすべて消去したので、警察の手には渡らなかった。それでも連中の執拗な追及で、頭が変になりそうだった。覗きのことをラウラに知られたくなかったし、挑戦ゲームを最後まで見届けたい気持ちもあったが、写真を匿名で警察に送ってすべてを終わらせるしかないと思うほど追いつめられた。警察なら、写真に写った犯人が誰か、すぐに突きとめるだろう。

すると今朝になって新聞を開いたところ、そこに犯人の顔を見つけたのだ。大きな眼鏡とまぬけな笑みが印象的で、髪型も珍妙だったが、すぐにこいつだとわかった。ガブリエル・マルトレイ、著名な実業家パラーヨ・マルトレイの息子だ。そのときついに写真の使い道を思いついた。だからこうしてココヤシの木々に囲まれ、二人で交渉の席につくことになったのだ。

ビエルは怯えて黙り込んでいるふりをしながら、相手の鬱陶しい熱弁を聞いていた。震える声でおずおずと二、三質問をするにとどめ、相手に自分の独壇場だと思わせた。事前に何度か侵入したときには相手が監視していなかったのが残念だが、時間が合わなかったのだろう。もし立ち会っていたら、ルベールとジュディの写真も持っていたはずだ。だが、窮地に立たされているのは自分だけらしい。ビエルは、どうしていいかわからなくなっているふりをしながら、本当なら相手を殴り倒してその顔からにやけ笑いを消してやりたいところをこらえ、これを逆手に取れる方法はないか考え始めた。

「つまりお金の問題じゃなく……」ビエルは話を要約した。「ラウラを取り戻す手伝いをしてもらいたいだけだ、と」

ハウスは堂々とうなずいた。

「でもどうやって?」

ハウスは椅子にふんぞり返った。全部考えてあると言わんばかりだ。

「三番目の挑戦のあと、ディエゴが成功するか否かにかかわらず、私が娘を救出したように見せてほしい。方法は問わない。考えるのはあんただ。嘘だとばれないようにするのが肝心だ。理想を言えば、私がどうにかして監禁場所を見つけて娘を解放し、母親に返す。だが、私に疑いがかかっては困る。あんたも自首する必要はないし、逃げてかまわない」寛大ぶって言う。「とにかく私は無実であり、ラウラにとってヒーローになる、はっきりさせたいのはその二点だ」

「で、それを僕がどうやって……?」ビエルは言い返そうとした。

「私の知ったことじゃない」ハウスはもどかしげに遮った。「考えるのはあんただ。あんたは悪の天才だろう？　誘拐や挑戦ゲーム、この見世物を考えたのは全部あんただ。まさに怪物じゃないか！　だから知恵を絞ってくれ。猶予は二十四時間。それまでにたがいに満足できる完璧な計画ができなければ、写真を匿名で警察に送る。ラウラを手に入れることはできなくなるが、容疑者ではなくなる。で、あんたは完全におしまいだ」

ビエルはしばらく無言で考え込んでいたが、やがてがっかりしたようにため息をついた。目の前にいるこの男にみごと王手をかけられた、とあきらめたみたいに。

「わかったよ。何か考える」

翌日の同じ時間にまたそこで会う約束をして、ビエルは打ちひしがれた様子で立ち去ったが、内心では、この状況をせいぜい楽しもうと揉み手をしていた。通りに出て時計を見ると、アリアドナの食事の時間だと気づいた。何か作る時間はないからハンバーガーで我慢してもらうか、と思い、近くで〈バーガーキング〉を探した。

翌日早朝、ジュディとルベールを食事に招待した。思ったとおり、ルベールはあれこれ口実を並べて渋ったが、全員が見張られている今、普通に振る舞うのが肝心だし、全員が警察の尋問を受けたことを考えれば、集まって話し合いをするのがいちばん自然だ、とビエルは告げた。無実の人間ならそうするだろうし、僕らはとにかく無実に見せなきゃならない。だから八時にここに来てほしい。ほかにも大事な話がある。

ルベールは沈んだ顔で、ジュディは薬に救いを求める者特有の視線の定まらない表情で現れたとき、ビエルは顔をしかめるのをこらえなければならなかった。馬鹿どもめ。だが、持ち駒はこいつらだけだから、機嫌を取るしかない。

「よく聞いてくれ」グラスとコカインが並ぶガラス製のテーブルのまわりに全員が座ったあと、ビエルは切り出した。「悪い知らせがある。僕らが犯人だと気づかれた」

全員がこの一言で目を覚ましたようだった。ルベールは体をこわばらせ、ジュディはぞっとして口を開けた。

「け、警察に？」ルベールが言葉を詰まらせる。

「もちろん違う」本当に頭がまわらないやつだな、と思いながら答える。「もしそうなら、僕らはここにいない。相手はフォルチ先生の元恋人だ」

困惑した顔でこちらを見る二人に、ビエルはその男と会った話をしたが、多少変更を加えた。自分としては、はるかにいい話になったと思う。例の男がカメラで撮影したのは、ジュディが家族を見張るあいだにビエルとルベールがアルサ家に忍び込んだ日で、マンションへ内を物色する二人がはっきり写っていた。相手は、ビエルにも払えないような途方もない金額を要求してきた。幸い、誘拐当日と、ジュディの写真は持っていないようだが、もし警察の手に写真が渡れば、三人ともまずいことになるだろう。

「しかも相手はかなりの異常者に見えたから、もし要求の金額をかき集められても、それで放免してもらえるかどうかわからない」

「くそ」ルベールはビエルの話を聞くうちにすっかり顔が青ざめていた。「じゃあどうする?」

ビエルは背筋の寒くなるような笑み、しかしジュディにとってはほっとできる笑みを浮かべ、計画を説明し始めた。

36　たまたまこうなってしまっただけ

一時間後、カハラ・バーに入っていくと、ドクター・ハウスはすでにカクテルを半分まで飲み、半ば酔っ払って、顔色もよくなかった。

「ひどい顔だな」ビエルは正面に座り、心配をするふりをした。

「調子がよくないんだ」目を泳がせながら認めた。「ストレスのせいだよ、きっと。あるいは飲むピッチが速すぎたのか。今日の午後も、オラーヤ警部補という警官が病院に現れて、カメラについて尋ねてきた。私がカメラを買ったことを突きとめたんだ。だんだん包囲網が狭まっている。いい計画を考えてくれたことを願うよ。警察に怪物の正体を知らせなきゃならない理由が日に日に増えていくんでね」

ビエルは慌てて相手をなだめ、すごい計画を思いついたと告げて、微に入り細を穿つ説明を始めた。だがそんなふうに説明しても無駄だった。ハウスは話についていくのにひどく苦労していたからだ。目をつぶってこくりこくりと船を漕いでいる。とうとうビエルは、少し外の空気に当たったほうがいいと提案した。支払いをして、ハウスを引きずるようにしてバーを出る。何が起きているのか、もはやわかっていないようだった。それは、おとなしく車の鍵をこちらに渡して自宅の住所を教えたことからも、わくわくした様子で後部座席に乗り込んできたジュディに気づかないことからも、明らかだった。出発前に、ビエルがルイ・ヴィトンの札入れを出して、そのつやつやした表面にコカインのラインを引き、ジュディと一緒に上手に吸い込んだときも、無反応だった。ソファーに横たえ、グラシア地区のロフトに到着したとき、ハウスは完全に意識をなくしていた。ジュディがびくびくと周囲を見まわしながら手を洗うあいだ、ビエルはラテックスの手袋をはめ、テーブルの上に並ぶミニカーの中にあるはずのUSBを捜した。ここに来る途中、ハウスがふと意識を取り戻したときに、ミニカーの一つのトランクにそれを隠したと、たいして無理強いせずとも自分から白状したのだ。

「あったぞ!」ビエルが勝ち誇ったようにUSBを掲げた。

ジュディがほっとため息をつく。

「本当にほかにコピーやプリントはないと思う?」

「心配ないよ。この男は、パソコンや携帯電話を警察に探られてるんだ。そんな危険は冒さないさ。僕らに不利な証拠はこれで全部だ」

「わかった……じゃあ、もう行こう。この場所、なんだか好きになれない」

「たしかに。最悪の内装だ……」ビエルは嫌悪のまなざしでまわりを見た。

「でも、この人どうするの？」ジュディは、今もソファーに仰向けに横たわり、ぼんやりしているハウスを示した。

「酔いつぶれてるんだ。放っとけよ。明日の朝目覚めたら、自分のまぬけさに気づくだろうさ。だがもうどうすることもできない」

「それでも警察に駆け込まれたら？」

「証拠もないのに？　自分は犯人を知っているけど、隠してましたって？　そもそもこいつだって容疑者なんだ。誰も信じないよ。それに覗いてたことをフォルチ先生に知られたら、ビョーキだと思われる。こいつはチクらないさ。どうした、震えてるじゃないか」

　ビエルは彼女に近づき、やさしく抱いた。

「今夜はうまくやってくれたね」ジュディの目を見て言う。「あいつに気づかれずにどうやって薬を飲ませたの？」

「どこかでお会いしませんでしたか、って言って、いきなり横に座ったの。それでわざとバッグを床に落とした。拾おうとしてあの人がかがんだ隙に……」ジュディはグラスに何かを注ぐ真似をした。

「おみごと」ビエルは、子供みたいに彼女の頭を撫でながら、容赦なく見据えた。ウサギを視線で金縛りにする蛇のように。しかし大きく見開いたジュディの目の奥には、まだ恐怖のかけらが見て取れた。「何が心配なの？」と囁く。

「ビエル……もうやめるべきだとルベールが言うの」ジュディは肩をすくめたが、不安のせいで無意識に体が引き攣ったかのようだ。「それもそうだって思うのよ。問題が複雑になりすぎてる。今回のことはサインなのよ。もしUSBが見つからなかったら……」

「でも見つかっただろう？」ビエルは楽天的に言った。「だからもう心配する必要はない。なあジュディ、悪いことは起きないよ、ね？　全部計画どおりだ。もうすぐすべて終わるよ。大丈夫、僕を信じて」

「でも、女の子は無事なの？　ちゃんと世話をしてる？　食事や何か……」

「もちろんだよ！」

「さっき使った、あのトンネルであの子のところに通ってるの？」

「トンネルはいろいろな目的で使ってるんだ」

「でも、どこに閉じ込めてるの？　トンネルの出口の近く？」

ビエルはいたずらっぽく笑った。

「そうかもしれないし、そうじゃないかもしれない」

「ルベールが言うには、あなたが私たちに女の子の居場所を教えようとしないのは……」

「しーっ」ビエルは彼女の唇に指を押しつけた。「ルベールは君に変な考えを吹き込む前にもっとかわいがるべきだ」

返事もさせずにジュディに覆いかぶさり、唇を奪った。相手は抵抗したが、しつこく続けるうちに、しだいにキスに没頭し始める。手袋をはめたままの手でジュディの服を剝ぎ取り、その荒々しさで彼女もいっそう興奮したようだった。ソファーはハウスが占領していたから、絨毯に彼女を押し倒す。それから脚を開かせて一気に貫き、ときおり首を絞めた。息が継げなくなったジュディが背中に爪を立てるやさしい痛みがビエルを燃え立たせた。激しく体を動かすその勢いで、ジュディの頭がソファーにぶつかり、滑り落ちた医者の手が宙で軽く揺れる。意識のない、そのピアニストのような長い指が、なだめようとするかのようにジュディの額を撫でる。二人のセックスを見るために家に招待した、本末転倒の覗き魔。

達すると、ビエルは少し眩暈を覚えながらジュディから離れた。いやはや、なかなかのセックスだった。娼婦相手の人工的なお芝居とはわけが違う。体を起こしたとき、ハウスがぴくりとも動かないことに気づいた。二人が楽しんでいるあいだに、嘔吐物で喉を詰まらせたらしい。それに気づいたジュディは下着を足首に絡ませた格好のままソファーからさっと飛びのき、悲鳴をあげた。

「死んでる、死んでるわ！」パニックになってわめく。「私たち、この人を殺してしまった！」

ビエルはしぶしぶ立ち上がった。体は汗まみれで、てかてかしたペニスが風のない日の旗のように垂れている。ジュディを落ち着かせなければ。こんな馬鹿げたことで、隣近所を警戒させてはまずい。

「落ち着いて、ジュディ。僕らのせいじゃない」そう言ってやさしく彼女を抱き寄せる。「これは事故だよ。僕らは殺すつもりなんかなかった。身を守ろうとしただけさ。たまたまこうなってしまった、それだけだ。でも静かにしないと、誰かが警察を呼ぶよ」

彼の力強い腕に抱かれてあやされるうちに、ジュディも少しずつ落ち着きを取り戻した。少なくとも、わめくのはやめた。石畳の道を自転車で走っているかのように、全身が震えているとはいえ。

「もう終わったことだ……」ビエルは彼女の髪や頬を撫でながら、着せ替え人形のようにそっと下着を穿かせた。「彼には何もしてやれないし、僕らだって罪の意識を感じる必要はない。こいつは僕らを脅したんだ。報いを受けたんだよ。さあ、座って心を落ち着かせて」ジュディを肘掛け椅子に座らせ、服を渡して着替えるのを手伝った。

「思いついたんだ」ビエルがやがて言った。「この不幸な状況を利用する手を。怪物は実在するってことを先生にわからせるため、メッセージを送ろう」

ジュディはのろのろとビエルを見た。横にいるのは今愛し合った男ではなく、世にも恐ろしい何ものかだとふいに気づいたかのように。

もちろん、何が起きたか聞かされたとき、ルベールは恐慌を来した。話したのはお子様向けバージョンで、ジュディとの激しいセックスのことも、血を赤インク代わりにしたという不必要な残忍さについても端折ったのだが。

「こんなことになるとは思わなかったんだよ、ルベール」ビエルは相手をとりなすように言った。「不幸な事故だったんだ。僕らがＵＳＢを捜すあいだに汚物で喉を詰まらせた。あいつが僕らを恐喝したりしなければ、こんなことにならなかった。そうじゃないか？」

室内をうろうろ歩きまわっていたルベールが立ち止まり、もうたくさんだ、というように首を振った。

「冷静にならなきゃ」ビエルの言葉はジュディに対するものでもあった。「この医者の死が僕らと結びつけられるはずがないんだ。僕らは警察に監視されている。三人は一晩じゅう、家にいたと、見張りの警官たちが証言してくれる。トンネルのおかげで、僕らが脱出したことを誰も知らない。検死医があの医者の死亡推定時刻を明らかにしたとき、逆に僕らは無実になる――警察の証言によって！」ビエルは思わず大笑いした。

それで二人は少しは落ち着いたが、その晩はずっと彼らを励まし続けなければならなかった。夜明け近くになって、何とか二人を安心させて家に送り届けた。少なくともこれで、あいつらが勝手な真似をすることはないだろう。一人になったとき、へとへとではあったが妙に高揚していたので、ビエルは睡眠薬を飲んでベッドに入った。
五、六時間ぐっすり眠ってすっかり疲れも取れ、一大見世物を楽しむ準備は万全だった。

怪物が出した第二の課題にディエゴが挑戦するのだ。娘に食事を与えたあと、たっぷりの食べ物とビール、高級ワイン、山ほどのコカインを小部屋のテーブルに並べ、大型のプラズマテレビの前に陣取る。もし先生がぎりぎりまで頑張ったら、生中継は七時間続く可能性があり、何か足りなくなるたびに冷蔵庫に突進するのは避けたかった。

ところが驚いたことに、大方の予想を裏切って、先生はやりきったのだ。立ち上がることもできず、ぼろぼろになってセットから運ばれていったが。ビエルは満足げに微笑んだ。先生が拷問されて身をよじるのを見るのも楽しかったが、最後のほうで、あの医者のロフトの壁に書いたメッセージと同じ文句を叫んでいたのが、まさに天の采配だった。一連の出来事で、これだけいろいろおいしい思いができるとは！　そのうえ、先生が第二の課題をクリアしたということは、胸の内で温めていた第三の課題を発表できるということだ。ビエルはにこにこしながら杯を掲げた。一人の人間の生死を自分が握っている。何でもこちらの望みどおりのことをさせられるのだ。僕は無慈悲でひねくれた神だ。自分自身すら超越しつつある。学生を自殺させることなんかより、はるかに楽しい。

しかし幸せは長くは続かないものだ。生中継が終わるとすぐ、ルベールが携帯に電話をかけてきた。そして前置きもなしに、ジュディと自分はもうやめる、と言い出したのだ。少女を誘拐し、父親を拷問し、ついには人殺しまでしてしまった！　もし君が耳を貸さないなら、警察に電話して、全部ビエルのアイデアであり、自分たちは操られていただけだと告げる。べつに刑務所に行くのはかまわないし、検察官とは取引をするつもりだ。ビエルの犯罪を立証するため、ジュディと自分は何でも協力する。

ビエルは唇に歪んだ笑みを浮かべながら、ルベールの長口舌を聞いていた。遅かれ早かれこういう電話が来ることは予想がついたし、準備もしてあった。友人の話が終わると、ビエルはしばらく黙り込み、おもむろに口を開いた。

「それで終わりか？　じゃあ、今度は僕の話を聞いてもらおうか。僕が持っているＵＳＢには、二人でマンションに侵入したときの写真がいろいろ入ってると言ったよね？　だけど僕は、警察にもわからないように写真をいじって、君一人しか写っていないふうにできる人を知ってる。それに、昨日自分が着てた服は焼き捨てたけど、ジュディの服は保管してある。本人が君にどう話したか知らないが、あの哀れな医師を何度も刺したのは彼女なんだ。だからその服には医師の血飛沫がたっぷり跳ねている」

「刺したのはあんただとジュディは言ってる」

「嘘だ。もうやめろ、と僕が頼んだくらいさ。もし誰も止めなかったら、どうなっていたか……」と言って笑う。「そのときのこと、ジュディは覚えてないかもしれないが、服が動かぬ証拠だ。それに、誘拐当日にワゴン車を借りたのも、偽の身分証明書でフォルチ先生のジムに登録したのも彼女だからな。そこに貼付された写真と同じ鬘と眼鏡姿で写り込んでいる写真が、アルサ先生のパソコンにあることもお忘れなく。知ってのとおり、そのコピーを僕も持っている。いずれにせよ、君がどう訴えても、警察はその逆だと思うだろうね。主犯は君たちで、その友人である頭の弱い僕は操り人形だった、と僕は主張する。学生時代と同じく、僕は君たちに取り入るために何でもした。当時の同級生に話を聞けば、みんな同意するはずだ」

しばらく沈黙が続き、やっと電話の向こう側からルベールの声が聞こえてきた。

「クソ野郎！　おまえはどうかしてる。頭がおかしい！」

ビエルはにんまりした。やっと気づいたか、愚かな連中め。

「おいおい、穏やかじゃないな。そんなにかっかしてたら、いいものが書けないぞ。明日怪物からの三通目の手紙を届けなきゃならない。その手紙は君の最高傑作になるはずだ。歴史に残るぞ。だからせいぜい励んでくれ。どういう内容になるかもうわかってるよな。先生は視力を奪われる。スプーンで目をえぐり取らせようと思うんだが、どうかな？　できるはずなんだ。インターネットで見たことが……」

「そんなもの書くか！　おまえが書け。怪物はおまえだ！」

「ルベール、それは違うぞ。怪物は三人で完成するんだ。僕が脳みそ、ジュディがナイフを握る手、そして君は声だ。今まで最高のチームだったんだから、最後までやり抜こうじゃないか。怪物がどう話すか知っているのは君だけだ。ここまで来てやめるのは、君だって不本意だろう。君の晴れ舞台だ。それにさっきも言ったように、もし書かないなら、二人には破滅してもらう」

　そう言って、電話を切った。

　その午後はずっと、拷問を受けているディエゴの名場面の映像や、たちまちネットに出まわったミームを眺めながら、ルベールが手紙を書いてよこすのを待ったが、あのとんまは反抗を続けることにしたらしい。たっぷり怖がらせて反抗心を削いでやったというのに。これまでの手紙を真似して自分で書いてもよかったが、専門家が見ても違いを判別できないほど完璧なものにはならないとわかっていた。文の構成やらメタファーやら、知ったことじゃない。実際ディエゴのワークショップに参加したのは、創作のためではなく、自分の手を汚さずに人を殺す練習をするためだった。それに怪物特有の華々しい筆跡も真似しなければならない。やはり書くのはルベール以外に考えられない。最後の一幕になって、これまでの完璧な芝居を台無しにするわけにいかなかった。だから夜中になって、いくつか電話をかけたのだ。

　翌日、ビエルは申し分のない気分で起きた。まだ手紙はできていなかったし、もし挑戦ゲームのルールに厳密に従うとすれば、今日の早い時間に送らなければならない。だが、たとえ遅れるとしても、今日中にはルベールは必ず現れるはずだし、挑戦翌日に手紙を送るという条件は守れる。だが、それを待つ時間が退屈だった。ここ数日、興奮しどおしだったから、少しの退屈にも耐えられなかった。テレビの前でコーヒーを飲みながら、さて何をしようかと考える。そのとき朝のニュース番組で、ディエゴ・アルサがバルセロナ病院に入院したと知り、目が見えているうちに一度会っておこうと決めた。お見舞いに何を持っていこうか。花か雑誌？　いや、お菓子に、しゃれた悪魔の角のかぶりものでも添えていくか。そうしてまたまぬけ面を装って病院へ行き、そしらぬ顔で爆弾を落としてきた。残念ながら、その爆弾が夫婦にどんな破壊力を及ぼしたか、確認はできない。いや、夫婦はおろか、事件の捜査にも影響を与えたはずだ。なぜなら妻の不貞の相手はルカモラ警部だからだ。

結局、夜十時になって、やつれた顔をしたルベールが三通目の手紙を持って現れた。作家修業というより窮地を脱するために、無心で書いたことは明らかだった。まあ、仕方がない。きっと悩みに悩んだ末だ。今朝かわいそうな弟が轢き逃げされて、治療費がますます家計を圧迫することになった。生まれ持った障害だけでも大変なのに、世の中は不条理だ。僕が友だちで運がよかったよなと言い、ビエルがルベールの肩を叩くと、相手は無言でこちらを見つめ返した。すっかり投げやりになったようだ。手紙の出来はあまりいいとは言えなかったが、前と同じ怪物の筆跡であればそれで充分だった。午前零時数分前にアレナ・ルセイの家近くのブックカフェからそれを送り、いちおう小説に沿う形になった。完璧には程遠かったが、体裁は保ったと言えるだろう。

ブックカフェを出て、バイクを停めたところまでゆっくりと歩く。大団円が近づいている。それも華々しい大団円が。あの馬鹿な作家が目をくり抜いてもくり抜かなくても、娘の目はえぐり出して家に送りつけるつもりだった。それから娘を殺すのだ。少女を殺したことはなかったが、ずっと殺してみたいと思っていた。コイサロラ山の森に、あのホームレスを埋めたのと同じ秘密の場所に埋め、美しい墓を作って、ときどき行っては殺したときの高揚感を思い出しながらマスターベーションをしよう。それに自然の中にいるとリラックスできた。遺体はけっして発見されないはずだ。

バルセロナが土砂降りの雨に見舞われたその後の二日間、ルベールからもジュディからもまったく連絡がなかった。事件についてどうにかして告発しようとしているのだろうか？　いや、そうは思えない。二人とも臆病者だ。ジュディはずっと現実逃避を続けている。最後に会ったあの日、手を血で汚したまま家に送ったときも、コカインをたっぷり渡してきた。そしてルベールは、雨の降りしきるバルセロナの街を窓から眺めながら、いつものように自己憐憫に浸っているのだろう。まるでメロドラマじゃないか。アリアドナを殺しその目を父親に送りつけることでみごと計画の仕上げができたら、二人は後悔に押しつぶされて自殺でもするんじゃないか……。それこそすばらしい。だがあまり期待しすぎてあとでがっかりさせられてもつまらない。今を楽しもう。

そして、誘拐から十二日目の正午前、郵便受けを開けたとき、ビエルは黒い封筒を見つけたのだ。

37 嘘をつこう

震える手で封筒を開け、一枚の便箋を取り出す。そこには自分たちが送った手紙のとは違う、しかし同じような仰々しい飾り文字が並んでいた。本物の怪物の文字なのか？　喉がからからになり、心臓が喉元までせり上がるなか、中身を読み始める。

親愛なる生徒諸君
君たちの悪事には感心しているし、君たちをとても誇りに思っている。だが少々やりすぎたようだ。だからその報いを受けなければならない。私が果たすべき復讐を君たちに横取りされて、黙っているわけにはいかない。あの少女は、そしてあの瞳は私のもの……そういうことだ。血と琥珀の借りを返してもらうため、今私はここに戻ってきたのだ！
ああ、君たちの胸に棲む怪物たちが私に囁く秘密のなんと醜いことよ……

ルベールはふらりとよろけ、濡れたジャンパーを脱ぎもせずにソファーに崩れ落ちた。その小さなアパートの小さなリビングで窒息しそうな気がした。ジュディの姿はどこにも見えない。郵便受けからその封筒を取ってきたのは彼女のはずなのに。家にいないのは珍しいことだった。あの医師が死んでから、仕事にも行っていなかった。部屋にこもって、気分まかせでコカインの大波に乗るかバルビツール剤の深淵に沈むか、忙しく地獄めぐりをしながら、テレビを観たり、プレイステーションで遊んだりしている。でもルベールとしてはそのほうがいいと思った。オフィスや通り、スーパーなど、あらゆる場所で誰もが話している挑戦ゲームの話題を耳にせずに済む。怪物は誰か、父親は娘を助けるために本当に目をえぐり出せるのか、そんな話を聞いて、ジュディが自分のように冷静でいられるとは思えなかった。作家の勝ちに賭ける者はあまりいないようだった。当人は今日の午後、ラモン・ダル・バーヤの特別番組でインタビューを受けるらしい。

ルベールは手紙の続きを読んだ。場末の青空市のように彼の卑しい秘密が次々に披露され、飾り文字を目がたどるにつれ、紙を持つ手の震えがどんどん激しくなっていった。読み終わったとき急に手の力が抜けて、便箋が膝に落ちた。寄る辺なさに怯え、恐怖に震えた。怪物になぜこんなことがわかったんだ？　思っているだけで誰にも話したことがないことにさえ触れられていた。ジュディやビエルについて言っていることも本当なのか？　浴室から嘔吐する声が聞こえ、ぎくりとした。ジュディ？　急いでそちらに向かうと、彼女が便器にかがみ込み、胃に残っていた朝食と思われるものをすべて吐き出していた。同じ華々しい文字が躍る紙が床に落ちている。中身を見て、怪物は、喧嘩をしないように、それぞれに同じ手紙を送ったのだとわかった。ジュディを起こして口をタオルで拭ってやり、ソファーに連れていくと、二人で座り込んでしばらくぼんやりしていた。

「どうしてこんなことを知ってるの？」やがてジュディがつぶやいた。

「誰が？」ルベールはうわの空で尋ねた。

ジュディは手紙を振った。ありえないほど顔が青ざめている。かつてはいきいきと輝いていた瞳は、今や光も消え、落ち窪んでいる。

「怪物よ」子供のように口を震わせて、彼女が囁いた。

「馬鹿なことを言うなよ！」思った以上に乱暴な口調になってしまった。

ジュディは傷ついたように少し顔をしかめ、また息の詰まる沈黙に沈んだ。やがて、汚れたジャージのポケットに手を入れた。何日も着替えてないし、シャワーも浴びていない。そして皺の寄った紙包みを取り出し、テーブルに置いた。ルベールは彼女の腕をつかみ、自分のほうを向かせた。

「ジュディ、やめるんだ」厳しくもありやさしくもある口調になるよう努めた。

「放して。何よ、今さら」

「ジュディ、怪物なんていないよ。これを書いたのはビエルだ。わかるだろう？」

ジュディはしばらく考えていたが、やがて強く首を横に振った。

「ビエルが？　そんなのおかしい。あの人は欲しいものを全部手に入れたわ。あなたに三通目の手紙を書かせ、私たちがもう警察に何も話さないってこともわかってる。あなたが彼にそう約束したんでしょう？」

「うん、約束した」ルベールは暗い顔で答えた。「だがあいつは気が狂ってる」

ジュディは首を振って否定したが、動きがしだいに弱まっていった。

「でも、手紙には彼自身についてもひどいことが書いてある。どうして自分のことをこんなふうに非難するの？」ジュディ自身何とか理解しようとするように、尋ねた。

ルベールは肩をすくめた。たしかに意味がわからない。だが、ビエルのすることに意味など探しても無駄だ。何を企んでいるかも、もう知りようがない。

「自分の作品を自慢するためじゃないか？」目に強烈な憎しみを滲ませながら答えた。「あいつには誇大妄想の気がある。何を考えているか、わかったもんじゃない」

ジュディは真顔で彼を見た。

「じゃあ、この手紙に書いてあることは全部本当だと思うわけ？」消え入りそうな声で訊いてきた。

「本当のこともあると思う……でも僕に関する部分はどれも嘘だ」

「私のことだってそうよ！」突然ジュディが怒鳴ったので、ルベールはびくっとした。

「全部汚らわしい嘘！」そして、彼女は体を丸めてしくしくと泣き出した。

「もちろんだよ。みんな嘘だ……」ルベールは慌ててなだめたが、彼女がそこまで大騒ぎすることに驚いた。「僕が言ったのは、ビエルについてのことだ。ほかはもちろんどれも事実じゃない。ねえ、頼むよ、それこそあいつの思うつぼだ。あいつは僕らを疑心暗鬼にさせて、仲違いさせようとしてるんだよ。先生の娘を殺すまで続けて、全部僕らのせいにしようとしてる」

「まさか……」ジュディは相変わらず体を丸めて手で顔を覆い、呻いた。「ビエルはあの子を解放するわ。そう約束してくれたもの。少し楽しみたいだけだって。あの子に危害は加えないって、医者の家に行ったとき私に言ったわ」

彼女が顔を上げたとき、恐ろしく歪んだその表情を見て、気は確かだろうかとルベールは不安になった。

「ジュディ……」ことのほかやさしく名前を呼んだ。「あの晩、何があったの？　君から直接聞きたいんだ。本当なの、君が……」

「うるさい！」ジュディは弾かれたように彼のそばから離れた。「あの晩のことは話したくない！　いくら頼まれてもいや」

彼女は追いつめられた小動物のようにソファーの端で身を縮め、そこからこちらを睨みつけた。まるで、急にルベールが最大の宿敵となったかのように。

「あなたの目的はわかってる。わざと怖がらせてるのよ。私をビエルと対立させようとしてる。やきもちを焼いてるから。妄想に取り憑かれてるから。昔からずっとそうよ！」

「何の話だよ？」ルベールも辛抱できなくなってきた。「目を覚ませよ！　ここは学校じゃないし、子供っぽい嫉妬や妄想とも関係ない。僕らはれっきとした大人で、犯罪に手を染め、ビエルは気が狂っていて、あの少女を殺そうとしている。最初からそのつもりだったんだ」

「でも、あの子を誘拐するっていうのは、あなたが考えたことでしょう？　あなたよ、全部あなたのせいよ、ルベール！」

「そうかもしれない……でも、こんなことになるとは思ってなかったんだ！」大声を出すことしかできなかった。「ただ……くそ、何がしたかったのかもわからない。復讐のことを僕らの頭に埋め込んだのもビエルだ。この何か月かのあいだ、僕らはずっとあいつの口車に乗せられてた。プレゼントやら便宜やら、そういうものを与えられて……」ルベールはテーブルの上のコカインの袋を示した。「そしてとうとうあいつの網にかかり、蜘蛛の巣みたいに逃げられなくなった。あいつの脅しを忘れたのか？　僕の弟を車で撥(は)ねたんだぞ？　それで悪意はないなんて言えるか？」

「それが真実だってどうしてわかる？」ジュディの顔に急に狡猾な表情が浮かんだ。「彼が弟さんを撥ねろと命じた証拠でもあるの？」

「ないさ。でも、そうだとわかるよ……」

「私にはわからないわ！　電話でピエルと話したのはあなただもの。三通目の手紙を書けと脅されたと、あなたが私に話した。それが本当だとどうしてわかる？　あなたは意気揚々と引き受けたのかも。先生に復讐したあと、私とピエルを警察に引き渡すのがあなたの計画で、私たちがあなたを疑わないようにこんなことをしたのかも」

ルベールは愕然としてジュディを見た。しばらく言葉が出ず、泣いていいのか笑っていいのかもわからなかった。

「何言ってるんだよ？」ようやく言葉が出た。「なぜ僕がそんなことを？　女の子がどこに隠されているかも知らないんだぞ？　あいつは僕らにけっして話そうとしないじゃないか……」そのときふいにピンと来て、ぞっとした。「まさかあの晩、君には教えたのか？君たちが家を出るのに、あの秘密のトンネルを使ったときに？　あそこなのか、あの子が閉じ込められてるのは……」

そのとき携帯電話の甲高い呼び出し音が鳴り響いた。二人とも思わずその場で跳び上がった。電話がテレポーテーションでも試みようとしているのか、短い間隔で震えるのを、どきどきしながら眺める。ジュディがはっとしてそれをつかみ、震える声で応答した。永遠にも思える時間、彼女はただ無言でうなずき、しだいに顔色が青ざめていった。ようやく喉から絞り出された声は、ほとんど聞こえない囁きだった。

「私たちも同じ手紙を受け取ったわ……そう、二人とも……うん、それと同じことが書いてあった……わかった、すぐ行く」

ジュディは電話を切り、ルベールを見た。

「ピエルも怪物の手紙を受け取ったって。私たちと中身は同じ。どういうことか、わからないって。五時頃に家に来てほしい、話をしよう、と言ってた。そうすれば、ついでに先生のインタビューを一緒に観られる」


「二人ともずぶ濡れじゃないか」家に来た二人にピエルが言った。「この雨、もうやまないのかな。三日間も降り続いてるよ。バルセロナでこんな大雨は前代未聞だって、父さんも言ってた。まあ、入れよ。タオルを取ってくるから」

二人は庭に面した小ぶりの客間に通された。窓の向こうはすっかり雨に霞んでいる。ありとあらゆる飲み物、つまみ、そしていつものコカインが用意されていた。それを見ただけで、ジュディは気分がよくなったようだ。ルベールは出かける前に彼女にシャワーを浴びさせ、そのあいだに最後の包みを流しに捨てたのだ。恋人にそれができる男なら、どんなことでもできる、とルベールは思いながら、食卓の上の手紙をちらりと見た。

「僕らのと同じだ」そうつぶやいた。一方ジュディはさっそくラインを一本吸い込み、二本目に取りかかろうとしている。

「うん」ビエルが答えた。「ジュディから聞いたよ。どういうことだろうな」

ルベールはさっと彼のほうを向いた。

「僕らを馬鹿にするのもいい加減にしろ。おまえが書いたんだろう！」

異様にこわばった恋人の表情は、ジュディの目には正気をなくした人のそれに見えた。ビエルとは全然違う。彼は心底驚いたように眉を吊り上げ、少し悲しそうでさえあった。コカインのおかげで少しずつ楽天的な気持ちになってきた。グラスをつかんでぐいっと飲み干し、もっと気分を上向かせようとする。これには何か理由があるはずだし、きっとビエルがきちんと説明してくれる。だってルベールはいつも大げさすぎるし、余計な想像ばかりする。

「おいおい、変な言いがかりはよしてくれ」ビエルがとまどいを抑えるようにして、ようやくそう言った。「どうして僕がこんなものを書く？　自分自身に対してこんなひどいことを書けるかよ」

「私もそう言ったのよ！」ジュディが急いで口を挟んだ。

ビエルは彼女へのご褒美として、にっこり微笑んだ。ジュディはたちまち下腹部がかっと熱くなるのがわかった。

「僕にもわからないよ、ビエル」ルベールは、ジュディなどそこにいないかのように答えた。激昂しすぎて、声が変に裏返っていた。「カムフラージュのため？　おまえのしわざだと疑わせずに、僕らを非難したかったから？」

ビエルは首を振ると、ルベールに近づき、手紙を乱暴に揺らした。

「何のために？」ビエルは紙を振りまわした。「自殺しろとサンティをそそのかすため、ヘロインで意のままにしたと、今頃打ち明けて何になる？」

「つまり事実だと認めるんだな？」ルベールは怒りのあまり、顔が真っ青になっていた。

ビエルは肩をすくめた。

「もちろん。ほかのことがみんな事実なら、そうだってことだよな？」彼は便箋をパンと叩いた。「この手紙によれば、三人ともサンティを自殺に追い込んだ理由があった、ってことになる。おまえについては、もう少し年若い頃、サンティと性的な関係があったとある。サンティがジュディと付き合い始めたときは、ジュディは冷感症なんだとおまえに話したりしていたから、平気でいられた。ところが僕がそこに割って入ってきてから、おまえは激しい嫉妬を始めた。サンティがおまえを差し置いて、僕と仲良くなっていくのを見て、二人の関係をみんなに言いふらすぞとあいつを脅した。それだって、自殺の引き金になったとは言えないか？」

「嘘だ！」ルベールが低く怒鳴り、ミニバーに近づいて、グラスになみなみとウィスキーを注いだ。「全部嘘っぱちだ」

ジュディはルベールをじっくり観察していた。ひくひくとチックが始まり、唇がこわばり、グラスを持つ手が激しく震えて、今にも中身を絨毯にこぼしてしまいそうだ。彼のそういう無意識のしぐさはこれまで何度も目にしてきた。嘘をつくと必ず出るしぐさだ。だけど手紙に書かれたことが事実なら、手紙を書いた人間はどうやってそれを知ったのか？

「そりゃあ、嘘だろう」ビエルはルベールににっこり微笑んだ。「ジュディの話にしても」

　ついにジュディにも矛先が向いた。彼女は、ビエルが不快そうに鼻に皺を寄せながら手紙を読むあいだ、歯を食いしばっていた。ジュディは幼い頃継父からひどい虐待を受け、そのせいでSMを好む傾向があるという。怪物に言わせると病的な性的嗜好としか表現できず、これがサンティとの関係に水を差した。彼女はそういう倒錯的なセックスをサンティにしつこく持ちかけ、サンティは仕方なくそれに応じるうちに、生きていくことに耐えられなくなった、というわけだ。

「嘘よ、そんなのみんな嘘！」彼女はわめきながら、コカインが血管の中で沸き立つのを感じていた。

　ビエルはゆっくりとうなずき、彼女をなだめるようにやさしく微笑んだ。

「もちろんさ、ジュディ。みんな嘘だ。三人についての話は全部」冷静に言う。「だけど、どうして僕がこんな作り話を？　よく考えてくれ」彼は手紙をテーブルに置き、丁寧に皺を伸ばした。「僕はずっと、サンティを自殺に追い込んだ犯人はアルサ先生だと主張してきた」そしてルベールに向き直り、答えを促すように見つめたが、相手が何も言わないので話を続けた。「どうして今さらあいつを免罪しようとするんだ？　あいつにふさわしい罰を受けさせるために、君たちをやっと説得できた今になって」

「僕たちを説得できた、だって？」ルベールは信じられないというようにしわがれ声で言った。「おまえは僕らを操り、脅し、しまいに強請ろうとした……僕らを陥れる証拠を山ほど握っていると言ったんだ。人生を台無しにしてやる、と」

「自分の身を守るためさ」ビエルは言い訳がましく両手を広げた。「始めたのは君だろう？　君とジュディは検察官と取引して、僕を刑務所に送るつもりだと告げた」

「そんなこと言ったの？」ジュディが顔を引き攣らせた。

ビエルは目さえ潤ませ、傷ついた表情で彼女を見た。

「そうなんだ。ものすごくショックだったよ。何もかも君たちのためにしたことなのに！　悪党が正当に罰を受ける、もっとまともな世界で君たちが暮らせるように」

「僕の話をちゃんと聞いていたのか？」ルベールが口を挟んだ。「どうかしてる。人を罰する神にでもなったつもりか？　弟の轢き逃げを画策したのはおまえだとわかってるんだ」

まだつらそうな顔でジュディを見ていたビエルは、ゆっくりとルベールに向き直った。

「そんな悲しい事故のことまで僕のせいにするのか」

「だってそうだろう？　僕が三通目の手紙を書くのを拒否したその数時間後、弟は轢き逃げされたんだ。偶然だと言い張るのか？」

ビエルは謎めいた表情を浮かべてルベールを見つめ、ルベールのほうも息を荒らげながら相手を見返した。そんな二人を、ジュディが息を詰めて眺めている。やがてビエルが手を胸に押し当て、厳かに言った。

「僕らの長い友情に誓って、君の弟に危害なんて加えてないし、手紙も書いてない」

ルベールは荒い息を吐いた。

「私は信じるわ」ジュディが囁く。

ルベールは彼女のほうを向いた。

「じゃあ誰が手紙を書いた？」

代わりにビエルが答えた。

「警察じゃないか？　あのルカモラ警部の考えだろう。ばかばかしく見えるが、名案だと認めるしかない」しばらく目を閉じてうなずき、しだいに自分の説に自信を持ち始めたのがわかる。「僕らの過去を少し探って、くだらない話をでっちあげたんだ。ジュディの母親が娘の監護権を失ったことを知ったんだろう。それから、僕が未成年のときに少量のヘロイン所持で捕まったことも。父親のおかげで罪には問われなかったけど、どこかに記録は残ってたんだろうね。それからルベール、君については、ちょっと気取った話し方やパステルカラーのポロシャツなんかを見て、ゲイかもと思ったのかもな。そういうくだらない情報から作り話をこしらえた。僕らを慌てさせて、ミスを誘おうという魂胆だろう」

「それも可能性の一つよね？」ジュディが期待をこめて言った。

自分も無理やり信じたように、この少しはほっとできる仮説をルベールも受け入れてほしい、とジュディは思った。そうだ、あのむっつりした刑事がこの手紙を書いたのだ。私たちを不安にさせるために。少なくともジュディは策略にみごとはまってしまった。だがルベールは彼女の言葉が耳に入っていなかったらしく、まだビエルを睨みつけている。

「あの女の子をどうするつもりだ？」言葉一つひとつで宙を引っ搔こうとするかのように、尖った口調だった。

ジュディはもう一本、コカインが欲しくなった。どうして彼は世界を住みにくくしようとするの？　しかし、ビエルが答えようとしたそのとき、テレビのスイッチがひとりでに入り、耳を刺すような音楽が流れてきた。

「びっくりした！」ビエルが笑って言った。「ラモン・ダル・バーヤの番組が始まったらテレビがつくように予約してあったのを忘れてた。さあ、親愛なる先生のインタビューを観て、気持ちを落ち着けよう。これで幕引きだ。約束するよ。先生を怖がらせ、慌てさせるのが僕らの目的だった。だとしたら、これが最高のご褒美じゃないか」彼は画面を指さした。「僕らの作戦の結果をじかに確かめられる。虫眼鏡で集めた日光を浴びせられて身をよじるトカゲみたいに、あいつが苦しむ姿を」恍惚とした詩人みたいな口ぶりだった。

「それで今夜のうちに娘を無事解放しよう。そうしたいなら、家の前まで連れていってもいい。あいつは充分罰せられたわけだし、僕らのミッションもそれで終わりだ。それで安心かい？　まあ、今はご褒美をせいぜい楽しもうよ」

ジュディは全身の力が抜けるのを感じた。そうよ、何もかもうまくいく。手紙は、私たちのことを疑っているらしいあの刑事が書いたのだ。そんなことをしたのは何も手がかりがないからだし、こちらが少女を解放して事件が忘れ去られれば、私たちへの追及も終わるだろう。そして彼女は、死の床で孫たちにこっそり話してぎょっとさせられるような、秘密を手に入れることになる。想像しただけでおかしくなり、くすっと笑った。しぶしぶ一緒にそこに座っているルベールが、彼女を暗い目でちらりと見た。この人にも、そのしかめっ面にも本当にうんざりする。もう一本引いたコカインを吸い込み、ソファーに座り直して鼻を揉む。ピエルが言ったように、インタビューを楽しもう。これだけいろんなことがあったのだから、ご褒美をもらうのは当然だ。

先生は体調がよくなさそうだったが、その様子はどこか人をぞっとさせた。ひどくだらしない格好で、肘掛け椅子に浅く腰かけて体を揺らしている。視線が定まらず、自分が今どこにいるのかわからないかのようだ。そんな状態だったから、インタビューはさんざんで、錯乱した先生がずっとぶつぶつ独り言を続け、しまいには立ち上がってカメラに近づき、紅潮した顔を画面にくっつけるようにして、怪物は戒めから解き放たれ、この世界にやってきた、そして復讐を果たそうとしている、とわめいた。その瞬間、映像が途切れた。

圧倒的な静寂が部屋に重く垂れ込めた。ジュディは、インタビューの途中でついに雨がやんだことに気づいた。世界中が息を潜めているような感じがする。やがてビエルがヒューッと口笛を吹いて、沈黙を破った。

「なんてこった！　今の見たか？　あいつ、完全にいかれちまったな。お祝いしなきゃ。僕らのミッションは大成功だ！」

ビエルが酒瓶を求めてミニバーへ向かった隙に、ジュディはルベールをちらりと見た。大きく見開かれた目を見れば、パニックに襲われていることがわかった。ジュディはぞっとした。どういうこと？　先生の言うとおり、怪物は実在すると信じてるわけ？　先生が子供のときに呼び出したその邪悪な魂は、思いどおりに人を殺(あや)めることができると？　ジュディは過呼吸になった。私たち、意図せず悪の力を解き放ってしまったの？　禁じられた異次元の扉を開けて、邪悪な存在を現実に呼び込んだの？　口から心臓が飛び出しそうだった。手紙にあったように、彼の領域を侵した私たちを殺しに来るかもしれない。

知らず知らずのうちに、自分が声に出してそうわめいていたことに気づいたのは、酒瓶を持って戻ってきたビエルに頬を平手打ちされたからだ。強く叩かれたわけではないが、それでも涙があふれた。同時に体の奥が熱く濡れ出し、ルベールに気づかれたのでは、と思ってそちらを見た。しかし彼はまだおのれの恐怖に閉じこもっている。

ビエルの声が聞こえてきて、ほっとした。れっきとした大人なのに、まだ幽霊なんか信じるのか、と非難している。先生はすっかり気がふれて、自分でも何を言ってるのかわからないんだ。僕らがやったことだぞ。お祝いしなきゃ。おかしなことをわめき出した一人と、椅子に座って体を縮めたままのもう一人の代わりにグラスを用意しながら、ビエルはぶつぶつ言う。まあいい。一緒にいてもちっとも楽しくない、興ざめな連中だ。せめてあの娘の解放の手筈(てはず)ぐらいは考えてくれよな。何もかも終わったんだから。

ルベールの反応を引き出すための一言だった。彼は疑り深くビエルをちらりと見たが、そこにかすかな希望がひらめいたのがジュディにはわかった。彼女はグラスの酒をあおり、もう一ライン、コカインを吸おうかどうか考えた。やめたほうがよさそうな気がする。頭も体もうまく動かないし、さっきから口が勝手に動いているし、呼吸もできない。鼻がひりひりしている。矢継ぎ早に吸いすぎたみたいだ。先にグラスを干して、ビエルからいつももらう睡眠薬を飲んだほうがいい。ソファーの向こう側では、男二人が携帯電話にかがみ込んでいる。安全なルートがどうのこうのとビエルが話しているところを見ると、グーグルマップを開いているらしい。ジュディは目を閉じた。飲み物に何か入っていたのかも。目を開けていられない。コカインをやったときにそうなるのは珍しい。でも、ハイになりすぎると、頭のヒューズが飛んで意識がなくなることはある……。

玄関の呼び鈴が鳴り、はっと目が覚めた。心臓が喉元にせり上がる。一瞬自分がどこにいるかも、どれくらい眠っていたかもわからなかった。

「こんな時間に誰だ？　父さんは出張なのに」ビエルがしぶしぶ立ち上がり、壁にあるインターホンの小さな画面に近づいた。とたんに目を丸くした。「まさか、嘘だろ！」

何ごとかと、ルベールも画面に近づいた。彼の表情もまたこわばるのを見て、ジュディは不安になり、そばに行くしかなくなった。よたよたと近づいて、ルベールの肩越しに画面を見る。訪ねてきたのが誰かわかったとき、無意識に後ずさりし、口を手で押さえたが、激流のようにほとばしる叫び声を止めることはできなかった。生まれてから二十八年間、ずっと内側でふつふつと発酵していた怒りと憎しみと絶望の叫びだった。ビエルが二人に急いで指示を出すあいだも、悲鳴を止められなかった。玄関のドアを開けるのは君たちに頼む。そのあいだに僕はいつものまぬけを装い、コカインを隠して、ほかにも何か見られてまずいものはないか家の中を調べる。料理をしていたふりをして、あとから君たちに合流する。ルベールは幽霊のように顔面蒼白になりながらうなずき、ジュディはといえばただ叫び続けていた。ルベールと一緒に玄関を開けると、先生がふらふらと中に入ってきて、倒れて膝をつき、ルベールの脚にしがみつくと、泣きながら娘を解放してくれと訴えた。先生がテレビと同じように、君たちが怪物を目覚めさせた、模倣犯を嫌うあいつが君たちを殺しに来る、と訴えるあいだ、ジュディはこう言いたかった。そのとおりだと思うし、そう信じる。だって怪物は今朝恐ろしい手紙を送ってきて、その中で誰も知らないはずの秘密を明かしていた。自分でも目をそむけ続けてきた、心の奥底に眠るあんな秘密をほじくり返せるのは、何か超自然的な力にほかならない。でも何一つ口にできなかった。なぜなら彼女はずっと叫び続けていたからだ。ただひたすらわめき、ビエルが大きな眼鏡とエプロンをかけてリビングに現れ、そんなわけのわからないことを言い続けるなら、警察を呼びますよと先生を脅したときも、彼女は叫んでいた。

でも、じつは自分が心の中で叫んでいただけだと気づいたのは、庭に怪物が現れたのを目にしたときだった。ジュディはそのときやっと口を開け、とても幼い頃から心の奥底でずっと響いていた悲鳴を解き放った。その悲鳴は大嵐のようにすべてを揺るがし、そのあいだも火だるまのシルエットは、外に広がる闇の海原を切り拓(ひら)くようにしだいにこちらに近づいてきて、ガラス戸の前で立ち止まると、地獄から甦ったものならではの邪悪なまなざしで彼らをひたと見据えたのだった。

第三部

ケチャップと琥珀

彼は半狂乱になって何度もわめき始めた。
「ジュリアにやってくれ、ジュリアに！　私ではなくジュリアに頼む！
君が彼女に何をしようと私はかまわない。顔を引き裂き、骨をねじ曲げろ。
だが私ではなく、ジュリアに！」

——ジョージ・オーウェル『一九八四年』

38
アナザー・デイ・イン・パラダイス

この三十年間、それを見てきたのはディエゴだけだった。だがそれも今夜までだ。あの哀れな三人組は火遊びをし、こうしてあいつをここに招いた……怪物がガラス戸の向こう側で燃えていた。宗教裁判で有罪となった魔女のように、ヒンデンブルク号の乗客たちのように、ダリの絵のキリンのように。自分の娘が焼けたように、おのれも焼けている。炎が激しく、そしてなまめかしく、やつを包み、われを忘れて吠え、燃え上がる。周囲の闇さえ、火が燃え移るのを恐れて後ずさりしていた。ガラスのこちら側の小さなリビングでは、三人のかつての教え子たちが呆然とそれを眺めていた。

最初に反応したのはビエルだった。金縛りを無理に振りほどき、エプロンの下からピストルを取り出すと、ぎょっとするほかの三人を尻目に、怪物に向け発砲した。耳を聾する銃声が三度響くと同時に、ディエゴの耳のすぐ横を何かがかすめ、すぐに背後でガラスが割れる音がした。だが信じられないことに、怪物はまだ平気でそこにいる。たかが銃弾では死にはしないと訴えているかのように。しかも微動だにしていない。ディエゴはぞっとしながら銃弾がガラスに当たった場所を眺め、鼻をつんと突く火薬の匂いを嗅いだ。そのとき誰かが悲鳴をあげた。ディエゴはすぐに振り返り、床にひざまずいているルベールを見た。腹を抱え、自分の命が赤く輝く小川となって指のあいだから流れ落ちていくのを阻もうとしている。横には粉々になったガラス製のテーブルランプが落ちていて、その奥の少し上方の壁で小さな穴が煙を吐いていた。

ビエルが悪態をついた。

「くそ、防弾ガラスだった」

それでディエゴにもわかった。三発の弾丸は防弾ガラスで跳ね返り、ほかの標的を求めて成り行きまかせに部屋の中を飛んだのだ。自分の耳のほんの数センチのところを死がかすめたことを思い出し、ディエゴは背筋が寒くなった。まだ生きているのは奇跡だ。一方ルベールは運がなかった。銃弾が次の的として選んだのは彼の腹で、彼は床で身をよじり、獣のように唸っている。ジュディはその横にかがみ込み、不器用に傷を押さえようとしている。彼女の顔が無残に歪んでいく。ビエルがまた、さっき以上に大きな声でののしった。ディエゴは放心したようにガラス窓を見つめていた。怪物はすでにそこにいなかった。夜が再び幕を引き、庭はまた底知れぬ闇の海原と化した。

二人はしばらくのあいだ、空っぽの黒いキャンバスを呆然と眺めていた。美術館を訪れ、絵に描かれていた人物たちが突然消えてしまったのを目の当たりにした人みたいに。ルベールの呻き声もジュディのすすり泣きも、よその世界の出来事であるかのように、耳に入ってこなかった。怪物はどこだ？　何度もそう頭の中で問いかけながら、必死に頭を回転させた。考えなければ。ビエルを目尻でとらえ、彼がまだ銃を手にしていることを確認した。銃弾も残っているはずだ。さあ、どうする？　娘を返せと説得を続けるか？　そのためにここに来たのだ。怪物がこの世界に戻ってきたと告げるために。だが今や全員がその目で確認し、僕の言葉が事実だとわかったはずだ。怪物は命を得、おまえたちを殺しに来た。助かるには、娘を返すしかないんだ。

またビエルを視界の端にとらえる。彼はディエゴを見つめながら、エプロンをはずしてソファーに置いた。さっきまでかけていた眼鏡もすでに消え、今や別人だった。さながら狂った若き皇帝だ。猫背だった体を堂々とそらし、お人よしな笑顔はよこしまな渋面に変わり、天が彼だけに許した眺めを楽しむかのように、冷ややかで残酷な視線をこちらに向ける。さっきのビエルとはとても同一人物とは思えなかった。

しばらくディエゴを不穏な目で眺めていたが、銃を構え直し、危険な虎を思わせる足取りで近づいてきた。そして横に来ると、愛撫（あいぶ）でもするように銃をディエゴの額にそっと押しつけた。すべてがダンスの振り付けのようだった。

「窓の向こうでこちらを覗いていた馬鹿は誰だ、先生？」冷静な声で言う。「いいか、怪物だなんて言うなよ？　そのときはあんたが言い終わる前にこれをぶっ放す。僕の忍耐力にも限界があるんだ」

「だが、あれは怪物なんだ」声を震わせながらも、あくまで主張した。

「聞こえなかったのか！」ビエルは遠慮なく銃口をディエゴの額にめり込ませた。「怪物は僕だ！」ディエゴは震え上がった。ビエルが半眼でその様子を眺めている。「何を企んでる？　安っぽいトリックで僕を怖がらせようってわけか？　それならがっかりだな、先生。どうやったのかは知らないが、ビエル・マルトレイを脅かしたいなら中途半端なやり方ではだめだ。馬鹿め。娘を取り返すつもりだったらしいが、失敗だ。おまえを殺す。もしまた現れたら、あの変装野郎もな。そして、これがどういうことか話さなかったら、娘も殺す。楽しみだよ、まったく」

「できるものならやってみろ！」突然ディエゴはあふれる憎しみをこめて叫んだ。「さあ、撃て！」頭で銃を押し、驚いたビエルはいやでもわずかに後ずさりした。「あいつが戻ってきたら、銃など役に立たないとわからないのか？　怪物は生き、存在する、現実だ。だがすでに死んでいるものを殺すことなどできない。おあいにくさま」

その一言でビエルは激昂した。

「馬鹿も休み休み言え！　怪物なんていない。怪物は僕だ、ずっと前から」両手で銃を握り、ディエゴの額を狙う。「もうたくさんだ。何をするつもりかはもうどうでもいい。今すぐおまえを殺す」

「今すぐ僕を殺す？」皮肉をこめてディエゴは言った。

「物語はそれで終わりだぞ？　僕の創作ワークショップで何も学ばなかったらしいな。ガブリエル・マルトレイは冷酷に殺人を犯す。それを警察でどう説明する？」

ビエルは平気な顔で肩をすくめた。

「正当防衛だよ。あんたが半狂乱になってわが家に来たと主張する。すっかり錯乱して、自分が怪物だと信じ込んでいた。警察も信じるさ。どう見ても普通じゃないあんたのインタビューをみんなが目撃してるんだ。そしてこの銃を取り出し、僕の友人たちを殺したうえ、僕にも銃口を向けてきた。幸い僕は何とかあんたから銃を取り上げて、逆に撃った、というわけさ。完璧だ。あんたの話よりはるかに信憑性が高い」そう言ってにんまりした。

「僕の友人たちを殺した、ですって？」

そのか細い声のしたほうに二人が目を向ける暇もなく、その声の主が怒れる雌猫のようにビエルに飛びかかった。

「ルベールを撃ったわね！　あんたは頭がおかしい。もともとそのつもりだったの？　私たちも殺そうと思ってたのね？」今にも金切り声をあげそうな勢いで、あえぎながら銃を取り上げようとする。

ビエルは彼女を力いっぱい押し返した。突き飛ばされたジュディはセンターテーブルの隅に頭をぶつけ、床に伸びた。気絶しただけなのか、もう息がないか、ディエゴにはわからなかった。

「どこまで話したっけ？」ビエルがこちらに向き直り、乱れた髪を撫でつけた。「ああそうだ、あんたを殺すことになった、ってところだ」にやりと笑い、銃をディエゴに向ける。「それでおしまい」

「いや、待て！」ディエゴは怒鳴った。

そして乱暴にシャツの前を広げた。毛のない骨と皮だけの胸に絆創膏で貼りつけたピンマイクが現れた。

「くそ……」ビエルが困惑してつぶやいた。

その瞬間、向こう側から力ずくで蹴り飛ばされたかのように、玄関のドアが唐突に開き、銃を振り上げながらルカモラ警部が部屋に駆け込んできた。すぐ後ろににこにこ顔のリエラ刑事が続いている。

「手を上げろ！」ルカモラはすぐに銃を構えて怒鳴った。

しかしビエルの反応は速かった。ディエゴをつかむと首に腕をまわし、こめかみに銃を突きつけながら彼の体を盾にした。

「今すぐ銃を下ろさないと、お友だちを今ここで殺す」冷静にそう告げる。

「ビエル、もう終わりだ」ルカモラは銃で狙いを定めたまま告げた。「おまえの自白は録音済みだし、この家は包囲されている。観念して銃を下ろせ！」

ビエルがケラケラと笑った。

「今さら銃を下ろす？　警部さん、そちらには僕の自白という証拠がある。どうせ誘拐と殺人の罪で裁かれるなら、もう一人先生を殺したところで同じだ」

誰一人行動を起こすこともできないうちに、ビエルは銃をディエゴの左耳に寄せると、銃口を下方に向け、引き金を引いた。至近距離の発砲で外耳が吹っ飛び、頭皮の一部が焦げ、銃弾は肩に熱い穴を穿ちながらそこに留まった。ディエゴは獣のような叫び声をあげたが、自分では聞こえなかった。突然、世界から音が消えてしまったからだ。ビエルが倒れないように彼を支えているのがわかった。その瞬間、ルカモラとリエラが銃を上に掲げた。ビエルが冗談で言っているのではないと理解したからだ。

「よし、いいぞ」耳の奥で絡まり合う低い唸りの向こうで、ビエルがそう言うのがディエゴにも聞こえた。「やっとわかり合えたようだ。銃を床に置いて、遠くに蹴ってくれ」

「くそ……思いどおりにはならないぞ」ルカモラは怒りに駆られながらも指示に従った。

「それは僕が何を思っているかによるな」

彼らの声はひどく遠く、歪んで聞こえた。プールに潜っているかのようだ。だが、頭ががんがんして、話し声に集中できない。鼓膜が破れたせいだろう。それに、首が濡れているように感じるのは、耳からの出血に違いない。そのときビエルが彼をぐいっと後方に引っぱった。そのせいで、ぼろきれのように脇にぶら下がっている腕の痛みが甦ってきた。二人がそのまま後退していくと、まるで子供のお遊戯みたいに、警察がこちらを睨みながら前進する。

「先生、なかなかよく考えたな」ビエルが傷ついていないほうの耳に唇を寄せて言った。「つまり、手紙も、炎に包まれた怪物も、あんたの半狂乱ぶりも、全部僕らの自白を引き出すための演技だったのか。いやはや、感心したよ。一瞬、教え子が先生を負かしたと思ったが、逆に思い知らされたってわけだな」相変わらずのろのろと部屋の奥へと後ずさりを続け、警察は同じペースで前進していた。「あんたたちの手の内は読めていると思っていたが、そっちのほうがうわてだった。すばらしいよ、先生。あんたの奥さんの愛人の言うとおりだったと認めなきゃならない。僕は急所をつかまれた。もうおしまいらしい」彼の背中が壁にぶつかった。ビエルは自由なほうの肘でひそかに壁を探っているようだった。それにつれ、ディエゴは自分を締めつける腕の下で体をよじらなければならなかった。「だが、刑務所に入ることはべつに怖くも何ともないんだ。自由を奪われるという意味では、今までだって自由だったためしはないし、どうでもいいことだ。何が怖いって、それは退屈することだ。だが幸い、この先数年は退屈とはおさらばできそうだ」ビエルはついに目当てのものを見つけたようだった。頭の中に響く低い唸りとキーンという甲高い耳鳴りの合間に、カチリという音とレールを何かが滑る音が聞こえた気がした。「牢屋に閉じ込められ続ける長い年月のあいだ、僕は一つの記憶を取り出しては楽しむだろう。ゆっくりと味わい、空想してはマスターベーションする。その記憶とは、あんたの顔だよ、アルサ先生」ディエゴは、ビエルが耳に顔を寄せ、狂気の滲む声で囁くのを聞いた。「娘の命を奪われたあんたの顔を記憶に深く刻みつけ、記憶が物語る言葉を聞く。そうとも、親愛なる先生、これから僕はあの子のところに行き、犯し、拷問し、目をくり抜く……それから殺す。あんたにも、誰にも、それを止められない」

恐ろしい予言を囁いたその直後、ビエルはディエゴを刑事たちのほうへ思いきり突き飛ばした。ディエゴはよろめき、彼らのほうへ倒れ込む。ルカモラは巧みにそれを避け、手近にあった銃に飛びついたが、リエラのほうは少し遅れ、ディエゴと衝突して一緒に絨毯に倒れ込んだ。ディエゴが痛みのあまり大声をあげるあいだ、刑事はすぐに立ち上がってビエルのほうに走った。しかしディエゴが無事なほうの腕を支えにどうにか体を起こしたときには、壁がすでに閉まりつつあった。ルカモラとリエラは何とかそれを阻もうと駆け寄った。本当なら間に合ったはずだった。ところがわずかな開口部から発砲音が響き、リエラが右脚の腿を押さえて倒れ込んだ。ルカモラも撃ち返したが、弾は元通りになった壁にめり込んだだけだった。警部は飛びついたものの一瞬遅く、壁を開ける仕掛けを探してとりあえずあちこち殴りつけ始めた。

ディエゴもよろよろと立ち上がった。動かない腕を力なく脇に垂らし、シャツは血まみれだ。肩の負傷の出血か、それとも耳かわからなかったが、どうでもいいことだった。壁にたどり着くと、警部に倣って無事なほうの腕で叩き、そうしながら苦痛の悲鳴をあげた。壁はびくともせず、二人は無力感に打ちひしがれながら目を見交わした。一秒一秒が貴重だとよくわかっていた。

「くそ！」ディエゴは怒りにまかせて壁を蹴った。

ふいに眩暈がして、壁に手をついた。そのとき、聞き覚えのあるカチリという音が聞こえたのだ。ルカモラは叩くのをやめ、二人は少し壁から離れた。壁がまた開き出したのを見たとき、ディエゴは思わず泣きそうになった。開ききらないうちに中に飛び込んだものの、残念ながら、銀行の金庫室のそれに似た金属製の扉が行く手を阻んでいた。片側の壁に数字のボタンが並ぶパネルがある。

「くそ、くそ、くそ」嘆きと怒りをこめて、ディエゴはわめいた。

あの悪党が今にもアリを殺そうとしているというのに、何もできないのだ。パネルに近づき、当てずっぽうに数字を打ち込み始める。そばにいるルカモラはどうしていいかわからず、ただ見守るばかりだった。そのとき、壁の開口部からエクトルが顔を覗かせた。

「うわ、どうしたんだ、その腕は？　とんだ修羅場だな」

いまだに怪物の扮装をしていたが、今はずぶ濡れで、マスクが耳からだらりと垂れ、その姿は恐ろしいというより情けなかった。

「ビエルがこの中に入ってしまった」ディエゴは半狂乱になって言った。「アリを殺そうとしてる」

今の説明で兄に伝わったかどうか疑問だった。自分の声さえはるか彼方から歪んで聞こえてきて、低い唸りの合間にかろうじて認められるだけだったからだ。しかしどうやらわかってもらえたらしく、兄はパネルに身をかがめて専門家の目でそれを調べた。

「落ち着け。携帯を貸してくれ、ジェラール」警部はすぐにそれを渡した。「ハッキングしてみる」

エクトルは足元にぽたぽたと滴を落としながら、ほかの二人が見守るなか、電話をあれこれ操作し始めた。ルカモラが金属製の扉から目を離さないまま、室内に声をかける。

「リエラ、大丈夫か？」

「傷は浅いです」刑事が遠くから返答する。「銃弾は大動脈も骨も逸れました。止血も済ませました」

「君も止血したほうがいい」ルカモラはディエゴに言った。

だがディエゴには聞こえていないらしく、エクトルを凝視している。

「急げ、急げ……」ほとんど泣きそうな声で急き立てる。「早くしてくれ……」

「全力でやってるよ」兄は集中力を切らすまいとしている。

「なんで入ってくるのがこんなに遅れたんだよ？」ディエゴはルカモラを非難した。「ビエルが銃を僕に向けるたび、何度も大声で叫んだのに」

「危うく焼け死ぬところだったんだ」警部はエクトルのほうに顎をしゃくった。「炎のトリックがうまくいかなかったみたいで……」

ディエゴは兄をしげしげと見た。服は真っ黒、髪は焼け焦げ、首にも何か所か火傷があり、両手には大きな水ぶくれができつつある。そのせいで、携帯を操作する指が妙に引き攣り、たびたび走る痛みで顔を歪めていた。頭皮にとりわけ大きな潰瘍ができているのに気づき、ディエゴは顔をしかめた。

「マジシャンの指示どおりにしたんじゃないのか？」と尋ねる。

「保護溶液をつけるときに、ちょっと失敗したみたいだ」作業を続けながらもごもご答える。「練習はしたんだが、そのときは手をちょっと火傷しただけだった。あそこにプールがなかったら……くそ、だめだ！」ふいに怒鳴り、持ち上げた顔を歪めた。「このキーパッドにはこの家のほかのシステムとは違うサーバーが使われてる。やろうと思えば入れるかもしれないが、何時間かかるかわからない……」

「そんな余裕はない」ディエゴは切羽詰まって言った。「このドアの向こうにいるあいつはアリを殺そうとしてるんだ！」またドアをめちゃくちゃに蹴り始める。「くそ、娘に指一本でも触れたら、殺してやる！」

「ディエゴ、無駄だよ」ルカモラが彼を止めた。「ほかの方法を考えないと」

「班長、こっちに来てください！　急いで！」部屋からリエラが呼んだ。

全員がいっせいにそこを飛び出した。ベルトを止血帯代わりにしたリエラが、血の跡を床に残しながら、ルベールのほうに這っていこうとしていた。

「意識が戻ったようです」若者の腹部をすぐに押さえ、リエラが告げた。ルベールの体の下には血溜まりが広がっている。

ルカモラはそこに駆け寄り、ルベールの横にひざまずくと、後頭部を手で支えて少し起こしてやった。ディエゴは出血のせいで頭がふらついたものの、何とかそこに合流する。

ルベールは意識を集中しようとしていたが、ふいに咳の発作に襲われて血を吐き、顎と首を汚した。蒼白な顔であたりをぼんやりと見まわす。何が起きているのかさえわからないようだった。

「ルベール！」ディエゴが呼びかけた。「ドアの暗証番号を教えてくれ！　向こう側の部屋に入るための暗証番号だ」

「暗証番号？」横目でそちらを見て、ルベールが弱々しく訊き返した。

ディエゴは壁の開口部を指さして言った。「ビエルがあの子を殺そうとしてるんだ……」無意識にルベールを激しく揺さぶり始めていた。「頼む、助けてくれ……」

「あのドア……トンネルにつながってる……」ルベールがつぶやく。「暗証番号は知らないんです……本当に……ビエルしか……」

「トンネル？　そうやって家を脱け出してたのか」ルカモラが驚いて言った。「ジュリアン・バソルを殺した金曜の夜も、それで監視をすり抜けたんだな？」

ルベールはしゃべろうとしたがまた激しく咳き込んで血を吐き、顔色がさらに悪くなった。

「そのトンネルはどこにつながってるんだ？」ディエゴが尋ねた。

ルベールは口を開いたが、声が出てこなかった。また咳をするとしばらくぐったりし、目を閉じた。しかしふいにかすかに目を開け、ディエゴの顔を探した。

「先生……すみません……こんなことになるとは思わなかったんです、ほんとに……二通目の手紙の、狼の口さながらって表現……わざとだった……僕らにつながる手がかりを与えたくて」うっすらと笑みを浮かべる。「常套句は皮肉にもなると、先生に言いましたよね……覚えてますか？」

ディエゴはじれながらうなずいた。

「頼むよ、ルベール、そのトンネルはどこに続いてる？　ビエルの行く先を知る必要があるんだ」

しかしルベールは目を閉じた。ディエゴが切羽詰まって無神経にまた揺さぶる。ルカモラが脈を診た。

「息を引き取った」暗い声で告げる。

「何だって?」ディエゴは愕然として訊き返した。「だめだ、まだ死なないでくれ! そんな、ありえない……じゃあジュディは?」期待をこめて尋ねる。「彼女なら話してくれるかも……」

「無理だ。まだ意識がない」彼女のほうにかがみ込んだエクトルが暗い表情で言った。「脈も弱いな」

ディエゴはもはや床に座っていることさえできなかった。強烈なパニックが襲いかかってきて、ついに人形のように絨毯にぐったりと倒れ込んだ。ますます眩暈が強くなり、視界もぼやけ始める。

「止血しないと、失血死するぞ」ルカモラが言った。

警部は室内をさっと見まわし、食堂のテーブルからクロスをさっとひったくると細く裂き、それをディエゴの腕に巻き始めた。そのあいだもディエゴはつぶやき続けていた。

「トンネル……トンネル……つまりビエルはどこかで外に出るということだ。だが、どこに?」はっとして顔を上げる。「携帯を追跡できないのか、ジェラール?」

「たとえあいつが携帯を持っていたとしても、時間がかかる」警部は手当てに集中しながら言った。結び終わると、エクトルに声をかけた。「その娘が首に巻いているスカーフを持ってきてくれないか」

そのあいだにディエゴは体を起こそうとしたが、強烈な痛みが走って意識が遠のきそうになった。

「ちょっと待て」ルカモラはエクトルからスカーフを受け取って、三角巾にした。「さあできた。これで少しは痛みが減るだろう」

ディエゴは警部に支えられて体を起こすと、どうしていいかわからず、さめざめと泣き始めた。

「あきらめちゃだめだ、ディエゴ」ルカモラが励ます。「できることを考えよう」

「だが何ができる？」ディエゴは取り乱して訴える。「トンネルはどこに通じていたって不思議じゃない」

「応援を頼むよ。それから地図を見て……」

「ララバサーダ・カジノだ！」突然リエラが叫んだ。

全員がいっせいに彼を見た。

「カジノですよ、班長！」刑事は、先生に実力を認めてもらおうとする生徒のように、目をきらきらさせて訴えた。「ビエルに話を聞きにここに来た夜のこと、覚えてますよね。帰り道、あの廃墟に誰かがいたとあなたは言った」

「ああ、たしかに」ルカモラは混乱した様子でうなずいた。

「それがビエルだったとしたら？　考えてもみてください。この屋敷を建てたのは密売人だ。ビエルも、壁抜けをする幽霊の話をしてましたよね？　あそこが幽霊の出入口なんですよ。それに、フラダリック・マルトレイはカジノの共同経営者の一人だった。あのトンネルを出入口に使うとしたら、仕事場と通じていると考えるのが理にかなっている。ビエルはあのカジノの廃墟にアリアドナを隠しているのかもしれない！」

「でも、どこに？　日中はあのあたりを大勢のハイカーが行き来する。人に見つかる可能性がかなり高い」ディエゴが言った。

沈黙が室内を満たした。

「〈自殺者の部屋〉は？」突然エクトルが言った。「小説の冒頭におまえが登場させたじゃないか、ディエゴ。地下にそういう部屋があるって……」

「だがあんなのはただの噂話だ。実際にあるかどうか、証拠も何もない」ディエゴがわめいた。「金に糸目をつけず、裏付けになる資料をずいぶん買い漁ったんだ」

「だが、地下室はあるんだよな？」エクトルは引かない。「アリはそこかもしれない」

「地下室は取り壊されて、どこからも入れない」ディエゴはいらだちを募らせながら言った。

カジノの廃墟から離れて、もっと可能性の高い隠れ場所を考えてもらわなければ。ビエルは刻々とアリに近づいているのだ。

「どこか別の場所から地下にアクセスできるとしたら？」リエラがおずおずと指摘した。

「ビエルしか知らない秘密の入口があるのかも」

「あのとき人影はマジックか何かみたいに消えたんだ」ルカモラは考え込むようにして言った。「ホテルの入口のところに現れて、そのあと森の中に姿を消した……地面に呑み込まれたみたいに」彼はディエゴを意味ありげに見た。

「廃墟のどこかに秘密の入口があるとでも？　どんな資料にもそんな話はなかったぞ！」

「おまえの小説、言うほどデータにもとづいてたっけ？」エクトルが混ぜ返した。

ディエゴは兄を見返し、みんなの言葉を信じてすぐさまあの廃墟に駆け出したい気持ちと、無駄足を踏む恐怖のあいだで心が引き裂かれた。けっして来ない助けを待つ、まったく別の場所にいる娘の前に、トンネルから現れたビエルが近づいていく。

「確かめてみよう」ディエゴの決心を待たずに、ルカモラが言った。「あいつがここを出たのはほんの五分前だ。こっちには車があるんだから、先回りできるかもしれない」

「僕も行く！」ディエゴは言った。

「俺も」エクトルも続いたが、迷いが見て取れた。

「だめだ」警部はきっぱり告げた。「あんたは火傷をすぐに治療する必要があるよ、エクトル。そしてディエゴ、君は立っていることさえできないじゃないか。リエラが救急車と応援を呼ぶ。二人ともここで待っていてくれ」

ディエゴはルカモラの前に立ちはだかり、相手の目を睨んだ。

「あんたと言い争って時間を無駄にする気はない。僕は行く。以上だ」

ルカモラは言い返そうとしたが、断念した。不満げに鼻息をつき、リエラの銃をディエゴのいいほうの手に押しつけた。ディエゴはびくびくしながらそれを見た。ピストルを手にするのは二度目だった。最初は『深海魚』を執筆していたときに、銃を持つ感じを書きあぐねていると、ルカモラがいきなり自分のピストルを出し、弾を抜いて手に持たせてくれたのだ。そのときと同様、その軽さ、金属の冷たさ、玩具みたいに見える外見にやはり驚いた。だがそんなちっぽけなものが人の命を奪い、悪事や復讐を可能にし、悲劇を生むのだ。

「弾倉には十二発入るが、リエラはいつも一発余計に薬室に弾をこめてるから、もう片方の耳も吹っ飛ばしたくなかったら、くれぐれも引き金には触れるな」ルカモラはそう言って、自分の銃をホルスターに収めた。それからつかつかと玄関へ向かった。

ディエゴはごく慎重に銃をズボンに突っ込むあいだも呻き声を漏らしながら、後を追った。

「もし僕らの勘違いだったら？」誰にともなく、泣き言を言う。

「ほかに手はないんだから、絶対に正しいと信じるだけだ。いいな？」それからルカモラはリエラ刑事に声をかけた。「リエラ、救急車と応援のことはわかってるな？」

「はい、大至急、ですよね！」刑事はきちんと正解を答えた。

十分後、車に乗ったディエゴとルカモラは、まるでサイコロ壺の中にでも突っ込まれたかのように、右に左に大きく揺れていた。タイヤはアスファルトの上をまさに空中浮遊し、ディエゴはカーブのたびに苦痛の呻き声を漏らして、目的地に着く前に二人とも山道を転がり落ちて死ぬんじゃないかとひやひやした。幸い、おもにほかに車がいなかったおかげで、皮肉な終わり方はせずに済んだ。カジノの廃墟が見え始めたとき、警部は急いでライトとエンジンを切り、車は坂道をそのままそっと下って、待ち伏せする獣のように塀の前で静かに停まった。

二人は急いで車を降り、銃を出して慎重に廃墟に近づいた。相手を奇襲したいなら、懐中電灯は問題外だったが、雲一つない夜空に輝く満月が周囲の物の輪郭を銀の筆で描き出してくれた。ビエルがすでに到着し、森の中の地下入口に向かっているのか、まだトンネルの外に出ていないか、ルカモラにはわからず、どうするべきか一瞬迷った様子だったが、結局廃墟に行くことにした。もうビエルが来ていたとしたら無駄にする時間はないし、たとえ来ていなくても、森で隠れて待ち伏せできる。ここにいては身を隠せる場所があまりなかった。塀にあるアーチをくぐり、できるだけ音をたてないようにしながら、ルカモラが七日前の夜に歩いた同じ小径を下りていく。警部は銃を構え、闇に狙いをつけながら進み、ディエゴはとにかく転ばないことを意識した。片手に銃、もう片腕は三角巾という状態では、石や木の根につまずくたび何もつかまらずにバランスをとるのにひどく苦労した。

そのうえ失血の影響で体が衰弱し、どんどん踏ん張れなくなってきていた。ビエルの脅威がある意味燃料となって、何とか前に進んでいた。それでも、どこかもっとありえそうな、はるか遠い監禁場所で娘が殺されかかっているのでは、と考えずにいられなかった。

やがて、今も残るカジノの展望塔にたどり着いた。ディエゴは、時間に蝕まれてこんなただの過去の遺物のようになってしまう前の華々しい時代の写真を無数に見ていたので、すぐにそれだとわかった。カジノについて調べていたとき、実際に廃墟を訪れてみようかとも思ったのだが、すぐに取りやめにした。石ころだらけの小径をヤギみたいに跳ねまわるのは自分向きじゃない。だから図書館という無害なじみの場所で資料を当たるほうを選んだのだ。まさか十年経ってその廃墟に足を踏み入れることになるとは思ってもみなかった。しかも肩を撃たれ、片耳を失った、およそ探検にはふさわしくない姿で。

彼が壁に寄りかかって息を整えるあいだ、ルカモラが塔のまわりを巡って、窓から中を覗いた。誰もいないようなのでディエゴのところに戻り、何か不審な物音は聞こえないかと耳を澄ました。しかし聞こえるのは、森そのもののざわめきや未知の夜行性の小動物たちによる太古のシンフォニーだけだった。

「もし判断が間違ってたら?」ディエゴはまだその可能性を捨てきれず、不安だった。

「落ち着け」ルカモラが周囲に目を配りながら答えた。「絶対にここだ。たぶん先回りできたと思う。ビエルはこれから現れるはずだ」

「なんでそんなに自信たっぷりなんだ？」ディエゴは疲れた目でまわりを眺めた。

「刑事の勘が……」

「刑事の勘？　ふざけるな」ディエゴは必死に声を抑えようとした。「僕は犬のクソを食い、七時間拷問に耐えなきゃならなかった。何もかも、あんたの刑事の勘がそれを阻めなかったせいだ」ルカモラの顎がこわばったが、何も言わなかった。彼の沈黙に、ディエゴはますますいらだった。「ところが結局犯人が誰か見破ったのは僕だった。やつらの自白を引き出すアイデアを考え出したのも僕だ。だからあんたの刑事の勘を僕に押しつけるのはもうやめろ。いいな？」

「頼むよ、ディエゴ」警部がため息をこらえて、やっと口を開いた。「落ち着いて俺を信じてくれ」

「妻と寝ていた男をか？」

ルカモラは疲れた顔でディエゴに向き直った。

「今、それを持ち出すのか？」

「ここに来る必要なんてなかったんだ」ディエゴは答えの代わりにそうまくしたて、ルカモラからよろよろと遠ざかった。「もしここじゃなかったら？　時間の浪費だったら？」

自分が抑えられなくなっていることに気づいていたが、泣き言を止められなかった。

そのときルカモラが何かに集中しようとするかのように、突然首を傾けた。何か聞きつけたようだ。ディエゴもそれを真似し、耳の奥でうねる唸りの奥に何かをとらえたような気がした……口笛？　そうだ、間違いなく人間の口笛だ。二人はしだいに近づいてくるその音に耳を傾け、体を固くした。さっき二人が通った道を、誰かが口笛を吹きながら歩いてくる。フィル・コリンズの『アナザー・デイ・イン・パラダイス』だ。

「ビエルだ」ルカモラは囁き、ディエゴを近くの茂みに突き飛ばした。

慌てたルカモラに乱暴に押されて、ディエゴは声をあげないようにぐっと歯を食いしばらなければならなかった。二人は声を押し殺して低木の陰に隠れ、小径の奥に目を凝らした。口笛がしだいに近づいてくる。やがて足音も聞こえてきた。闇の中からシルエットが浮かび上がり、展望塔の壁に影が映り込んだ。月光のスポットライトに照らされ、ルカモラにもディエゴにも間違いなくビエル・マルトレイだとわかった。ディエゴは反射的に銃を持ち上げたが、ルカモラが急いでそれを止めた。

「だめだ！」と囁く。「アリのところにやつが案内してくれるまで待つんだ」

そのとおりだとディエゴは思った。この距離ではまずありえないことではあるが、もしここで殺してしまっては、アリがどこに監禁されているかわからずじまいとなり、助けられなくなるかもしれない。二人は無言のまま、ビエルが足を止め、闇の奥をじろじろ見透かす様子を眺めた。ディエゴは唾を呑み込み、息を殺していた。ビエルはその隠れ場所から五、六メートル離れたあたりで、厳粛な顔つきで立ち尽くしている。なぜ動かない？

何か聞きつけたのか？

「先生？」

とたんにディエゴの血が凍りついた。その瞬間、なぜ映画の中などで、恐怖に駆られた人が小便を漏らすか理解した。ルカモラの手が背中に触れるのがわかった。励まそうとしているのか、落ち着かせようとしているのか、はっきりしない。そのときビエルが腕を持ち上げ、こちらに狙いをつけると、いきなり発砲した。本能的に歯を食いしばり、身をかがめて、体のどこかに銃弾が弾けるのを待った。だが、衝撃はなかった。ところがルカモラが呻き声を漏らして仰向けに倒れた。ディエゴはぎょっとして、ルカモラが胸を手で押さえ、藪の中に転がるのを見た。ディエゴはパニックに襲われ、ビエルに向かって発砲し始めた。狙いも定めずに、一発、二発、三発、四発。反動で腕や体が揺れ、思わず雄叫びをあげていた。傷を負った耳の痛みがどんどん激しくなり、眩暈で視界が霞んだ。思ったとおり、当てずっぽうに撃った四発の銃弾は一つとしてビエルには当たらず、相手は藪の奥へ続く道へ駆け出した。

ディエゴは思わぬ展開に驚いて、ルカモラのほうを振り向いた。

「追え、追うんだ！」弱々しい声で警部が命じた。「俺のことは心配するな。傷は自分で手当てする……それに応援がすぐに来る」ディエゴは、警部が胸にあてがった手がみるみる血に染まるのを呆然と眺めていた。「走れ！　アリのいる場所に行け！」

アリ……娘の名前を聞いてディエゴの迷いが吹っ飛んだ。暗くてはっきり見えなかったが、ルカモラの傷は心臓に近く、よくない予感がした。いずれにしても、彼のために自分ができることはない。だからふらふらしながら茂みをかき分けて外に出た。ビエルが姿を消した小径を見つけ、応援の到着を祈りながらそこに足を踏み入れた。眩暈をこらえ、痛みで体を震わせながら、銃を構えることさえ思いつかずに進む。買い物袋でも持つように、無事なほうの手に銃はぶら下がっていた。たしか四発撃ったから、残りの弾は九発だ。だが、何発残っていようと、関係なかった。そもそも銃の撃ち方など知らないのだ。それにビエルのほうがはるかに有利だ。追いつく前に姿を消してしまうかもしれない。そう思うと、ディエゴは焦った。力尽きる寸前だったができるかぎり急ぎ、その一方で、ルカモラが獣のように草叢（くさむら）で息絶えやしないかと不安になった。

　木々のあいだに壊れた彫像や階段の一部など、古い施設の残骸が垣間見え、ときどき半壊したあずまやのようなものに出くわしたが、小さいので一瞥（いちべつ）すれば人影の有無はすぐに調べられた。しかし森はあまりに鬱蒼としていて、人が隠れられる場所などいくらでもあり、急いで進むうちにビエルの前を素通りしたとしても、足でも引っかけられないかぎり気づかないと思い知った。

　もう見つけるのは無理だと思いかけたとき、ふいに開けた場所に出て、ほんの二十メートルほど先にビエルがいるのに気づいた。こちらを待っていたかのように、じっと立っている。巨大な建物の入口の前に立つシルエットでしかなかったが、にやにや笑っているような気がした。こんなことになって、面白がっているのだろう。二人はそのまま、臆病な決闘者のように、離れてただ見つめ合っていた。

やがてビエルは静々と銃を持ち上げ、こちらに銃口を向けた。ディエゴは反射的に地面に身を投げ、左側にあった丸太の陰に隠れた。それとほぼ同時に銃声が響き、さらに発砲音がいくつも続いた。ディエゴが隠れた丸太が一斉射撃を受けてきしんだり、砕けたりした。どうしていいかわからず、とにかく丸太の脇から銃を覗かせ、相手と同様にでたらめに撃ち始めた。続けざまに銃の反動を受け、歯を食いしばる。自分が発砲する轟音で耳がいかれて、ビエルがもう撃ち返してこないことに気づくのが遅れた。あいつを仕留めたのか？　それは疑問だった。枝で物思いにふけっていたフクロウを驚かせたぐらいがせいぜいだろう。そろそろと体を起こして向こうを見たが、ビエルの姿はどこにもなかった。

考えもせず、ディエゴは、カジノのワインセラーと思われる建物の入口に走った。そのわずか数メートルで力を使い果たし、周囲がぐるぐると回り出す。倒れないように、壁に寄りかかる。だがもう時間がない。中に入ると、異臭の漂うねっとりした闇が彼を迎えた。携帯電話のライトをつけるしかなく、銃はズボンにまた挿し込んだ。今ビエルにどこかから飛びかかられたら身を守るすべはないとわかっていたが、もうかまっていられなかった。そもそも銃弾が残っているかどうかもわからない。気が動転していたから、何発撃ったか数える余裕もなかった。大声でわめきながら小部屋の迷宮の中を走り出す。たぶんビエルの名を叫んでいたのだと思う。携帯のライトが闇を追い払い、壁の絵や破れたマットレス、あちこちで山になっているゴミを照らし出した。だがビエルの姿はない。消耗する一方の体力をかき集め、建物の突き当たりにたどり着いた。そして、裏口の向こうがまた深い森だと知ったとき、ついに気力が尽きた。ビエルがここから逃げたのは間違いなかった。これ以上追いかける力はない。立っていることさえ難しいくらいだった。そのうえ、憎しみという燃料も底をついたらしい。脚の力が抜け、膝をついた。視界も半分ぼやけている。近くの壁に背中をもたせかけ、何とか気を失うまいとした。何もかも終わりだ。ビエルはアリを殺すだろうが、立ち上がる力もない自分にはそれを阻むことができない。

「ビエル、おまえを殺してやる！　聞こえるか？」全力でわめく。そよとも吹かない風が呪詛（じゅそ）をビエルの耳に運んでくれるとでもいうように。「娘に指一本でも触れてみろ、徹底的におまえを殺す。そして、そのあともう一度殺してやる！」

　だが痛みと疲労で声はすぐに嗄れ、哀れな獣の遠吠えに変わり、聞く者もなく壁にこだました。やがて吠え声も喉の奥で消えた。声を絞り出す力さえすでになかった。携帯電話を握る手が力なく膝に落ち、正面の壁の落書きをライトが照らす。不吉なイメージが次々に脳裏に浮かんだ。地下室にたどり着いたビエルが飢えた狼の笑みを浮かべて、〈自殺者の部屋〉に入っていく。それは結局のところ最初から存在しており、頭のおかしな元教え子が、バルセロナの上流階級の七歳の少女たちをかどわかして監禁するため、ずっと完璧な状態に管理し続けていたのだ。ディエゴは自分がさめざめと泣き始めたことに気づいた。涙のベール越しに、正面の壁の落書きが目に入った。

《君の柔肌で泳ぐ》

こんな場所に美しい詩情の滲む一文を見つけて、呆けたように微笑む。もう少し余裕があれば、何か紙を見つけてメモし、今後の作品に活かしたところだ。心の底から愛を感じたときの気持ちをまさに言い当てている。初めてラウラと愛し合ったときも、生まれたばかりのぴくぴくと鼓動するとても小さな娘の体を初めて抱いたときも、そんなふうに感じた。これを書いた者がもしまだ存命だったとして、盗作だとディエゴを責めるとは思えなかった。一文の下にしたためられた署名を見る。〝フィレル〟。匿名の詩人にしては妙なペンネームだ。Firer……。

くそ。

「総統」Führer（フューラー）をでたらめなスペルで自己流に表記したものだ。

39　逃亡計画

アリアドナは『アナと雪の女王』の腕時計を見た。まだ早いな、と思う。夜、怪物は九時より前に食事を持ってきたことがない。だから前髪をかき上げて、今やっていたことを続けた。いつだって自分のきれいな栗色の髪は清潔で、丁寧に梳かされていた。ママが気をつけて手入れをしてくれていたおかげだった。だけど今は、さわったり、額に落ちてきたりするたび、なんだかべとべとして、ひどくもつれ合っているのに気づき、悲しくなった。でもそれだけじゃない。どこもかしこもひどかった。そこに鏡はないけれど、簡単に想像はつく。パジャマはあちこち染みだらけだし、生地が薄いので、左肘のところが破け始めている。それでも最初の日から、アリは自分を気の毒がったりしないと決めたのだ。泣かずにいるには、それが大事だった。怪物の前でも、こうしてここで一人きりでいる長ーい時間も、泣きたくなかった。そして、本当に一度も泣いていないし、そういう自分は偉いと思う。このことを話したら、ジェラールもきっと偉いと言ってくれるはずだ。

うっすらと微笑み、『アナ雪』の曲を鼻歌でうたいながら、スニーカーに身をかがめる。

もう何度も、結び目も紐も簡単に解けると確かめた。そのあと部屋の隅にあるガタつくベッドに近づき、垢じみたマットレスを持ち上げて、小道具を取り出した。いくつか角が突き出した風船みたいなものが二つ。片方には赤い液体、もう片方には粘土のようなものが入っている。それにパンのかけら、錆びた釘。しばらくはせっせとパンのかけらを砕いてパンくずにし、それを水で湿らせて小さな手で丸め、そこに釘を刺した。それらを全部パンツの前のお腹のあたりに突っ込む。お腹に刺さるのが怖いので、釘の先端をパンの球に埋めたのだ。終わるとシャツを下ろし、外からではわからないことを確かめた。にっこりする。準備はできた。今夜は怪物狩りだ。

痩せたせいでパジャマがぶかぶかになったのは運がよかった。怪物は一日に二度食事を運んでくる。一度は朝早い時間で、たいていクロワッサンとか菓子パンを二、三個、そしてもう一度は夜で、こちらはもう少し手の込んだものだ。何度か本人から聞いたところでは、彼女のためにわざわざ自分で作ったそうだ。それでも食事と食事のあいだに長い時間が空くので、しょっちゅうお腹が空いた。そんなとき、どうなってるのと確認するように胃がグウッと鳴った。ぴりぴりしているせいで、今日はほとんど何も喉を通らず、怪物は手つかずのままのチョコレートパン三個をそのまま下げることになった。幸い食欲がない理由を訊かれもしなかったし、不審にも思われなかったようだ。何も食べなかったことを後悔はしていない。計画を決行するとしたら、お腹に何も入っていないほうがいい。もし失敗して結局怪物に捕まったら、またクロロホルムを嗅がされるだろうし、最初の日の怖かった記憶はまだ消えていなかった。ここで目覚めたとき、自分の吐いたもので危うく窒息しかけたのだ。あのときは本当に死ぬかと思ってぞっとしたけれど、とっさに反応したおかげで無事だった。四つん這いになって激しく咳をし、物が詰まりかけた喉にわずかな空気を送り込むことに成功したのだ。あれが最初の〈大人の階段をのぼる勝利〉だった。ここに閉じ込められてから、何かをやり遂げるたびにそう呼ぶことにしていた。でも、実際にはお祝いをする気にもなれなかった。なぜなら、死を遠ざけたあと、今度はもっと大きな試練が待っていたからだ。そこは自分の部屋ではないと気づいたのである。

　そのときどんなに怖かったか。目覚めたら、ビルジニアに寝かしつけられ、ユニコーンのぬいぐるみのユニと一緒に眠ったはずの自分のベッドではなく、粗末な鉄製のベッドの不潔なマットレスの上だったのだ。そこは窓もなく、奥にキャンプ用のカンテラがあるだけの、薄暗くて気味の悪い部屋だった。自分の寝室の二倍ぐらいの広さで、壁は暗い色のタイルで覆われているが、ところどころ剝がれ落ちて、セメントの壁が見えていた。よくよく見ると、タイルにはところどころどす黒い血飛沫が散っていた。場所によっては、勢いよく噴き上げたみたいに天井にまで跳ね、あるいは何かべとべとしたもののまわりに扇状に広がっているところもある。ここは台所か浴室なのかな？　ベッドと汚れた毛布二、三枚のほかにはバケツが一つあるだけだ。鉄製の扉にそろそろと近づき、開けようとしたが無駄だった。ここに閉じ込められたんだ、と気づいた。おそるおそる人を呼んでみたが、向こう側から応えはなかった。どうしていいかわからなかった。寒かったし、まだ頭がぼうっとしていたし、咳をしすぎたせいで胸が痛み、何より怖かった。そのとき初めて泣きたくなった。でもふいにジェラールの言葉を思い出したのだ。「命の危険を感じたとき、泣くのは時間とエネルギーの無駄だ。どちらも生き延びるために必要なものだからね」だから歯を食いしばり、ベッドに座って涙をこらえた。今自分は危険な目に遭っている。泣いて時間を無駄にしちゃいけない。胸で沸き立ち、がたがた震えさせようとする恐怖を捨てること、それが肝心だった。たとえ怖くても、それに圧倒されないように、コントロールするのだ。そうすれば頭がしゃんとして、計画を立てられる。ここから脱出する計画を。あたし、誘拐されたのかな？　だとすれば、まずしなくてはならないのは、犯人の目的を知ることだ。警部はそう教えてくれた。相手がここに来れば、それはすぐにわかるだろう。最初から彼女を殺そうとする、あるいは危害を加えようとしたら、作戦を練る時間はない。すぐに行動し、できることは何でもしなければならない。爪でも歯でも何でも使って命を守るのだ。逆にここに閉じ込めておくことが目的なら、手に入るあらゆる手段を利用して、脱出計画を考える時間がある。

数時間後、とうとう初めてドアが開いた。クロロホルムの影響がまだ残っていたせいで、意に反して眠りこけていたとき、遠くで何かがぶつかる音がした。まもなく、うつらうつらするなか、足音が近づいてきて、ドアの向こうで鍵のこすれる甲高い金属音が聞こえた。慌ててベッドから起き上がり、部屋の真ん中に立って、恐怖に震えながら犯人を待った。鍵の音がやんだとき、重い扉がゆっくりと開いた。そこに立っていたのは、眉まで隠れるキャップをかぶり、顔の半分を覆うマスクをかけた、外科医の扮装をした男だった。見えるのは目だけで、それも何かの害獣みたいな真っ黒い憎々しい目だ。アリは思わずにんまりしそうになった。ジェラールの話では、犯人が自分の正体を隠すのはいい印だという。少なくともしばらくは殺すつもりはないということだからだ。でも、手術着に散る血飛沫からすると、たとえ殺す気はなくても、結果的に殺してしまうような暴力を振るう恐れはありそうだった。

「やあ、アリアドナ」冷たいがやさしい声で彼が挨拶してきたとき、アリは鳥肌が立った。

「食べ物を持ってきたよ」

食事を目にして初めて、アリは空腹に気づいた。思ったより長く眠ってしまったらしい。時計を見るとそのとおりだった。もう夜の九時だ。すでに一日が終わろうとしている。

犯人はお盆をベッドの上に置き、食べろというように顎をしゃくった。アリはおとなしく従い、ベッドに座ると、ラザーニャと思しきものを何口か食べた。味は悪くなかったが、冷めていた。さらにもう少し食べ、そのあと、こちらをただ無言で眺めている男を見た。最初に犯人の目的を調べるべし、とジェラールに言われたことを思い出す。それに、たとえどんなに怖くても、犯人の前ではそれを表に出すな、とも言われた。だから冷静さを装って、こう尋ねた。

「あなた誰？　どうしてあたしを誘拐したの？」

犯人は軽く笑った。

「へえ、勇気があるな。パパとは大違いだ」

男はこちらをしばらく無言で見ていたが、やがてベッドに腰を下ろした。スプリングが重みでギシギシ鳴った。

「僕は怪物だ。君もそう呼んでくれ」

アリはただうなずいた。男はこちらを悪意に満ちた目でじっと見ている。たぶん何か反応を待っていたのだろう。その呼び名を聞けば、普通は怖がるはず？　相手はそれを期待しているのだろうが、アリは無表情を崩さなかった。とうとう男は考え込むようにして首を振り、二番目の質問に答え始めた。

「両親に身代金を要求すると思っているかもしれないが、そうじゃない。君のパパと挑戦ゲームをするために君を誘拐したんだ。君を取り戻すには、パパは三つの課題にパスしなければならない。課題はどんどん難しくなり、だいたい三日おきに実行する決まりだ。最初の課題は犬の糞を食べること、二番目は拷問道具をはめて七時間耐え抜くこと、三番目は目をくり抜くことだ。課題を全部クリアしたら君は解放される。もし失敗したら、君を殺さなければならない。男はアリの目を終始見つめながらそう説明した。彼女が泣き出すか、母親を大声で呼ぶか、助けてと懇願するか、そういう反応を期待したのだろうが、アリはそのどれもせず、相手を冷静に睨み返しながら無言で話を聞いていた。そして、男がいなくなって初めて、震えながらバケツに食べたラザーニャを吐いた。

犯人が現れたあと、アリアドナはその晩彼から聞いた話についてじっくりと考え、しだいに冷静になっていった。ジェラールなら、犯人は墓穴を掘った、あるいは、彼のお気に入りの表現である、下手をこいたと言うところだろう。なぜなら、犯人はアリに情報を与えすぎたからだ。だから今やアリにはたくさんのことがわかっていた。たしかに背筋の寒くなるような話だ。相手は頭がどうかしているのは間違いない。でも、大事な情報ばかりだったし、とくにどれくらい監禁が続くのかわかったことは大きい。この汚い部屋に計算上は十三日間ぐらいいる計算だ。

そう思うと、前向きな気分になれた。パパは最初の二つの課題はきっとクリアできる気がした。二番目は少し心配だったけれど、そう信じることにした。でも、どんなにアリを愛していたとしても、目をくり抜くのは無理だと思った。パパは特別勇敢というわけではない。少なくともママほど勇気はないし、もちろんジェラールおじさんとはとても比べられない。パパには怖いものがたくさんあるし、繊細で、いつもぼんやりしている。でも、そんなパパのことが大好きだった。マーマレードの蓋は開けられないし、水道管も修理できないし、何かにぶつかるとすぐ泣くし、悪夢を見るたびに叫ぶけれど、そういうところも好きだ。何より、アリの前ではヒーローになろうと頑張るところが大好きだった。アリはパパのお姫様で、アリを守る資格があるのはパパだけなのだ。だからアリは実際より弱くて役に立たないふりをして、パパに花を持たせた。大人になったら、きっとアリのほうがパパを守るだろう。だけど、ジェラールならきっとできる。ジェラールは強いし、どんなことでもやり抜くし、毎日悪者とやり合っている、本物のヒーローだ。だからいつかアリが大人になったら、ジェラールと結婚するのだ。

でもとにかく、パパに目をくり抜いてほしくなかった。あたしを助けるためにパパの目が見えなくなったら、一生自分が許せないだろう。そのためには、パパが三番目の課題に挑戦する前にここから逃げるしかない。二番目の課題の前にそれができればパパに苦しい思いをさせずに済み、理想的だけれど、わずか数日でうまい脱走計画を準備できるとは思えなかった。もちろん努力はするが、視力を失わないことを目標にするなら、だいたい十二日間は計画を練る時間がある。両親もジェラールもあたしを捜しているとは思うけど、見つけられるかどうかわからない。だから自分で何とかするのだ。

やがて眠くなり、翌朝目覚めたとき、その琥珀色の瞳には決意がみなぎっていた。必ずここを脱出してみせる。今はまだどうすればいいかわからないけれど、必ず。その決意がアリに力をくれた。脱出計画を考えるには、まず犯人の習慣と使える手段を確認すること、とジェラールに教えられた。怪物の習慣については、犯人が没収しなかった『アナ雪』の時計が役立った。それも犯人のヘマだ、とジェラールなら言うだろう。おかげで、朝は八時に、夜は九時に食事を持ってくるとわかった。一度夕食が遅れたことがあったが、それまではけっしてないことだった。来たことを最初に知らせるのは、何か歯車が噛み合うときに鳴るような変なきしみ音だ。そのあと、重い石が何かにはめ込まれるみたいな低いズンという音が続く。二、三十秒後、怪物が長い廊下か何かを近づいてくる足音が聞こえ、この部屋のドアの前で止まる。そのあとすぐには入ってこない。一分ほど、ガサゴソと音が聞こえるのだが、すぐに服がこすれ合う音だと気づいた。鍵を挿して回す音のあと、手袋をした手がゆっくりとドアを押し開け、怪物が部屋に入ってくる。

使える手段については、トイレ代わりのバケツぐらいしかなく、あまり役に立ちそうになかった。ベッドとマットレスのスプリングを調べてみたが、武器になる鋲がたくさん打たれているとはいえ、どれも固くて取れない。毛布も使い道が思い浮かばなかった。だから翌日、使える手段を増やし、ついでにこの場所についてもっと知るために、アリは仮病を使うことにした。バケツに溜まった自分の便の臭いで気持ちが悪くなり、一日じゅう吐きどおしだったせいで体に力が入らない、と訴えたのだ。クロロホルムと恐怖のせいで初日に吐いたのは本当だったけれど、そのあとは指を喉に突っ込んで無理に吐いた。三日間吐いては懇願し、とうとう怪物はほかの部屋をトイレ代わりに使うことに決めた。その部屋には水を満たした別のバケツと、タオルが置かれていた。怪物は、一日に二回、食事を運んできたときに、まずアリの手を結束バンドでくくってから、その部屋に連れていった。

そのあと、用を足すあいだだけアリをその部屋で一人にした。

トイレ部屋に行くには長い廊下を進む。それを通って怪物も毎日アリの部屋に通ってくるのだ。寒くてじめじめした廊下で、両側に荒れた様子の部屋がいくつも並んでいる。怪物がトイレとして選んだのは、壊れかけた厚板のドアが唯一残っている部屋で、鍵がかけられた。でも、そこもほかの部屋も窓がないのは同じで、どこもかしこも真っ暗だった。

怪物は懐中電灯を持っていたが、暗闇で用を足したくなかったら自分の部屋にあるランプを持ってこいと言われ、すぐにそうした。ランプのおかげで、廊下の突き当たりに、下水道に下りるときに使うような壁に固定された梯子があるのがわかった。上はたぶん跳ね上げ戸になっていて、怪物が現れるときに聞こえる金属のきしむ音はそこから来るのだろう。反対の突き当たりは、自分の部屋のと同じ鉄製のドアのある部屋だ。そこには何が隠されているんだろう、とアリは思った。

トイレ遠征では、建物内の構造がわかっただけでなく、逃亡に使えそうな貴重で重要な小道具もいくつか手に入った。アリは、自分の部屋の戸口の横の壁に、フックが三つ飛び出しているのに気づいた。怪物はそのうちの一つに懐中電灯をかける。別の一つには手袋とマスクがたくさん入った大きな袋が下がり、もう一つにも袋がかけてあって、男の服が入っているものと思われた。怪物はそこに変装用の服を保管し、部屋に入る直前に着替えているらしい。あるとき、隙を見てラテックスの手袋を一揃い盗んだ。小道具その一。

六日目、トイレのときはいつもそうだが、部屋の隅に放り込まれたときに、長くて太い釘を発見し、すぐにパジャマに隠した。小道具その二。

小道具が揃うにつれ、計画が固まり出した。自分の部屋よりトイレ部屋のほうが跳ね上げ戸には近いので、逃走計画はそこを出発点にすることに決めた。七日目、中にいるあいだにわざとつまずいて、釘を使って額に小さいけれど深い傷をこしらえた。たっぷり出血させて、救急措置が必要になったときに怪物がどうするか確認したかったのだ。怪物は傷をちらりと見ると、廊下の奥にある謎の部屋に救急箱か何かを取りに走った。とはいえ、ドアをすぐに閉めてしまったので、中を見ることはできなかった。でもその機会を利用して、トイレ部屋からそこまで全速力で往復するのにどれくらいかかるか測ってみた。二分。自分が逃げるほうとは逆方向に怪物が走ることになるのもラッキーだった。

その後の数日間、何度も転んでは倒れ、自分が日に日に体力を消耗して、足元がおぼつかないのだと怪物に思わせようとした。そのたびに怪物はしぶしぶ奥の部屋に救急箱を取りに行った。

小道具その三は、ケチャップの小袋だ。ある晩怪物は、料理をする暇がなかったらしく、ハンバーガーを買って持ってきた。アリはケチャップを使わずに、パンのかけらと一緒にマットレスの下に隠した。

　トイレ部屋に行き出すと、アリは、湿った床を濡れた靴下で歩くのは寒いと文句を言った。そして、大げさに体を震わせ、大きなくしゃみをしてみせた。するととうとう怪物は九日目の夜に赤い靴紐のスニーカーを持ってきた。挑戦ゲームが終わるまでに肺炎か何かになってもらっては困る、とあいつは言った。でもアリにとってはそれはただの靴ではなく、小道具その四だった。パパが第二の課題に挑戦するはめになったのは心が痛むけれど、第三の課題の前に脱走できる希望がどんどん大きくなってきた。

　逃亡計画のタイムリミットぎりぎりにやっと準備が整った。小道具その五のセロテープは手に入らなかった。とはいえ、『小さな科学者のための実験集』という本にあった材料の大半は揃わなかったのだけれど。あるもので工夫して、何度もテストをした。結局、水、パンくず、新聞紙――マットレスに詰めてあったのはこれだった――、砂糖、蜂蜜、ケチャップ、極細パスタを混ぜてこねると、肌の色に似ているうえ、接着剤として充分使えそうだった。これで準備万端だ。明日の夜、脱走しよう。夜なら、外に出てしまえば、怪物よりうまく闇に紛れられる自信があった。

　計画はこうだ。夕食のあとにトイレ部屋に入ったら、ジェラールに教えてもらったとおりに、靴紐で結束バンドをはずす。そのあと、前もって下着に隠しておいたものを全部取り出す。ゴム手袋二つには、片方にケチャップが、もう片方には接着剤代わりの練り物が詰めてある。それに釘だ。最後に、釘を練り物でうなじに貼りつける。そこにケチャップをたっぷり塗りつけ、これで釘が首の横に刺さっているように見える偽装をするのだ。そのあと床にもケチャップを撒き、そこに首が来るような格好で横たわる。寝たままバケツを思いきり蹴り飛ばし、両手はまだ結束バンドでつながれているふりをしながら、激しく痙攣し、白目を剝いて、音に気づいた怪物がドアを開けるのを待つ。バケツにつまずいて倒れ、その拍子に運悪く首に錆びた釘が刺さったと怪物に思わせるのだ。驚いた怪物が、救急箱を取りにすぐさま駆け出すことを期待していた。こちらに近づいてきて様子を確かめたり、何より、ドアを閉めたりせずに。そのあと自分は跳ね上げ戸をめざして一目散に走る。時間を計算してみたところ、怪物に捕まる前に梯子までたどり着いて、外に出られるはずだった。跳ね上げ戸を開けるのに手間取らないかぎりは。

その決行日が今日だった。

折しも、ギシギシと跳ね上げ戸がきしむ音がした。アリはどきっとして跳ね起き、時計を見た。まだ八時だ。いつもより一時間も早いじゃない！　べつにかまわない。準備はちゃんとできている。蓋がまた元の場所に戻るドスンという音を耳にしながら、下着の下の小道具を確認する。その瞬間、廊下を近づいてくる怪物の足音を聞き、何かまずいことが起きたのだと知った。梯子を十秒もかからずに下りたし、歩調も普段より速くて大股だ。ドアの前に到着して鍵を回し、いきなりドアを開けた。アリは驚きのあまり、その場に凍りついた。目の前にいるのはがっしりした三十歳ぐらいの黒髪の男で、息が荒く、手にはピストルを持っている。邪悪なまなざしがこちらに向けられたとき、それが怪物の正体だとアリは知った。そして、そこに監禁されて初めて圧倒的なパニックに襲われた。怪物は自分を殺しに来たのだと悟ったからだ。

「こっちに来い」男が近づいてきながら命じた。

痛むほど強く腕をつかまれ、部屋の外に引きずり出された。アリは抵抗しようとしたが、力の差がありすぎた。無理やり廊下を引きずられ、恐怖が否応なく自分を支配していくのを感じていた。今度ばかりは抑えようがなかった。泣くな、助けてとすがるな、被害者意識を持つな、というジェラールの声が聞こえる。しかし恐怖の荒波がアリを翻弄し、暗く冷たい海の底へ引き込んだ。ママ！　心の中で叫ぶ。ママ！

やがて、跳ね上げ戸とは逆方向の、廊下の突き当たりの謎の部屋に向かっていることに気づいた。怪物は鍵束の中から一つを選んで鍵穴に挿し込んだ。アリはその隙に、激しく動いたせいで下着から滑り落ちかけていた小道具の位置を直した。やがて怪物は空いているほうの手でドアを押し、ついにアリも室内の様子を目の当たりにした。

広さは彼女の監房と同じくらいだったが、天井から電球がいくつも下がっているおかげではるかに明るかった。そのまぶしいくらいの光の洪水のもと、アリの目に飛び込んできたのは、革ベルトのついたストレッチャー、金属製のキャビネット、刃物の並ぶカート、それに椅子の上に置かれた三脚とビデオカメラだった。怪物に部屋の中に突き飛ばされて、アリは床に倒れ込んだ。反射的に下着に手を伸ばし、隠したものが散らばらないように押さえる。怪物が乱暴にドアを閉め、鍵さえかけないまま、キャビネットの棚にあるおなじみの救急箱の隣に銃と懐中電灯を置いた。

「そこでおとなしくしてろ」アリが起き上がろうとすると、こちらを指さして怒鳴った。「一歩も動くな」

アリは怯えて無言でうなずいた。怪物はにやりと笑った。まなざし以上にぞっとする笑みだった。

「ついに怖くなったらしいな、クソガキめ」そう言ってカメラを手に取り、三脚に載せた。「もう今までみたいに偉そうにも、自信満々にも見えないぞ。そうして怯える顔のほうがビデオの映りがいい。明日のつもりで準備していたが、計画変更だ。不測の事態が起きた。心配するな、いずれにしてもパパは気に入ってくれるだろう。実際、おまえは運がいい……」怪物はカメラをねじ止めし、ストレッチャーに焦点を合わせた。「明日はおまえが泣き叫ぶまで何時間もいたぶってやるつもりだった。経験ならたっぷり積んでるんだ。この部屋で、ある人間をさんざん痛めつけたあとも、何日かうまく生き延びさせることに成功した。医学の知識も何もないのに、あの救急箱一つでね！　すごいだろう？　おまえにどんなことをするか、せっかく知恵を絞ったのに」暗い顔で首を振る。「残念ながら、今日は簡単なことしかできない。ちょっと急いでるんでね。目をくり抜いてから、首を折ってやろう。ほんの五分で終わるよ。想像していたような傑作にはならないだろうが、ショートムービーの名作にはなるだろう。しかも、おまえが気づきもしないあいだに終わる」

慌てたせいでカメラが床に落ち、キャビネットの下に転がった。怪物が不満げに呻いてかがみ込み、そちらに手を伸ばす。アリは考える前に行動した。あんなに期待をこめて準備した計画がもはや実行不可能と判断するや、即興で動いたのだ。できるかぎりすばやく立ち上がり、器具の乗ったカートを力いっぱい怪物のほうに押しやった。

「くそっ！」頭と肩にカートがぶつかった瞬間、怪物が声をあげた。

この程度では何のダメージも与えられないとわかっていたけれど、相手がもたつくあいだにドアに走ろうとアリは思った。だから怪物がカートを押しのけ、上に載っていた道具類がカラカラと神経に障る音をたてて四方に散らばるあいだ、アリは入口に向かってダッシュし、ドアを押し開けて廊下に飛び出した。真っ暗だったが、部屋から漏れる光のおかげでめざす方向はわかった。狂ったように胸に打ちつける心臓を無視して、突き当たりの梯子に向かって全速力で走る。でも数メートル走ったところで、廊下を懐中電灯の光がかっと照らし、怪物の重い足音が背中に迫ってきた。

「こっちに来い、クソガキ！」

アリは渾身の力で足を動かしたが、数秒後には怪物の手がパジャマの襟をつかみ、ぐいっと引っぱった。パジャマの生地が喉に食い込むのを感じて息ができなくなり、足にブレーキがかかる。すぐに怪物はアリを仰向けに引き倒し、アリはアリで即座に起き上がろうとするも、お腹を膝で押さえ込まれた。今見えているのは梯子ではなく、さっきまでいた部屋だった。必死に逃れようとしたが、怪物に首を押さえられて、完全に動けなくなった。相手の指の力を感じたとき、アリは恐怖で目を見開いた。怪物の顔に笑みが浮かぶ。

「たしかにおまえには度胸があるが、そう簡単には逃げられない。いや、絶対に逃げられないよ」

怪物は懐中電灯を床に置いて、アリの首を両手で絞め始めた。息が苦しかったが、それでもアリはもがき続けた。怪物は、勇敢ながら哀れなその頑張りをせせら笑った。

「女の子の首を絞めるのは初めてだ」いかにも嬉しそうに言い、ほんの少し手に力を加えた。「どんな気分だ、おちびちゃん？　まわりがだんだん暗くなるのがわかるか？」

そのとおりだった。アリは脳みそが爆発し、肺が燃えるような気がした。男の顔がぼやけ出し、暗いトンネルの向こうに霞んでいく。まもなく抗う力もなくなった。死にかけているとわかった。あたしは殺されようとしている。

「だが、まだだ」唐突に男が言い、手の力を緩めた。「まずそのきれいな目をくり抜いてからだ。おまえと同じ、女狐の母親を思い出させるその目をな」

アリは必死に息を吸い込んだ。ありがたい香油のように空気がまた肺を満たすのを感じる。そうして呼吸を整えているると、ここに閉じ込められているあいだに慣れ親しんだあの音を聞いたような気がした。跳ね上げ戸が開いたことを知らせるあのギーッという金属音だ。男も気づいたらしく、口をつぐみ、梯子のほうに目を向けて、体を緊張させた。アリには見えなかったが、聞こえてくる音から誰かが梯子を下りてきたのだとわかる。ジェラール？　おじさんがあたしを救いに来てくれたの？　怪物はのろのろと立ち上がり、アリは体から膝がどけられたのがわかったが、消耗していて起き上がれず、梯子のほうに顔を向ける力さえなかった。

「これはこれは、驚いた」怪物の声が聞こえた。

「アリから離れろ、ビエル」別の声が言った。

苦しそうで弱々しい震え声だったが、それでも誰の声か、たぶんわかった。パパ？　パパなの？　パパがあたしを助けに来た？

「もし離れなかったら？　撃つのか？　僕の計算が間違ってなければ、あんたは今握っている銃ですでに十二発、全部撃った」

「数えていてくれて助かった」パパが言った。「もう一発残っていることがこれではっきりした。〝万が一〟の一発だ。それももう必要ない」

そしてアリは銃声を聞いた。それは廊下を渡ってくる雷鳴のようだった。

40　おやすみのキス

目覚めたとき、ディエゴは自分が四本の太い革ベルトでベッドに拘束されているのに気づいた。一本は胸に、別の一本は腰に渡され、腕が体に押しつけられている。ほかの二本は腿と足首を押さえていた。起き上がろうともがいたものの、無駄だった。きつく締めつけるベルトがかえって体に食い込んだだけだ。

そのときおなじみの不気味な笑い声が聞こえた。せいぜい首を伸ばし、ベッドの足元に立つ怪物を目にした。いつものように外科医の格好で、前掛けに乾いた血飛沫が星座のごとく散っている。マスクが口と鼻を覆い、キャップを深くかぶっているので、ディエゴに見えるのは目だけだった。ディエゴがよく知るあの目。その熱っぽい輝きは、持ち主の狂気を如実に物語っている。

「やあ、やっと目が覚めたな」楽しそうに挨拶する。「何か注射でもしなきゃならないかと思い始めたところだった」

ディエゴは今にも飛び出しそうなくらい大きく目を見開いて、相手を見つめた。恐怖で喉が締めつけられた。怪物には、ディエゴがやけに怖がりすぎていると思えたらしく、甲高い声で大笑いした。

「いったいどうしたんだよ」面白そうにこちらをまじまじと見る。「ああそうか、悪夢の中にいると思ってるんだな？　よく似てるだろう？　ルベールから聞いたんだ。あいつ、特別授業のときにあんたの日記を読んだらしい。だがこれは悪夢でも何でもなく、現実だ」怪物がマスクを下ろすと、にやにや笑ってこちらを見ているビエルの顔が現れた。「何があったのか覚えてないのか？　あんたが発砲したんだ。もうちょっと狙いがよければ、僕らはここにいなかっただろうな。あんたは弾を無駄にしちまったんだ」

怪物の言葉で記憶が甦ってきた。そうだ、撃った弾は相手にかすりもしなかった。当たるとでも思ってたのか？　そんなのは映画の中の話だ。ビエルはわれに返るとすぐに飛びかかってきて、強烈なパンチでディエゴを倒した。床に頭をぶつけて一時的に気を失ったのだろう。そのあいだに、今いる場所がどこにしろ、引きずられてきたらしい。

「娘はどこだ」

また無理やり体を起こそうとしたが、残った力はほとんどなく、左腕の傷がまたずきずきと痛み出した。ビエルが近づいてきてストレッチャー脇のハンドルを回すと、ベッドの上部が持ち上がり始め、ディエゴにも室内が見えるようになった。そこから数メートル離れたところにある椅子に、手を拘束されたアリを見つけたとき、胸がぎゅっと締めつけられた。顔が青ざめ、歪んでいたが、少なくとも生きている。

「アリ！」

「パパ！」娘はベルトで押さえつけられた体をかろうじて動かし、呻いた。

「大丈夫。何とかなるから」

「へえ？」ビエルがからかった。「それで娘を慰めたつもりか？　ミステリ小説の作家なんだから、もっと斬新な言葉を考えてくれるものと思ったのに」

ディエゴはビエルを無視し、娘に告げた。

「警察がここに向かってるんだ」娘を安心させられるような声になっていることを願いながら、笑ってみせた。

「それはそうだろうな」ビエルが鼻で嗤う。「だが、どんなに急いでここに駆けつけても、秘密の入口を見つけるまでに相当時間がかかるだろう。それにたとえ見つけても、ドアを開ける暗号が解けるはずがない。無知で無教養な警官たちが、《君の柔肌で泳ぐ、Firer（Nado en tu piel, Firer）》が《地獄の扉（Puerta del infierno）》のアナグラムで、その順番で文字をパネルに打ち込まないと跳ね上げ戸が開かないなんて、わかりっこない。あんたにそれが解けたと知って、正直驚いたくらいだよ。さすがは先生だ。結局のところ、アナグラムの魅力を僕に教えてくれたのは先生だからな。病院で、娘を救うためなら地獄の扉だってくぐるだろう、なんてメロドラマみたいな台詞（せりふ）、わざわざ言わなければよかった。どうも僕は一言多いんだな」彼は肩をすくめ、先を続けた。「だがそもそもあんたはここに来ることになっていて、だからこの光景をずっと夢で見てきたんだろう……最初から、挑戦ゲームは最後までおこなわれる運命だったんだよ。そして、三番目の課題はまだ手つかずだってことを言っておく」

「娘を解放してくれ、ビエル……」ディエゴは懇願した。いかにも不安げな声だったが、もはやかまっていられなかった。「君はもう僕を自由にできる。好きにしていいから、娘は逃がしてやってくれ」

ビエルはディエゴの泣き言を聞いてにやりと笑った。

「これをネットに上げたら最高だな」と言って、カメラに近づき、アングルを調整した。そのあと体を起こすと、物思わしげにディエゴを見た。

「わからないのは、どうやって犯人が僕らだとわかったか、ということだ」

今度見下すように笑ったのはディエゴのほうだった。

「遅かれ早かれ君たちだってミスをする運命だったからさ」囁くように告げた。

ビエルは首を傾げた。

「ミス?」意外そうに言う。

「『リテラマ』マガジンのインタビューのことだ。君は病院で、あれを読んでとても感動したと言った。じつは、君たちのことを話した部分は実際には掲載されなかったんだ。スペースの関係で、そこはカットされた。よくあることだ。いくつか削除された質問の一つだった。だから、君たちには僕の感動的な回答が読めるわけがなかったんだよ、僕のパソコンの中を覗かないかぎりは」

じつは、最初はディエゴ自身、ピエルの言葉を聞き流していたのだ。ところが無意識領域がこの情報をキャッチし、その夜、悪夢という形で吐き出した。小学生時代の友人たちが死んだバス事故を再現した恐ろしい夢だ。悲鳴をあげながら汗みずくになって目覚めたが、頭の中では真実が閃光のようにひらめいていた。夢の中で、ピエル本人がルベールに、そのインタビューはまだネット上で公開されていないから、読めっこないと告げていたのだ。そのとおりだった。インタビューは公開されなかったし、今後もされる予定はない……。そう悟ったとき、本当にショックだった。それまでも元教え子たちを疑ってはいた。少なくとも、二通目の手紙にあった〝狼の口さながら〟の表現から、ルベールを怪しいと思っていた。だが、それが確信に変わったのだ。家に侵入してアリをさらったのは彼ら、昔の教え子たちだ。悲鳴に驚いて寝室に飛び込んできたエクトルにこのことを話し、三通目の手紙の到着を知らせるため電話をよこしたルカモラに、二人で説明した。警部は話を信じた。そうでなくても、ルカモラは元教え子たちに話を聞きに行ったときから疑っていたのだ。だが残念ながら、もっと説得力のある証拠が必要だと言った。オラーヤはアレナ・ルセイが犯人だと頭から決めてかかり、必死に自供を引き出そうとしている。それに相手はマルトレイ家の人間だ。未発表のインタビューや録音記録もないビエルの言葉では根拠が薄すぎて、追及させてはもらえないだろう。たとえば本人たちの自白を取るとか……誰か一人でも崩すことができれば……。たとえば、最初に会いに行ったときにひどく取り乱しているように見えた、あの女の子とか。だが、証拠がなければ捜索令状は取れない。問題はどうやって自白させるかだ。そこでディエゴとエクトルが一計を案じたのだ。手紙や怪物現実化のアイデアは妄想するうちに具体的になっていった。

「なるほどね」ビエルは首を振った。「それで僕らの意図を知って、逆に僕らにゲームを仕掛けた。目には目を、歯には歯を、ってわけか」

ディエゴは答えなかったが、そのとおりだった。あの雨降りの月曜日、入院中のラウラに計画について話しに行った。自分たちの勝ちだと彼らに思い込ませるため、気がおかしくなったふりをするつもりだよ。ラウラは賛成したようには見えなかったが、とにかく計画を進め、リビングの鏡の前で気がふれた人間役の練習をした。二日後にラモン・ダル・バーヤの前で、そして世間の人々の前で、のちには元教え子たちの前で、それを演じなければならなかった。

「だからあんな手紙をね」ビエルは推理を続けた。「ああいう暗い秘密を暴いて僕らを怖がらせ、怒らせようとしたんだな。本物の怪物のしわざだと信じさせるために。でも、一人ひとりの秘密をどうやって知った？」

「ほとんど推測だよ。僕は作家だ。人を観察して、隠し持つ秘密を想像するのが仕事なんだ。確信があったわけじゃないし、憶測にすぎないが……当たらずとも遠からずだと思っている。子供の頃の君たちは、僕からすればとてもわかりやすかったからね」ディエゴは冷淡に言った。「だが君は別だ。君のことはわからなかった。それでも、いくつかについては的中させたと思う」

ビエルは無言でこちらを見ていたが、やがて不快そうに口を歪めた。

「まあいい、おしゃべりはここまでだ。時間があまりない」腹を立てていることがありありとわかった。カートにあったスプーンを手に取り、ディエゴに近づく。上の二つのベルトをはずし、腕を自由にすると、スプーンを手に握らせた。それからカメラに向かい、途中でテーブルの上のピストルをつかんだ。「第三の挑戦を始める時間だ。馬鹿なことをしようとするなよ」銃をアリのほうに振って言う。「そのときは娘の膝を撃ち、僕がこの手で目をくり抜いてやる」

「おまえは狂ってる」ディエゴは相手を睨んで言った。「必ず殺してやる、必ず……」

「まったく、おまえのパパは本物のヒーローだな！」ビエルは、口を引き結び無言で光景を眺めているアリに向かって言った。「だが、ここだけの話、ちょっと楽天的すぎると思わないか？」それからディエゴのほうにまた向き直った。「じゃあ、どうすればいいか説明しよう。じつは目をえぐり出すのはすごく簡単なんだ。スプーンを下から眼窩にぐいっと差し入れて、てこの原理でやればいい。コツは思いきってやることだ……」ビエルは説明を続けた。「神経を切るのは僕が手伝う。わかったね？」ディエゴは顔面を蒼白にし、無表情でうなずいた。「よし、いつでもどうぞ」ビエルはカメラの背後にまわり、録画ボタンを押した。

ディエゴは、ビエルの説明どおりにスプーンを右目の下にあてがった。激しい手の震えを抑えようとしながら、アリのほうに目を向ける。まるで紙のように顔の血の気が引き、見るのがつらかった。心臓を悲しみの杭（くい）で貫かれるような気分だった。かわいそうなアリ。パパは失敗した。娘を守ってやれなかった。こんなことのために、この子は生まれてきたのか？　ため息のようにそっとこの世に生を受け、真の愛も不滅の友情も知らないまま、恐ろしく残酷な死だけを思い知らされることになるのか？　何か安心させられるようなことを言ってやりたいが、これから目をえぐられ、死を迎えようとしている七歳の娘に何が言えるというのか。何とかなるから、ではどうしようもない。

「愛してるよ、アリ」震える声で告げる。初めてこの手に抱いたときから胸にあふれ出した愛を、慈しみを、すべてこめて。

アリはさらに強く唇を引き結び、答えなかった。こちらをじっと見ているが、ぞっとするほど無表情だ。あまりに恐ろしい出来事が続いたので、心が現実から乖離（かいり）してしまったのだろうか、とディエゴは思う。これから目撃することになる底知れぬ恐怖に、できれば娘をさらしたくない。胸が引き裂かれるような気持ちで、そう願った。このくそったれなスプーンを投げ捨て、どうせ殺すなら、今すぐひと思いに二人とも殺してくれ、とビエルに訴えたかった。だがだめだ。あの狂人はそんな情けをかけはしない。ディエゴが目をくり抜かなければ、あいつが娘の目をえぐるに違いない。そしてディエゴにその場面を無理やり見せつけるだろう。だが、たとえディエゴが挑戦をクリアしたところで、ビエルは二人を解放するまい。自分にできることは、警察が地下への秘密の入口を見つけるまでせいぜい時間稼ぎをすることぐらいだ。さもなければ、目をえぐり出したうえで二人をすぐに殺すよう、ビエルを説得するか。少なくとも娘についてはそうしてやることが父親の務めだ。スプーンを目に近づけ、下まつ毛に沿わせる。手が激しく震えて、うっかりそのままえぐり出してしまうのではないかと怖くなる。何とかコントロールしようとしながら、ふと、それまで見過ごしていたことに気づいた。アリの額に見慣れた赤い斑点が浮かんでいたのだ。

「パパ、おやすみのキスを忘れてるよ」アリが言うのが聞こえた。

一瞬、何のことかわからなかった。しかしすぐに眉を吊り上げ、口をぽかんと開けて娘を見た。秘密の暗号？　ディエゴは驚いてスプーンを取り落としそうになった。家にお客を迎えたとき、二人に超能力があるように思わせるため、いつも使っていた合言葉。間違いない。ディエゴは娘の顔をじっくり観察した。今もあの奇妙な無表情のままだが、その美しい瞳の奥に、示し合わせるようなきらめきを見た気がした。娘が正気を失ったわけでなければ、故意に合図を送ってきたのだ。僕に何か渡したいということだろうか？　でも何を？　ビエルも首を傾げて娘を見た。

「パパはおまえのベッドまで行けない」嘲笑うように言った。

アリは、台本にはないその反論にどう返事をしていいかわからないようだった。

「だが、僕の世界はこれから永遠に夜なんだ」ディエゴは最初のとまどいからわれに返ると、そう助け舟を出した。「その前に一度だけ娘とキスをさせてくれ、頼む。二人とも自分たちがどうなるか、もうわかってる。せめて別れの挨拶ぐらいさせてくれ」

ビエルはしばらくのあいだ、二人を交互に眺めていた。

「わかった。ビデオの中でも感動のシーンになるだろう」とうとうそう言って、立ち上がった。アリに銃を向けながら近づき、しぶしぶベルトを乱暴にはずした。「さあ、パパにキスしてやれ。だがしゃべるなよ。弾を食らいたくなかったら、急いでキスをしてすぐに椅子に戻れ、いいな？」

アリが律儀にうなずき、こちらに近づいてくるのをディエゴは見守った。ビエルはまたカメラの背後に戻った。娘の表情は硬く、集中していて、額の斑点が光り輝いているようにさえ見えた。動悸が激しくなる。アリがそばに来たとき、耳の奥で鳴り響く鼓動でほとんど何も聞こえなくなったが、とにかく愛情をこめて微笑んだ。アリはビエルに言われたとおりに身をかがめてディエゴの頬にやさしくキスをした。そうしながら、ディエゴは左手に何か握らされるのを感じた。冷たくて長い。そしてアリは、身を起こす前に、ビエルに聞こえないように小さく囁いた。

「スプーンを落として。心配しないで、ただのケチャップだから」

それからおとなしく椅子に戻り、ビエルは情感のこもった今のシーンに満足する映画監督よろしく、嬉しそうにうなずいた。彼がまた娘の手を拘束する間に、ディエゴは急いで渡されたものを確認した。錆びた釘だ。ビエルがカメラの背後に戻るあいだに、また拳の中にそれを隠した。娘はこちらを期待の目で見ている。ディエゴはかすかにうなずいた。この釘で何とかしてビエルを攻撃しなければならない。だが、どうやって？《スプーンを落として》。ビエルが待ちきれない様子で早く始めろと言い、ディエゴはまたスプーンを目にあてがった。《心配しないで、ただのケチャップだから》。どういう意味だ？

「考えないでやったほうがいいぞ、先生」ビエルが冷酷に告げた。

ディエゴは息を呑み、やはり息を詰めてこちらをじっと見ているアリを見つめながら、スプーンを持つ手を揺らし始めた。最初は軽く、しだいに激しく。頭の中にはすでに計画ができあがっていた。自分にできるかどうかは別にして……。すでに手は震えていなかった。だから震えているふりをしなければならないのだ。さらに、娘を救いたい気持ちと自衛本能のあいだで揺れる内心の葛藤を表現するため、さまざまな恐怖の形相を浮かべる。

その締めくくりとして、手からスプーンを取り落とし、それは滑って床に落ちた。ディエゴはビエルを申し訳なさそうに見た。相手はうんざりしたようにため息をついて立ち上がった。心臓が飛び出しそうになりながら、ビエルがベッドを迂回(うかい)してスプーンにかがみ込むのを見守った。だがそれでは遠すぎて、釘をどこかに突き立てたくても届かない。がっかりしていると、娘のすばやい動きを目の端にとらえた。

ビエルはスプーンを拾ってこちらに近づいてきた。今なら充分近い、と思ったが、こちらが腕を振り上げた瞬間に、相手が楽々それを阻止できるのも確かだった。しかも左腕は負傷しているのだ。

「もう落とすなよ」と警告された。

ディエゴは右手でスプーンを受け取った。左手は釘を握りしめ、ビエルに突き立てるかどうか迷っていた。汗が滲み出し、鼓動があまりに大きく鳴り響いて、ビエルに何かがおかしいと気づかれるのでは、と気が気ではなかった。そのとき、アリが大声で呻き声をあげたのだ。ビエルとディエゴははっとしてそちらを振り返った。娘は椅子に座ったまま、突然何かの発作のように激しく震え出した。口を開け、床に血を吐き出す。

「いったい何事だ?」ビエルが驚いたというより、うんざりしたように言った。

《心配しないで、ただのケチャップだから》ディエゴはその言葉を思い出して、娘からビエルに目を移した。今はこちらに背を向け、じかに見えているのは筋肉質の屈強そうな首だけで、どくどくと脈打つ動脈やそっと編み込まれた静脈がどうぞと差し出されている。ビエルの不意を突くチャンスを娘が与えてくれたのだと悟り、ディエゴは振り上げた腕に渾身の力をこめて、頸動脈があると思しき場所に釘を突き立てた。それは驚くほど簡単に首に埋まり、次の瞬間、四方八方に血が噴き出した。ビエルは途切れ途切れに呻き声を漏らしてふらふらと二、三歩歩き、蜂の群れに囲まれた人のように腕を振り回した。そのあと愕然とした表情を浮かべて膝をつき、釘を抜こうとしたのか、あるいは出血を止めようとしたのか、首に手をやったが、そのどちらもできずじまいだった。すぐさま、どさりと完全に倒れた。ディエゴは急いでベルトをはずしてストレッチャーから下り、床で痙攣しているビエルの体を期待をこめて眺めた。このまま死ぬだろうか？　それともとどめを刺すべきか？　床に散らばっているさまざまな拷問道具を見まわす。右手にまだ握っているスプーンよりはどれも攻撃に使えそうだが、皮肉さではスプーンが勝っている。だが、新たに武器を取る必要はなさそうだった。ビエルの痙攣はすでにやんでいた。今もまだ広がり続ける血溜まりの上で眠っているようにさえ見える。ディエゴはかがんで脈をとってみた。死んでいる。ぞっとして手を放し、立ち上がって憎悪をこめて見下ろす。

「あのアナグラム、正直言って、ひどい出来だ。あのヒットラーの短編に負けず劣らず」

と告げた。

それからアリに目を向けた。まだ椅子にベルトで拘束され、神妙な顔をしている。目をそむけもせず、誘拐犯が悶絶しながら死ぬのを最後まで見ていた。ディエゴはビエルを迂回して娘に駆け寄った。

「やったよ、ついにやった」ベルトをほどきながら、わざわざ報告する必要もないのに告げる。「二人でやっつけた。怪物を出し抜いてやった！」

ところがアリは、ショックが大きすぎたのか、にこりともしなかった。もしかすると、もう二度と笑顔が戻らないかもしれない。やっとベルトを全部ほどき、できるかぎりやさしく娘を抱く。アリは体をこわばらせてされるがままになり、ディエゴは喉が詰まった。だが、やはりだめなのかとあきらめかけたとき、アリが丸太にしがみつく漂流者さながら、こちらにぎゅっと抱きついてきたのだ。こうしてディエゴは、十二日間遠ざかっていたものが体の内側に戻ってくるのを感じた。あの懐かしい心のぬくもり、あの光り輝く魂の震え……。しかしディエゴは考えるのをやめた。どんなに言葉を紡いでも、今の気持ちを表現することなどできやしない。それでいいと思った。この世界には、言葉にできない神秘がまだ存在するのだ。

「あたし、泣かなかったよ、パパ」アリがそう言うのが聞こえた。「今までずっと、涙を一粒もこぼさなかった」

ディエゴはやさしく微笑んだ。

「偉かったな。おまえを誇りに思うよ」そう囁き、さらに腕に力をこめると、アリはとうう泣き出した。

娘があの狂人にどんなつらい目に遭わされたのかわからなかったが、今は考えるまいと思った。大事なのは、娘をこの腕に抱いているということ、そして、二度と離すつもりはないということだけだ。肩に顔を押しつけてすすり泣く娘をそっとあやしながら、そろそろと立ち上がり、頭をやさしく撫でる。手を離したときケチャップがくっついてきたのに気づき、ますますにっこりした。でもアリはいったいどうやって……？　ディエゴは首を振った。おたがい話すことがたくさんありそうだ。

ビエルにちらりと目をやったが、もはや息を吹き返すことはなかった。完全に死んでいる。これでもう、Führer（フューラー）の綴りを覚えたくても覚えられないわけか。ディエゴは首を振った。死んだのがビエルで、生きているのが自分たちだという事実がまだ信じられなかった。必ず善が悪に勝つ、小説の大団円みたいだ。こんなことが現実でも起きるなんて。

「さあ、家に帰ろう」彼はアリに言った。

アリを抱いて出口に向かう。この子のためなら何でもできる。そう、何でも。

エピローグ　目覚め

　パニャフォール村は絵葉書のような晴天に恵まれていた。車は村の表玄関から中に入り、錬鉄製の細かい細工の看板が訪問者を迎えるロータリーを後にした。ディエゴは運転席にゆったりと腰かけ、穏やかな表情で車を運転し、窓から入り込む潮の香りのする風に髪をなぶらせるにまかせた。あの悪夢から三週間が経ち、状況を考えれば、めざましい回復と言えた。まだときおりずきんと痛むとはいえ、肩の傷はすでにふさがった。銃弾が動脈や骨を傷つけなかったのは本当に幸運だった。耳、というかその名残も癒えたが、こちら側の聴力は失われた。ただの作家だったとき以上に有名になったので、無料で再形成手術をしたいと申し出てくれた整形外科も数多くあったが、そうするべきなのか、それとも人生最悪の十二日間の記念碑として、その悲惨な状態のまま残しておくべきなのか、ディエゴは迷っていた。

　とはいえ、そもそも記念碑など必要かどうかもわからなかった。事件のあいだずっとつきまとっていた苦痛と恐怖は少しずつ薄れて、今では心の中で反響するこだまとして残っているだけで、いずれは消えると思えた。でも、地下室に下りたとき目にした光景――ビエルの足元にアリが横たわり、すでに絞殺されてしまったように見えたあの光景は、これからもけっして脳裏から消えないだろう。それはつねにそこにある。デスクトップの壁紙のように、恐ろしい現実を覆うベールのように、すべてを篩にかけて痛みを選り出す網のように……。

しかし、この事件を記憶から消せない者はディエゴだけではなかった。大勢の人間がこれに巻き込まれ、いろいろな意味で、もはや元の自分には戻れなくなった。たとえばルカモラは危うく命を落とすところだった。ビエルが藪に向かっていい加減に発砲した銃弾は、ルカモラの大動脈をかすった。それでも警部は、ディエゴがビエルを追ったあと助けに行こうとして立ち上がり、数メートル走ったところで倒れた。展望塔のところで意識不明になっていた彼を応援部隊が発見し、何とか蘇生したあと病院に運んで、ＩＣＵで十日間生死の境をさまよったが、最終的に一命をとりとめた。そのあと一般病棟で回復を待つあいだも、尿瓶で排泄するのを拒んで点滴棒を支えによたよたと廊下を行き来したり、不機嫌な態度や自分勝手な文句で看護師たちを困らせたりする毎日だった。そして退院したその日に警察を解雇された。市民によるめちゃくちゃな計画に加担して、大勢の人を危険にさらした結果、死者二名ほか多数の負傷者を出した。その無責任な振る舞いそのものが刑罰対象になるとして捜査が開始されようとしていたが、上司にかけあえとバルガヨ署長にけしかけられて、パラルタ判事がよく訓練されたドーベルマンよろしく火消しにまわったおかげで、お叱りの言葉と警察章の没収だけで収まった。

しかし、職を失っても、ルカモラは平気だった。どのみち辞めようと考えていたのだ。あんな厄介な仕事はもうたくさんだった。病院での退屈な回復期に、やはり例の計画に加担したことでクビになったリエラと一緒に警備会社を設立することに決め、ディエゴが資金援助する約束をした。ディエゴとしては、せめてそれくらいのことはしたかったのだ。二人は娘を救うために命を懸け、しかも、かのにこにこ顔の刑事の洞察力こそが彼らをビエルの秘密部屋に導いたのだ。だからディエゴは、彼が求めるものは何でも提供するつもりだった。

それに、エクトルが夢見ていたIT会社の設立にも資金提供することにした。兄が例の計画にどれだけ力を貸してくれたかを考えれば、お安い御用だった。プライドを捨てて、元妻の今の夫であるマジシャンに、燃える幽霊に扮するにはどうすればいいか教えを請いに行ってくれたばかりか、怪物役さえ熱演したのだ。怪物役には全員一致でエクトルを選んだ。背が高いこともあったし、ほかに適当な候補がいなかったのだ。だが実演中に、不慮の問題が起きた。幸いビエルがプールに水を張ったままにしていたおかげで、ディエゴはせっかく取り戻したばかりの兄をまた失わずに済んだ。アリの誘拐事件が起きて何かよかったことがあるとすれば、それはアルサ兄弟が、長年のすれ違いや恨みつらみや嫉妬心を乗り越えて、ようやく本物の兄弟になれたことだ。じっくりと絆を築く明るい未来が二人にはかすかに見えていたが、そういう関係をルカモラとのあいだに築き直せるかどうかは、ディエゴにもわからなかった。妻と浮気をしていた一方で、娘を救うために命さえ落としかけた、そんな男とどう付き合っていけばいいか見当もつかない。あれからずっと激しい嫉妬と底知れぬ感謝が心のリングで闘いを続けていて、それが終わる日を待つしかなさそうだった。そのとき、どちらがマットに沈まずに勝ち残ったかわかるだろう。

オラーヤ警部補も、計画には加わっていなかったにもかかわらず、やはりとばっちりを受けた。ルカモラの地位を横取りしたばかりだったというのに、累犯課に異動となり、今は毎日地下鉄で、ルーマニア系ロマ人たちの小細工を見張るという華々しい仕事に従事しているらしい。これは、パラルタ判事とバルガヨ署長の結婚式で、ワインを飲み交わしながら、皮肉な笑みを浮かべたルカモラからディエゴが聞いた話だ。

もう一人、甚大な被害を被ったのが、パラーヨ・マルトレイだ。かの高名な実業家は、息子の葬儀をできるだけ人目につかないように執り行おうとしたが、思いどおりにはいかなかった。まあ、どだい無理な話だ。怪物の正体はビエル・マルトレイであり、その事実とともに葬儀の様子についても世界中で報道された。その後の数日間、パラーヨ自身までが、表に姿を見せるたびにマスコミに追いまわされた。警察の記者会見でマルトレイ家のほかの人々は事件とは無関係だったと発表されたにもかかわらず、息子のしていたことを本当に父親は承知していなかったのか、誰もが知りたがった。いずれにせよ、輝かしき家名に泥が塗られたことは確かで、パラーヨとしては、昔からお荷物だった息子の死よりそちらのほうに心を痛めているのではないかと、ディエゴは踏んでいた。

しかし、事件の関係者で誰より不運だったのは、依然意識が戻らないラウラだ。そしてディエゴは、すべては自分のせいだと思っていた。あのときあんなふうに嫉妬に狂ったせいで、妻をアレナの家に追いやることになったのだから。とはいえ、医者たちの話では、検査データには希望が見え、まもなく意識を回復する可能性が高いという。あまり期待をふくらませたくはなかったが、そうであってほしいとディエゴは思う。ある意味、彼の人生は過去の時空に座礁したままだった。ラウラが回復して、二人がこれからもともに生きていくのか、それとも別々の道を歩むのか、決めてくれるのを待っているのだ。それが定まるまでは、アリの基本的な世話をすることを除けば、すべて無期限に繰り延べになっていた。ディエゴとしては、自分の隣にいてほしい人はラウラだけだと思っているし、彼女のためならどんなことでもするつもりだった。でも、ラウラが目覚めたとき、同じように考えるかどうかはわからなかった。ラウラはいつも寝起きが悪かったし……。

ディエゴはまた携帯電話を見て、ラウラの母親からとくにメッセージが来ていないことを確認した。その日はお母さんに、アリを連れてラウラの付き添いをしてもらうよう頼んだ。それまでは毎日彼が娘と一緒に病院に行っていた。初めのうちは、病院に入るときも出るときもしつこい記者連中の群れをかき分けなければならなかったが、謎が解決されていくにつれ怪物事件に対する世間の関心も薄れ、記者たちの群れは消え始めた。ディエゴの映像はいまだにインターネットに出まわっているし、当分は続くはずだが、遅かれ早かれそれも終わるだろう。人々はディエゴが犬の糞を食べたり〈コウノトリ〉をはめられて呻いたりするのにそのうち飽き、ピアノが弾けるかわいい猫やらにたちまち夢中になって、ディエゴを忘れるはずだ。

アリには、ママはと最初に尋ねられたときに、ラウラが昏睡状態にあることを話した。それがとどめとなって緊張の糸がぷつんと切れるのではないかと心配したが、ほかのさまざまなことと同様に、アリは驚くほど気丈に受け止めた。病院で静かに横たわっている母を見たとき、眠れる森の美女みたいだねと言い、ディエゴは思わずにっこりしてうなずいた。アリの言うとおりだった。昏睡状態が人をこんなに美しくしたことはかつてなかっただろう。ただ、キスをしたら姫を目覚めさせられる王子様が今も自分なのかどうか、定かではなかった。

父と娘は、面会時間のあいだずっと母のベッドの横に座って過ごし、夕方の終了時間になると手をつないで帰宅した。いつもは、長患いの末にリハビリをする二人の患者のように黙って歩いたが、ときにはアリが、ママが目覚めたら一緒にしたいことを話した。まるでラウラが長旅にでも出ているかのように。

当初は心配したが、アリに誘拐の後遺症がいっさいないことに、ディエゴも驚いていた。ビエルに首を絞められたぞっとするような指の跡が残っていたが、それも少しずつ消えつつある。慎重に観察したものの、アリはどこにも問題がないように見えた。全身をくまなく検査した結果、虐待されたり性的暴行を受けたりした形跡はないと医師たちも請け合った。体のあちこちに青痣ができていたが、それは自分の脱出計画の一部だとアリ自身が話し、ディエゴもそう信じた。

誘拐犯についてもまったくためらわずにしゃべり、まだ話していなかった細かいことを思い出すたびに自分から話題にするほどだった。ルカモラが退院したときにも、相手をじっと見つめながらどうやって脱出計画を立てたか打ち明け、ルカモラも誇らしげに微笑みながらうなずいていた。監禁中は恐ろしい思いをしたにしろ、今は胸躍る冒険の思い出になっているらしい。ディエゴにはとても信じられなかった。アリがもう少し大きくなったら、間違いなく立場が逆転し、娘のほうが父親を守ってくれるようになるだろう。

自分の計画はあまりうまくいかなかったし、それは娘の計画にしても同じだったが、結果としては大勝利した。二人で悪者をやっつけたのだ。ビエルは死に、そして、かつての同級生こそが本物の怪物だと気づいて、元教師を助けようとした哀れなルベールも助からなかった。唯一生き残ったジュディはすべて自供し、退院したら刑務所に行くことになるだろう。今は大量のドラッグ摂取の影響で心臓発作と腎不全を併発し、その治療を受けている。

ジュディの自供によって捜査の不明点――たとえばジュリアン・バソルの殺害など――が明らかになると、バルガヨ署長は事件解決を宣言する記者会見を開き、ディエゴもそこに同席した。彼は娘の救出のために全力を尽くしてくれた警察に感謝を述べる（ここでバルガヨ署長を立てた）と同時に、その機会をイメージの回復に利用した。気がふれた姿はあくまで偽装であり、自分は、警察が手をこまねいている（ここである意味バルガヨ署長を貶めた）あいだにみずから計画を立てた驚くべき頭脳を持つ作家だと暗に訴えたのである。いずれにせよ、おかげでおおよそ汚名をすすぐことに成功し、それは、数日後に究極の日和見主義者のタジャーダから連絡が来て、何でもいいから好きなものを書けと次回作の白紙依頼が来たことでも証明された。

だが、せっかくの依頼も無意味になりそうだ。なぜならディエゴはもう筆を執るつもりはないからだ。『血と琥珀』は娘の誘拐事件のせいでさらに売れ、ディエゴをいっそう金持ちにした。この本は出版業界のあらゆる記録を塗り替え、いずれは潮が引くとは思うが、それでもディエゴは十回生まれ変わっても使いきれないほどの収入を手にした。おかげで今の家族だけでなく、アリの将来にも経済的な心配がなくなった。だからルカモラとエクトルそれぞれの事業に投資する以外には、今後はアリとラウラの心身の健康だけを考えて暮らすつもりだった。ラウラについては、無事昏睡から覚めたときの彼女の気持ち次第だが。

書くのをやめてもとくに葛藤はないと思っている。ディエゴは自分を、書かないと生きていけないタイプの作家だと考えたことは一度もない。言葉をつなぎ合わせ、物語を紡ぐことは、ほかの仕事に比べれば楽しいが、おのれの限界も意識していた。自分が小説でできることはもうはっきりした。タジャーダに言われたように、今市場にあふれている平凡なエンタメ作品を超えるものが書けるとは思えなかった。それに、人間や神、生物についてさえ知的に思索したつもりだった『深海魚』は失敗し、文学の土台を揺さぶるような作品を書く実力はないと証明してしまった。生活費を稼ぐ必要がなくなった今、何のために作家を続けるというのか。

怪物になりきって元教え子たちに書いた手紙が最後の作品になりそうだった。こんなお別れも意外と悪くない。ラウラが昏睡状態にあるということから気持ちを逸らす意味もあったあの手紙は、元教え子たちを怖がらせるには至らなかったかもしれないが、少なくともビエルの屋敷に集合させるという目的は達成できた。計画の最終幕の舞台として、ディエゴはそこを選んだからだ。

元生徒たちが心に秘めていたと思しき秘密を記した古いノートがまだ保管してあったのは、幸運だった。彼らの作文や好きな本に引いたアンダーライン、教室以外の場所での会話、特定の話題になると急に黙り込む様子に少し注意を払えば、憶測するのはそう難しくなかった。ルベールのサンティへの悲痛な愛情、サンティの依存気質、おそらく子供時代の虐待が原因と思われるセックスに対するジュディのトラウマ、そしてビエル……。古いノートを繰ったとき、ビエルについては毎回同じようなことしかメモしておらず、驚いた。記憶力がよくない、愚か、単純、間が抜けている……。グループのみそっかすで、いつもへらへら笑っている太っちょのビエルには、ほとんど関心がなかった。空っぽでつまらない人間にしか見えなかったのだ。だがそうでなかったとしたら？　病院でラウラの不貞について漏らしたのはわざとだ、としだいに確信を持つようになり、ルカモラもそう考えていた。人には必ず二面性があり、そう見えないのはそれをあえて隠しているからだ。つまり、羊の皮を着た狼だったのか？　新たな目で学生時代のビエルを眺めてみると、平凡さの陰に隠れた捕食者に見えてきた。計画を立てるためみんなで集まって、元教え子たちに関する情報を共有したとき、子供の頃にビエルのヘロイン所持を父親が揉み消した話をルカモラから聞き、ディエゴははっとした。授業中にサンティの気分が悪くなり、それがきっかけでラウラと出会ったときのことを思い出したのだ。海辺を散歩したとき、彼女は何度か、サンティはドラッグをやっているのではと心配していた。サンティを追い込んだのは、自殺について授業で話したことがきっかけではなく、もともと鬱傾向だった彼にビエルがドラッグを与えたせいだったとしたら？　突飛すぎる憶測だったが、ディエゴはそれに飛びついた。そして今では、地下室でその話をしたときのビエルの反応から、憶測は間違っていなかったと確信していた。しぶしぶグループに受け入れられたビエルは、いざ中に入ると、キクイムシのように、人知れずじわじわと全員を蝕んでいった。だが、風がそうであるように、何かを揺さぶってようやく認識される存在というものがある。ビエルは本物の怪物だった。小説の中とはまた異なる、この時代ならではの怪物。だが、性根が暗く歪み、狂気に衝き動かされて行動していたという点では同じだ。

そしてディエゴがその手で倒した。

だが、やるべきことがまだ残っていた。作家の困った性かもしれないが、物語を締めくくりたいなら、伏線を未回収のままにしておくわけにはいかなかった。だからこうして、すべてが始まったこの村の通りを、静かに歩いているのだ。

海岸近くの駐車場に入っていく車のフロントガラスにまぶしい日差しが照りつける。またこの村に来ることになった用事を済ませる前に、かつての実家を見てみようと思い、家があった広場に向かう。村の目抜き通りである歩道をゆっくりと歩き、次々に目に留まる変化の様子を鷹揚に微笑みながら眺めるうちに、目的地に到着した。外観は以前とそう変わらなかったが、かつて店のあった一階は今では携帯電話ショップに変わっている。当時ならSFの世界にしかなかったような品物だ。少年時代を過ごした光景をしばらく無言で眺める。怪物が投げかけ続けた影のせいで、正直あまり幸せだったとは言えない日々だった。

郷愁に浸るのはもう充分だろうと思ったところで、山に向かった。これ以上ぐずぐずしてはいられなかった。アリをこの腕に抱いたときからやっと心に訪れた安らぎを乱すまいとしながら、坂道をのぼり始め、二十分もすると、山の頂上付近を緑色に彩る森にたどり着いた。ディエゴはそこで立ち止まった。ふいに、その鬱蒼とした木々が、本来ののんびりした子供時代と実際のおぞましい子供時代との境界線だったような思いにとらわれた。その向こうに何が待っているかわかっていたから、ディエゴは大きく息を吸い込み、夜の真っ暗な海に飛び込もうとする人のように覚悟を決めて森に足を踏み入れた。やがて、断崖を背にした空き地が現れた。燦々（さんさん）と降り注ぐ日光に威圧されているかのように見える。

そしてそれは、時の流れなどまるで頓着せず、そこにあった。明るい空の下ではちっとも怖くは見えず、むしろ瀕死（ひんし）の獣を憐（あわ）れむような心持ちになる。半壊した塔、へこんだ屋根、汚れて奥が見えない窓。今は亡き三人の友人、セルジ、マテウ、カルロスと一緒に自転車でここまで登ってきたあの呪われた午後の記憶がいやでも甦る。しかし急いで頭から追い払い、意を決して、塀にあいたかつてと同じ穴をくぐって中に入る。荒れた庭を通って玄関にたどり着いたが、ポーチは記憶以上に老朽化していた。ドアをゆっくりと開け、震える足で、どこかうやうやしく屋敷の中に入った。広々とした玄関ホールは記憶どおりで、かつては上階に続いていた階段の木材とところどころ底が抜けた床が瓦礫（がれき）となって、ホールの大部分が埋まっている。

ディエゴは怪物の診察室がどこにあるか完璧に覚えていた。壊れた部屋の木枠のあいだを通り、ドアの前で立ち止まる。恐れおののいて逃げたあのときのまま、開け放たれていた。部屋は思ったより狭かったが、不気味なことに変わりはなかった。そこには壊れかけた書棚が今もあり、外科に関する書物が並んでいて、テーブルの上にはセルジが置いたウイジャ盤もそのままそこにあった。長い年月のあいだ、誰も持ち去らなかったのだ。《首を冷たい指がさわった》友人が恐怖で引き攣った声で言うのが聞こえ、全身に悪寒が走る。子供のときに感じた恐怖の反響がまだ残っていたかのように。

だが僕はもう子供じゃない、と不安まじりに自分に言い聞かせる。それから、どの床板が緩んでいたか記憶をたぐったが、思い出せなかった。書棚に近づいて、あのとき足を止めた場所に立ち、テーブルめがけて部屋を斜めに進んだ。三十年前とほとんど同じように足が床にめり込んだとき、デジャヴのようなものを感じた。呪いの一歩だ。手の震えを抑えようとしながら、床板をはずす。箱が今もそこにあるのを見て、眩暈に襲われた。それを取り出し、速まる鼓動を感じながらテーブルに置く。儀式のように一つひとつの動作に時間をかける。ついに蓋を開けたとき、やはりそこには、日の目を避けるようにして禍々しい写真があった。皺の寄った写真の束を取り出し、ディエゴを長年苦しめ続けた外科医の扮装をした男に改めて向き合う。四十近い大人の目で今見ても、やはり何とも恐ろしかった。一枚一枚めくりながら、こんな残虐な所業を目の当たりにして悪夢を見ない子供がいるだろうか。

いるわけがない、と思う。

写真をまた箱にしまい、ライターを取り出す。それから写真を一枚手に取った。ほかの少女たちのパーツでできあがった一人の少女の写真——今考えてみれば、これが『血と琥珀』に登場するバランティナ・クラムントが生まれるきっかけだった。ディエゴはその写真の隅に火をつけると箱に戻し、写真すべてが炎に包まれて、やがて灰になるまで見守った。ついに終わった、とディエゴは思った。怪物をついに倒した。環が閉じたのだ。

屋敷を出て、山を下りる前に断崖に近づいた。十一月の初旬だったが、風はそう冷たくはなく、むしろすがすがしかった。青い海に太陽がダイヤモンドをばら撒いている。遠い水平線で空と海が溶け合っているように見える。光り輝く水面のあちこちに船の姿もある。高所から眺め下ろすと、水平線が丸みを帯びているのがなんとなくわかり、いにしえの賢者たちが断言したとおり、地球は丸いのだと理解できた。

景色を眺めながら意識して深呼吸し、塩気のある新鮮な空気で肺をいっぱいにしながら、ディエゴは自問自答した。外科医の写真を燃やすためにわざわざここまで来たのははたして愚行だったのか、それとも十数年前にまさにここで始まった人生の暗い一期間に終止符を打つ、象徴的な行為だったのか。

大人になってからずっと、あの遠い午後、自分たちは本当に悪霊を世に放ってしまったのか、それともすべては単なるセルジの冗談だったのか、と何度も考えた。後者だと考えるのが常識的だ、と成人したときにそう自分に信じ込ませようとしたが、理性は無意識領域に抗えなかったらしく、悪夢はやまなかった。そして、その〝夜ごとの恐怖〟が作品執筆によって弱まり、パニャフォール村に帰ると強まるのは、単純に暗示のせいに違いないと思った。

われわれはかつての子供の成れの果てである、とどこかで読んだことがある。それは確かだ。大人になった今、何を信じようとそれはかまわない。重要なのは、最初から唯一重要だったことは、さまざまなパズルのピース——邪悪な外科医、友人の冗談、バスの事故——に直面した子供が、その頭の中にすでに芽生えていた作家の視点によって、それらのピースを組み合わせて勝手に意味を与えてしまったことなのだ。そしてそれが自分の人生を台無しにすることになった。たしかにあの当時は、それらのピースを超自然現象という名のパズルに無理やりはめ込んだのだ。超自然現象は、十歳の子供にとっては現実そのものなのだから。だが今では、見当違いだったとわかっている。バスの事故は、彼らが降霊儀式をしなかったとしても、きっと起きたはずだ。事故は邪悪な霊が引き起こしたのではなく、ただの偶然なのだ。それでも、あの儀式のおかげでディエゴはバスに乗らず、死なずに済んだ。結局のところ、作家ディエゴ・アルサはあっけない偶然から生まれた。ペニシリンがそうであるように、いや、どんな人間もそうであるように、すべての運命は偶然が作り出すものだ。エクトルが彼をパニャフォール村に一人置き去りにしなければ、アゴラ学院で裕福な子供たちに教えたりしなかっただろうし、その頃はまだ授かってもいなかった娘を十年後に誘拐することになる生徒と知り合うこともなかったし、彼を錆びた釘で殺すこともなかっただろう。ララバサーダ・カジノの地下でその機会を辛抱強く待っていたその釘にしても、どこにでもある無用だったものが、偶然にも、人間が紡ぐ複雑な運命のタペストリーの中で突然重要な任務を帯びることになった。その人間にしても、ある意味、生物学のすばらしい偶然が重なり合って生まれた存在だと言えるだろう。

そんなふうにつらつらと、くだらない、いやもしかしたら哲学的な物思いにふけっていたとき、突然電話の音が鳴り響いた。ラウラの母親からだ。ディエゴは急いで応答した。

「意識が戻ったわ、ディエゴ！　ラウラが目覚めたの！」妖精の女王、ディアナ・スレルがわめいた。

ディエゴは大きく安堵のため息をついた。心の底から湧き上がる喜びに身をまかせ、目を閉じて、涙が頬を伝うのを感じながら、義母が笑いと涙を取りまぜて説明するのを聞いていた。突然だったの。コーヒーを買おうと思って、アリと一緒に一瞬席をはずしたのよ。戻ってきたら、なんとラウラが目を開けて、そうあのとてもきれいな目で、何事もなかったかのように静かにこちらを見ていたの……もう、驚いたの何のって！　義母は嬉しそうに悲鳴をあげた。お医者様が少し検査をしなきゃならないけど、たぶん問題はなさそうよ。ええ、本当に目覚めたの。今眠っているのはアリのほう。みんなでさんざん泣いたりわめいたりしたあとで、ママの腕の中ですやすやと。

「妻と話せますか？」

「もちろんよ」義母が答えた。

ディアナは電話を娘に手渡し、ディエゴはどきどきしながら、ゴソゴソという音、ドンとぶつかる音、何事か囁く声を聞いていた。電話の向こう側にいる人物がうまくそれを持てずに何度か落としたようだった。しかし、懐かしい声がその断崖絶壁までとうとう運ばれてきた。

「ディエゴ……」喉が嗄れてしまったのか、いつもよりかすれていたが、たしかにそれは、ディエゴが愛する女性、ラウラの声だった。「ディエゴ……聞こえる？」

「うん……」声がいやでも小さくなってしまう。

「アリはここにいるわ……私と一緒に」

「わかってるよ」

「あなたがこの子を救ってくれたと聞いた……怪物を殺したと……」

「そうなんだ。だけど、あの子のとてつもなく貴重な協力がなかったら、とても無理だった」冗談めかして言う。

「今どこにいるの？ どうしてここにいないの？」

ディエゴは、昏睡状態の妻の傍らに付き添い、目覚めるそのときを待っていなかった言い訳を何かでっちあげようかと思ったが、すぐにやめにした。

「パニャフォール村にいるんだ。怪物を葬る必要があった。永遠に」

受話器の向こう側に沈黙が下りた。今の答えにラウラが腹を立てたのか、怖くなったのか、あるいは、生者の世界に帰還するため必死に闘ったあと、今は今で不在のあいだの出来事を受け入れるのに疲れ、もううんざりしたのかわからなかった。だが、ディエゴが一つ心に決めたことがあるとすれば、それは、もう二度と妻に嘘をつかないということだ。

「それで、終わったの？」しばらくして、ラウラがそう尋ねるのが聞こえた。

「うん」

また長い沈黙。

「じゃあ、何をぐずぐずしてるのよ」

ディエゴはにっこりし、流れる涙が唇を濡らすのを感じた。目の前で輝く海のように塩辛かった。

「来てほしいと本気で思う？」

「もちろんよ……来て、お願い。私たちのところに」

「わかった」ディエゴは答えた。

電話を切り、押し寄せる波を眺める。微塵（みじん）も恐怖を感じなかった。こんなことは生まれて初めてだ。恐怖は消えた。まるでディエゴ自身も長い眠りから目覚めたかのようだ。にっこり笑い、森に足を向けた。山を下って、一刻も早く家族のもとに駆けつけるのだ。怪物たちはいつだってあちこちに罠を仕掛け、彼はその罠から妻と娘を守らなければならない。ようやく暗く冷たい場所から戻ってきた妻と娘。そうとも、狼の口さながら真っ暗な場所から。この常套句の皮肉さに気づいてディエゴはくすりと笑い、暗い森に力強く足を踏み入れた。

謝辞

小説はけっして一人で書けるものではなく、まして、警察が舞台になっているサスペンスであれば、その方面に詳しい仲間のアドバイスが不可欠と言っていい。その点本書では、マルク・パストルの助けを借りるという幸運に恵まれた。彼はカタルーニャ自治州警察モスズ・ダスクアドラの科学捜査部に勤務しているだけでなく、私と似たジャンルの小説を書いているすぐれた作家でもあるのだ。警察の機能について、ほとんど幼稚園児かというような初歩的なものも含め、数多くの質問に辛抱強く答えてくれたことに、ここで心からの感謝を表したい。本書の中にはきっといくつも誤りがあると思うが、それはもちろん彼のせいではなく、ドラマチックな効果を狙って私がデフォルメしたり誇張したりした部分が多々あるためだ。

また、サグラダ・ファミリアを案内してくれたチアラ・コニーディにも感謝したい。かの大聖堂についてさまざまなことを教えてもらったが、スペースの関係でほんの一部しか作品に含めることができず残念だ。それでも、あのすばらしい雨の日の午後、雨宿りしながら時間をともに過ごせたことは本当に僥倖だった。

ここでもう一人、息子のアレックスの名前も挙げておかなければならないだろう。スクラブルで文字がぴったりはまるアナグラムを見つけるのを助けてくれた。彼がいなかったら、私はいまだに頭を悩ませていたかもしれない。

当然のことながら、私が物語に最後のピリオドを打ったあと、作品を読者に届けるべく奔走してくれたすべての人々に深謝したい。中でも私の出版エージェントのアントニア・ケリガンと、イルデ・ヘルセンをはじめとするアントニアの熱心なチームの面々に。そして、この小説を読むとすぐに出版したいと言ってくれた私の編集者、アンナ・ソルデビラに。彼女とはこれが初めての仕事だったが、今後もたくさんの冒険をともにすることができれば嬉しい。

そして最後に、どんな現実でも魔法に変えてしまう、私の愛しいミューズ、ＭＪに感謝を。この小説には彼女のＤＮＡも組み込まれている。なぜなら、彼女の協力がなければ、まったく別の作品になっていたはずだからだ。それは作品の第一稿を見れば明らかだが、当の草稿は人々の無遠慮な詮索の目はけっして届かない、スイスの銀行の金庫に厳重に保管されているため、私の作家としての名声はこうしてかろうじて保たれている。

訳者あとがき

「SFの父」とされる十九世紀イギリスの作家、H・G・ウェルズを軸とした奇想天外な〈ヴィクトリア朝三部作〉で、世界にその名を轟かせたスペインの幻想作家フェリクス・J・パルマが、久しぶりに帰ってきた。ジャンルとしてはSFの範疇に入ったかの三部作とは若干趣を変え、今回はダークサスペンスである。いや、心理ミステリ、モダンホラーとも言えるだろうか……。いずれにしても、またもや奇想天外、予想のつかない展開で、読者をあちこち思いきり振りまわしてくれること、請け合いである。

舞台は、スペイン出版産業の中心地であるバルセロナ。作家ディエゴ・アルサは、十年前に上梓した『血と琥珀』というミステリ小説が大ベストセラーとなり、一躍有名になったが、その後は思うような作品が書けずにいる。ある晩、妻ラウラと帰宅すると、シッターが浴室に閉じ込められ、七歳の娘アリアドナの姿がなかった。残されていた不吉な黒い封筒には、〝怪物〟という署名の入った手紙があり、娘を返してほしければ、私の出す三つの課題をパスしなければならない、と書かれていた。ディエゴはぞっとした。その内容はまさに、彼の小説『血と琥珀』をなぞったものだったからだ。小説には、二十世紀初めのバルセロナで、七歳の少女を次々に誘拐しては父親に三つの無理難題を出し、成功しなければ少女を殺した〝怪物〟と、その怪物を追うウリオル・ナバド警部の攻防が描かれている。自分は娘を救うため、最終的には命さえ賭することになるかもしれない怪物の三つの課題に挑戦しなければならないのか？　だが、ディエゴが恐怖に駆られた理由はそれだけではなかった……。

果敢に（とはあまり言えないかもしれないが）怪物のゲームに挑みながら、自分を蝕み続けてきた過去と向き合うディエゴ、夫との関係に悩む可憐な妻ラウラ、愛らしくも肝の据わったその娘アリアドナ、不気味な怪物を捕えるべく奔走する、やさしき巨漢ジェラール・ルカモラ警部など、魅力的なキャラクターもさることながら、やはりこの小説の真骨頂は緻密かつ大胆不敵なストーリー構成にある。物語が進行する現代に、時おり顔を出す作中作が重なるメタ構造に加え、どこまでが現実でどこまでが妄想か、いや、超自然現象なのかわからなくなる重層的な構造に、まず酩酊感を覚える。そして、あちこちに張り巡らされた伏線と、それが怒涛のごとく回収されていく終盤には、誰もが息を呑むだろう。やや脱線気味でもある饒舌さと過剰なほどのメタファー、ふんだんな皮肉と諧謔など、前作をお読みの方にはおなじみのパルマ節も健在だ。走馬灯のように様相を変える、どこかファンタスマゴリアを思わせるこの小説を、この文体こそが支えていると言っていいだろう。読むうちにその濃厚な味わいにどっぷり浸っていることに気づくのである。

著者のフェリクス・J・パルマは一九六八年、スペイン南部アンダルシア州の海辺の町、サンルーカル・デ・バラメダ生まれ。一九九八年に短篇集 *El vigilante de la salamandra*（火とかげの守り人）でデビューしたのち、長篇三作目となる『時の地図』（二〇〇八年、邦訳ハヤカワ文庫）が第四十回セビリア学芸協会文学賞を受賞、スペイン本国のみならず、世界的なヒット作となる。これを含めた『宙の地図』（二〇一二年、邦訳ハヤカワ文庫）、*El mapa del caos*（混沌の地図、二〇一四年、未訳）の〈ヴィクトリア朝三部作〉は世界三十か国以上で翻訳された。本作『怪物のゲーム』は二〇一九年に発表された最新長篇で、やはり本国で好評を博したが、主人公のディエゴには、いきなりベストセラー作家になって少々とまどう著者自身が反映されているようにも思える。

パルマは現在までに短篇集四冊、長篇七冊を上梓しており、今年になって、二〇〇六年第十五回ルイス・ベレンゲル文学賞を受賞した長篇二作目で、やはり予想不能なサスペンス *Las corrientes oceanicas*（海流）が再版された。近年は創作ワークショップを主宰して後進の指導に力を入れており、*Escribir es de locos*（書くことは狂人のすること、二〇二一年）という小説作法論も出版した。彼の作品のファンとしては、ぜひ新作の小説を、と願うばかりだ。

二〇二二年八月

訳者紹介　宮﨑真紀

英米文学・スペイン文学翻訳家。東京外国語大学スペイン語学科卒。主な訳書にスナイダー『イレーナ、永遠の地』、ナルラ『ブラックボックス』(以上、ハーパーBOOKS)、ブラック『骨は知っている 声なき死者の物語』(亜紀書房)がある。

怪物(かいぶつ)のゲーム 下

2022年9月20日発行　第1刷

著　者　フェリクス・J・パルマ

訳　者　宮﨑真紀(みやざきまき)

発行人　鈴木幸辰

発行所　株式会社ハーパーコリンズ・ジャパン
東京都千代田区大手町1-5-1
03-6269-2883(営業)
0570-008091(読者サービス係)

印刷・製本　中央精版印刷株式会社

定価はカバーに表示してあります。
造本には十分注意しておりますが、乱丁(ページ順序の間違い)・落丁(本文の一部抜け落ち)がありました場合は、お取り替えいたします。ご面倒ですが、購入された書店名を明記の上、小社読者サービス係宛ご送付ください。送料小社負担にてお取り替えいたします。ただし、古書店で購入されたものはお取り替えできません。文章ばかりでなくデザインなども含めた本書のすべてにおいて、一部あるいは全部を無断で複写、複製することを禁じます。

この書籍の本文は環境対応型の植物油インクを使用して印刷しています。

© 2022 Maki Miyazaki
Printed in Japan
ISBN978-4-596-74854-6